THE CTHULHU CASEBOOKS 3

克蘇魯事件簿 3

福爾摩斯與蘇塞克斯海怪

SHERLOCK HOLMES AND THE SUSSEX SEA-DEVILS

James Lovegrove
詹姆斯・洛夫葛羅夫 著
李函 譯

目錄

導讀

當邏輯理性遇上無可名狀的恐怖

——譚光磊（奇幻文學評論者）

二十多年來，「克蘇魯神話」對台灣讀者而言始終是個「只聞樓梯響」的概念：明明受其影響的動漫、遊戲和影視作品很多，洛夫克拉夫特的原著卻付之闕如。唯一的譯本錯誤百出且早已絕版，更為這套作品增添一種神祕（幾乎是禁忌）的色彩，彷彿那些故事無可名狀、太過恐怖，以致於「不可翻譯」。

直到二〇二一年，群星終於運行到正確位置，我們終於迎來了「克蘇魯元年」，市場上不僅出現好幾個譯本，還有田邊剛改編的漫畫版，就連對洛氏影響深遠的《黃衣國王》也有了中文版。

然而洛氏的原作詰屈聱牙、甚少對話，也不以情節取勝，而是用大量文字堆砌出真假難辨的知識體系，並營造出一種逐漸走向瘋狂的恐怖氣氛，若是毫無心理準備，讀者有很高機率會覺得不耐煩，或者不得其門而入。

所以每當有人問我該從何入門，我總是絞盡腦汁也想不出答案。直到我讀了英國作家詹姆斯・洛夫葛羅夫的《克蘇魯事件簿》三部曲。

這套作品巧妙結合了「福爾摩斯探案」和「克蘇魯神話」兩大故事體系，以偵探小說為外殼、宇宙恐怖（cosmic horror）為內裡；初入門者能看得津津有味，內行讀者也會發現各種彩蛋，不僅適合克蘇魯入門，當成福爾摩斯入門也沒問題。

小說一開頭，作者就說明他某日收到一位美國律師來信，代表剛去世的亨利．洛夫克拉夫特先生，處理其價值五萬英鎊的遺產。作家看了大喜，覺得天降橫財，不料再往下看，律師說「現金遺產通通留給一位遠房的姪孫女」！

那麼找作家幹嘛呢？原來死者還有幾份手稿，姪孫女沒興趣接收，律師花了一番功夫，發現洛夫葛羅夫先生乃死者遠親，故希望致贈。對呀，他姓「洛夫葛羅夫」（Lovegrove），跟「洛夫克拉夫特」（Lovecraft）有點關係，好像也很合理嘛！

作家收到稿子打開一看，竟是約翰．華生的三份未公開手稿，完整交代了他和福爾摩斯「真正」的冒險故事。由於內容太過駭人，不宜公諸於世，因此寫好以後便束之高閣，也就是我們現在手中的《克蘇魯事件簿》。

這種「我寫的才是真正的福爾摩斯故事」手法並不新奇，把福爾摩斯和克蘇魯神話結合也不是第一次（例如尼爾．蓋曼的經典短篇〈綠字的研究〉），但如此野心勃勃，將兩個故事體系穿鑿附會融為一體，而且還寫得這麼維妙維肖，堪稱史無前例。

先說「維妙維肖」，早在《克蘇魯事件簿》之前，洛夫葛羅夫就寫過五本福爾摩斯仿作，被公認是捕捉柯南道爾「原著文風」的高手。某天編輯打電話給他，問他有無人選能寫「福爾摩斯X克蘇魯」的故事，兩人聊得欲罷不能，洛夫葛羅夫才恍然大悟：編輯想找的人根本就是他！

洛夫葛羅夫大膽接下重任，從「裡．福爾摩斯」的角度切入，分別將三部曲設定於一八八〇年福華初遇、一八九五年福爾摩斯「重出江湖」、以及一九一〇年神探退休後「終極一案」三個時間點，用克蘇魯元素重新梳理名偵探的一生。原著的要角如莫里亞蒂教授、葛雷格森警探和邁克羅夫特一個沒少，而洛氏筆下的無可名狀恐怖也紛紛登場：印斯茅斯的魚人、幻夢境、奈亞拉索特普、克蘇魯，甚至還有作者自創的全新外神。

首部曲《沙德維爾暗影》描寫東倫敦貧困的沙德維爾區接二連三發生命案，死者都是社會邊緣人，華生發現自己昔日醫學院的同學似乎與命案有關，一路追查到祕密經營鴉片館的華人仕紳公孫壽，但公孫其實也只是受人指使，幕後還有更可怕的藏鏡人和神祕邪教。

第二集《米斯卡托尼克怪物》設定在一八九五年，福華兩人歷經十多年與古神勢力的鬥爭，都傷痕累累、身心俱疲。某天他們聽說一間瘋人院裡出現無名患者，口中喃喃自語，說的正是恐怖的拉萊耶語（R'lyeh）。原來該人原是（洛氏筆下虛構的）米斯卡托尼克大學的科學家，因為一場失控的自然考察行動，墜入瘋狂與黑暗的深淵。米斯卡托尼克明明在美國，福華二人要如何查案？別忘了《血字的研究》有一大半劇情都發生在「那個遙遠蠻荒的美國」，把猶他州的摩門教軼事寫得無比獵奇，本書運用了同樣手法，再合理不過。

到了完結篇《蘇塞克斯海怪》，已是一九一〇年，世界大戰即將爆發，歐陸局勢風雲詭譎；福爾摩斯歸隱田園，在蘇塞克斯醉心養蜂。某日第歐根尼俱樂部驚傳血案，多名重要成員在同一天暴斃，而他們都隸屬於一個更神祕的「達貢會」（The Dagon Club），亦即知曉古神威脅，多年來暗中相助福華二人的各界有力人士。是誰有能力一舉殲滅「達貢會」成員？線索指向德國大使，以及一個遠在南太平洋小島的陰謀……。

除了「主線」寫得好，洛夫葛羅夫更為柯南道爾的原著提出諸多「克蘇魯式」的解釋，讓人恍然大悟「哦原來背後是這樣啊」（當然一切都跟超自然因素有關）。當莫里亞蒂那本《小行星動力學》出現在故事裡，你一定會和我一樣會心一笑：講什麼小行星又很高深沒人看得懂，理所當然是在講「外神」（Outer Gods），對吧？

* * *

「洛氏後人」詹姆斯．洛夫葛羅夫可說是英國幻想文壇的一個異數。他早早立志寫作，牛津大學英文系畢業後給自己設定目標：兩年內要賣出第一本小說，結果兩個月就圓夢，然後把為數不多的稿費拿去環遊世界，又成為後來創作的養分。

出道三十年來，洛夫葛羅夫已經發表五十多部作品，橫跨科幻、奇幻、推理、恐怖各類型，多次入圍大獎。他最膾炙人口的作品是《諸神世紀》（*Pantheon*），一套以各國神話譜系為想像基礎，結合科幻、架空歷史、軍事諜報和社會批判的大系，每集故事獨立，卻又彼此關連，目前已經出版十多本。

除了原創作品，洛夫葛羅夫也寫各種衍生小說（tie-in），包括福爾摩斯仿作和電視劇《螢火蟲》的故事。《克蘇魯事件簿》是他衍生與仿作書寫的一次重大突破，佈局縝密、結構完整，把兩大故事體系融合得天衣無縫。按理說福爾摩斯講究理性，而克蘇魯神話無可名狀，正好位於理性的光譜兩極，如何能共冶一爐？但別忘了洛氏筆下的主角很多是學者或科學家，本著追根究底的科學精神，探尋未知事物，才會知道了「不該知道（也無法理解）的事」。主角越理性，這個反差就越大，最終的崩潰也更駭人。

福爾摩斯會否步上洛氏主角後塵，陷入瘋狂與譫妄呢？而洛夫葛羅夫這位當代作者膽敢挑戰這個禁忌的題材，他又會有什麼下場？

這一切就要等你來親自發掘了，如果你敢的話。

譯者序
蘇塞克斯海濱疑雲：重返推理與恐怖的根源

李函

於是，我們來到了《克蘇魯事件簿》的最終篇章。《蘇塞克斯海怪》的背景時間，離第一部《沙德維爾暗影》已經過了三十年。根據亞瑟·柯南·道爾在《獅鬃毛》中的設定，退休後的福爾摩斯已經離開貝克街二二一號B，搬到蘇塞克斯郡的郊區，並在當地養蜂。這是一般人對福爾摩斯較不熟悉的印象：華生不再與他同住，白髮蒼蒼的他獨自待在平靜鄉間。米契·柯林〔Mitch Cullin〕的小說《心靈詭計》（*A Slight Trick of the Mind*）（於二〇一五年改編為由英國演員伊恩·麥克連〔Ian McKellen〕主演的電影《福爾摩斯先生》〔*Mr. Holmes*〕）也曾對老年的福爾摩斯做出比道爾更加陰鬱的詮釋。由於自身的傑出頭腦，而使自己始終與世人格格不入的福爾摩斯，是否曾在退休生活中尋得平靜呢？

做為以秘史角度出發的仿作，《克蘇魯事件簿》敘述了福爾摩斯與華生三十年來與克蘇魯神話中各路邪神的周旋過程，《蘇塞克斯海怪》則聚焦於兩人的老年生涯。儘管不再同住，兩人的友誼也依然不變。在前作《米斯卡托尼克怪物》中，作者洛夫葛羅夫利用米斯卡托尼克河上的冒險，致敬了道爾與洛夫克拉夫特兩名作家各自的獨特敘事方式。第二集也同時呈現出大眾所熟知的全盛期福爾摩斯形象：經歷過諸多案件的他，早已從《沙德維爾暗影》中初出茅廬的新手偵探身分成長了不少。一旁的華生成為道爾筆下的忠實敘事者，記錄兩人處理的一樁樁怪誕事件，並用小說方式加油添醋，讓世人在敬佩福爾摩斯推理能力的同時，忽視潛藏在現實下的陰森真相。與道爾筆下的福爾摩斯相反的是，洛夫葛羅夫版本的福爾摩斯反而為了維持人心安定，而用謊言包裝不再理性的真相。除此之外，《米斯卡托尼克怪物》中處處可見洛夫克拉夫特短篇故事中的彩蛋，從《星之彩》到《瘋狂山脈》，甚至是最死忠的洛夫克拉夫特迷才熟悉的幻夢境，都一一出現在福爾摩斯與華生的調查過程。對兩人而言，洛夫克拉夫特筆下的一切魔幻事件才是現實，一切儘管陰森怪誕，卻也有某種不屬於人世間的邏輯與規範可循。邏輯約束混沌，混沌則容納邏輯。

除了華生與兄長邁克羅夫特以外，關係與福爾摩斯最密切的角色當屬莫里亞蒂教授。福爾摩斯與莫里亞蒂之間的敵對關係，也是諸多後世作品經常大幅著墨的部分。於《米斯卡托尼克怪物》結局化身為外神拉盧洛伊格的莫里亞蒂，在劇情結束的十五年後持續騷擾福爾摩斯與華生，並率領外神們準備對舊日支配者發起戰爭。與道爾原著中不同的是，這裡的莫里亞蒂並非英國大型犯罪組織的首領，反而成了暗中活動的邪神頭目。他同樣活躍在黑暗中，在無人知曉的情況下影響歐洲局勢。但他也並非福爾摩斯能仰賴《死靈之書》等秘典輕易驅逐的對象。兩人之間的衝突，依然是宛如西洋棋局般的智慧之爭。洛夫葛羅夫在福爾摩斯敵手上的描寫，則刻意捨棄了洛夫克拉夫特慣用的非人生物。畢竟，克蘇魯神話中型態各異的各類神祇與異星生物原本就不具備人性，無法在推理劇情上與福爾摩斯成為對等角色。儘管成神、卻始終帶有強烈人性的莫里亞蒂，才能為福爾摩斯帶來明確的智力挑戰，與無法根除的宿敵情懷。

在《蘇塞克斯海怪》中，洛夫葛羅夫再度融合道爾與洛夫克拉夫特兩者的作品精華，還在某些橋段中以類似打破第四道牆的方式，調侃讀者對劇情轉折上的期待。《克蘇魯事件簿》終究是作者為兩位知名前輩寫下的情書。洛夫葛羅夫深知兩人文筆中的顯著優缺點，也以此為基礎，打造出不少能讓死忠福爾摩斯迷與克蘇魯神話迷會心一笑的情節。甚至連在故事中參演一角的自己，在劇情最後也碰上洛夫克拉夫特筆下敘事者們經常遭遇的情況。三本《克蘇魯事件簿》是個長篇文學遊戲，洛夫葛羅夫顯然也玩得非常開心。時至今日，福爾摩斯系列故事已經衍生出諸多仿作與改編作品，克蘇魯神話則成為各領域創作者們熱愛使用的龐大設定架構。創作者們無一不是帶著一份對原作的熱愛，而為這些知名角色精心譜出全新故事。這本第三作回溯道爾與洛夫克拉夫特（甚至是洛夫葛羅夫本人的故鄉義本）作品中的經典要素，也為前兩集鋪下的各項劇情支線畫下句點。這是套由粉絲為粉絲創造的作品。無論你喜歡福爾摩斯或克蘇魯神話，或是從未接觸過這兩者，都能在《克蘇魯事件簿》三部曲中感受到作者對道爾與洛夫克拉夫特的深入研究與熱情。

翻譯過《克蘇魯的呼喚》、《夢尋秘境卡達斯》與《無名之城》三本洛夫克拉夫特原著選集後，接下三本《克蘇魯事件簿》則是令人耳目一新的經驗。洛夫克拉夫特筆下的黑暗世界觀，到了近百年後的現在，也依然在持續發展與演變。和外神使者奈亞拉索特普一樣，克蘇魯神話已成為面目千變萬化的創作設定。洛夫克拉夫特之外的其他創作者，也同樣為這個龐大宇宙譜出承襲《克蘇魯的呼喚》與《瘋狂山脈》核心思想的作品。很幸運地，洛夫克拉夫特作品在這幾年終於得到臺灣讀者的青睞，也請各位期待克蘇魯神話在未來的相關作品。

前言

詹姆斯·洛夫葛羅夫著

我們已來到《克蘇魯事件簿》最終的第三冊。我們會看到接近六十歲的夏洛克·福爾摩斯，依然與充滿敵意的宇宙勢力進行祕密戰爭；它們的存在，將人類身為優越物種、並在萬物秩序中擁有有意義的地位這點，化為謊言。我們人類並未受到祝福，也不特別。那正是這些書本中的訊息，同時也出自身為我的遠親、名字也類似的霍華德·菲利浦斯·洛夫克拉夫特的作品。在某些神明般的生物眼中，我們不比牛群好多少。這些邪神宣稱我們住在沒有神明的宇宙中，在這個宇宙，真正的上帝並非《聖經》中描寫的那位令人敬愛的超級父神，而是個死皮賴臉的老爹，完全不想管他的「孩子們」。

總而言之，這本《蘇塞克斯海怪》（*The Sussex Sea-Devils*）中的某些橋段，發生在我的老家義本（Eastbourne）。熟悉華生醫生作品集的讀者都知道，夏洛克·福爾摩斯退休後，於一九〇三年搬到蘇塞克斯那一帶，在當地研究養蜂，同時也做其他工作。華生在《最後致意》（*His Last Bow*）的前言中，描述福爾摩斯的鄉間住處為「位於南唐斯（South Downs）的小農場」。在《獅鬃毛》（*The Adventure of the Lion's Mane*）中，我們得到了一小段細節，不過並不多，那棟房屋是間「能以良好視野眺望英吉利海峽的……別墅」。一般認為它的地點位於義本幾英哩處。

我自己的房屋坐落於那座城鎮的最西側邊緣，走路就能輕鬆到達這個地區唯一每部分都符合上述敘述的房子：通往比奇角（Beachy Head）到柏令海崖（Birling Gap）的道路後頭，有間燧石牆環繞的小農舍。（出外遛狗時，我常常經過這棟房子。）這是個受到強風侵襲、又有些樸素的地方，我也能輕易想像出大偵探在農舍周遭的灌木叢下風處，照料其蜂窩的景象。

我與洛夫克拉夫特的族系連結或許有些微弱，畢竟我倆各自位於族譜中相差甚遠的分支頂點，不過，我與蘇塞克斯海岸的地理連結很深，因為我在當地出生，人生中大部分時間也都住在那。我骨子裡有白堊岩與長滿青草的丘陵，腳下的鵝卵石，呼嘯的海邊微風，浪花的嘶嘶聲，在海上快速掠過的雲朵陰影，平穩起伏的綠色丘陵——當我想到家園時，就會想到這些事物。因此這份書稿中的故事，讓我感受到比以往更強烈的連結。

《蘇塞克斯海怪》中另一處經常出現的地點，則是紐福特（Newford）。那是個位於鵝卵石海灘旁的古怪小鎮，海灘則坐落在兩道皺起眉頭般的懸崖之間，位於義本以西幾英哩處。紐福特最顯著的特色，就是它缺乏的東西。儘管漁船與遊艇會從它的小港出海，它卻不是繁榮海港；它的景色不夠出色，儘管擁有幾棟住宿加早餐飯店，和一座外表淒涼的獨棟旅館，卻無法成為觀光景點。除了幾座可追溯自第二次世界大戰的水泥碉堡和砲台遺跡外，它的歷史重要性相當薄弱，這些建物遙望法國，散發出一種惆悵的氛圍，彷彿渴望往日榮光。不然的話，它就只是塊擁擠城區，裡頭的狹窄街道圍繞著雙重樞紐，其一是靈性建築，另一個則是世俗建物：一棟建有歪曲尖塔的中世紀教堂，與一座建於一九六〇年代左右的步行購物區，上頭的零售店販賣著完全沒有正常人想買的東西（但至少價格便宜）。當地有座火車站，位於黑斯廷斯（Hastings）至倫敦段鐵路線某處尖坡的盡頭，但火車鮮少在這座單軌車站出現，一天只有四班車會進站，週日則只有兩班。公車可能會停在主街上，但我對此不熟。

紐福特只擁有謎團。具體而言，謠傳指出自從鐵器時代或更早的時期（根據考古紀錄），當時此處只有一小撮房屋，還幾乎稱不上聚落時，古怪的兩棲人形生物就會造訪此地。據說這些人稱海魔（Sea-Devil）的生物，會在夜間從海浪中現身，時間通常是霧氣出現後，隨後牠們則會在街道上晃蕩。岸邊遠處的海底總會亮起詭異的光芒，預告牠們的到來。

這種情況下，你可能會在安全的家中，聽到蹼腳在柏油路上發出的啪啪聲，聽起來柔軟又濕潤。如果你的腦筋正常，就會把門鎖好，並拉下窗簾，也不會冒險出門。當地有些歷史學者甚至宣稱，海魔與紐福特居民過去曾進行雜交，兩者混雜後的後代仍住在該處。這些混種生物的外型很像魚類，在陸地上的走路方式似乎相當笨拙，但他們擅長游泳。作為證據，我們或許可以想想，有高比例的紐福特居民在水上運動中取得成功，其中包括一名奧運蛙式銀牌選手，和兩名曾橫渡海峽的紀錄保持者。

我無法對此提供意見，我清楚鎮議會確實曾企圖對這項民俗傳說做文章。在離先前所提的購物區附近，矗立著一座海魔雕像，它建於七〇年代，擁有伊莉莎白・弗林克[1]的風格，是座粗糙且坑坑洞洞的青銅製品，擁有泛白的四肢，並散發出陰沉氛圍。它的雙眼呈圓球狀，鰓從它的頸部往上豎起，寬闊的嘴巴長有下垂的雙唇，讓我想起演員阿拉斯塔爾・西姆（Alastair Sim）悲哀的反對表情。巧合

1 譯注：Elisabeth Frink，二十世紀英國雕塑家與版畫家。

的是（又或許不算巧合），我見過的許多紐福特鎮民，都擁有相似的外型。

那座雕像原本該是觀光景點，能使紐福特在地圖上成為知名地點，大批怪誕事物的搜索者與神祕學研究者應該要來到鎮上，以獲取更多知識。神祕動物學和廣泛地超自然風潮，在七〇年代相當盛行，人們希望海魔會成為紐福特的尼斯湖水怪，紐福特本身也能得到百慕達三角洲或五十一區般的名聲。你永遠不能低估市政官員的樂觀心態。

這自然毫無成效。現在雕像沾滿鳥屎，三不五時還會有人把一罐拉格啤酒的空罐擺在它頭上，或更逗趣的是，在它頭上放個魔爪能量飲料（Monster）的空罐。這成了個歷久不衰的笑話，那尊雕像頭上很少空下來。

讀過《蘇塞克斯海怪》（並為了出版而編輯它）後，我覺得自己現在對紐福特和當地傳說中的兩棲類訪客，有了多一點認識。我也更了解夏洛克．福爾摩斯，且事後對他的成就感到前所未有地敬畏，並更加同情他。如果華生在本書說的一切屬實，那麼這位大偵探便曾為了保護世界而英勇奮鬥，還付出了莫大代價。一世紀後，我們依然比想像中更加虧欠他。

詹姆斯．馬修．亨利．洛夫葛羅夫寫於義本

二〇一八年十一月

前言
約翰・華生醫生著

在我的出版作品中，我筆下的夏洛克・福爾摩斯在蘇塞克斯的退休生活，大致上而言過得愜意且心滿意足。我描繪出一位享受鄉間田園生活，且不時受使命召喚的男子。養蜂、專著與俯瞰海洋的小農舍，對一位已結束喧囂生活的都會紳士而言，有什麼比這更好呢？如果我可以繼續重新詮釋莎士比亞的話，他雖然輸掉戰役，但大致上卻勝利了[2]。

事實並非如此，對我和福爾摩斯而言，戰役依然持續進行。實際上，我朋友確實在一九〇三年放棄了諮詢偵探的事業，當時他已為某些出身上流的客戶成功解決了幾項非超自然案件，對方的回報非常慷慨，使他變得相當富有。他再也不需要追求只提供一丁點收入的庸俗案件，或仰賴我口袋中的貢獻金。以某種程度而言，他自由了。

2　譯注：典故出自《馬克白》（*Macbeth*）中的女巫台詞。

取得這股全新的自由之前，福爾摩斯曾與拉盧洛伊格（R'luhlloig）進行過不少次互動，這位神祇先前名為詹姆斯・莫里亞蒂教授。我在這套三部曲中的前一冊《米斯卡托尼克怪物》曾提過，拉盧洛伊格於一八九五年向福爾摩斯宣戰。隨後八年，雙方經常短兵相接，這名綽號「隱匿心靈（Hidden Mind）」的邪神，頑固地持續騷擾和攻擊我朋友。

我在福爾摩斯的虛構故事中，曾以掩飾過的方式提過某些衝突。比方說，熟悉《匍行者探案》（*The Adventure of the Creeping Man*）的讀者，不可能會猜到知名的劍津[3]生理學家普瑞斯布里教授（Professor Presbury），曾暴露在某種植物科學至今尚未記載過的真菌下，據說這種真菌來自太空，而它的特性使教授退化為我們原始祖先的狀態。也沒有很多人知道，某位南非部落巫師曾詛咒過《蒼白士兵探案》（*The Adventure of the Blanched Soldier*）書名中那位蒼白士兵哥德福瑞・伊姆斯沃斯（Godfrey Emsworth），導致他的身體逐漸壞死，形成某種半死不活的狀態。至於據稱攻擊了知名馬戲團團主的妻子隆德太太（Mrs Ronder）的獅子，我們且說那頭野獸其實不是獅子[4]。

拉盧洛伊格潛伏在上述三樁案件，以及諸多其餘案件幕後，宛如某種深沉的組織性力量。由於能夠將自己的意識滲入任何易受影響的對象體內，並影響宿主的行為，拉盧洛伊格安排出誘人的謎團，引發福爾摩斯的專業關注，隨後祂便觸發陷阱，希望能逮住並殺死獵物。祂有好幾次差點成功，普瑞斯布里穴居人般的野蠻行徑，伊姆斯沃斯心理受創的精神病，和只能稱之為偽貓的獅型生物，都曾使福爾摩斯和我陷入致命危機。幸好我們每次都能擊敗埋伏敵手的計畫，但也付出了代價，我身上那好幾道醜陋疤痕足以證明這點。

不過，到了一九〇三年，這種案件的頻率逐漸下降，使福爾摩斯覺得他能搬離倫敦，遠離繁雜的事件樞紐。他不想完全捨棄具有神祕學與怪誕基礎的犯罪調查，只是他較少注意到這類事件了。在此同時，他和我也比較少見到彼此了。我留在馬里波恩（Marylebone）享受自己的事業，與遠離福爾摩斯後所帶來的平靜生活步調。對我們而言，這是段能稍事喘息的時光，不過，我們都不認為惡意行為會就此停歇。我去蘇塞克斯拜訪他時，這點確實經常成為我們的話題。「我看得出暫停與完全停止之間的差異，華生，」福爾摩斯說，「目前狀況肯定是前者。我們身處於兩道波浪之間的波谷，恐怕下一道浪潮，會是我們所面對過最龐大強烈的攻勢。」

我在此述說那股浪潮破裂的時刻：福爾摩斯與拉盧洛伊格的最終宿命對決，我也得說那場合相當致命，事件發生於一九一〇年秋天。

此時，近期全球衝突的種子早已入土，準備在四年後爆發，催生出可怕又血腥的果實。強大的歐洲帝國勢力，早已於一九〇六年在摩洛哥瀕臨戰火，那場危機後續的狀況，加強了雙方各自的結盟關係：俄國加入英國與法國簽署的英法協定（*entente cordiale*），而感到孤立且好戰的德國，則與奧匈帝國和義大利組成三方聯盟。一連串看似只為激發對立的外交爭議與政治行動，像是於一九〇八年吞併波士尼亞與赫賽哥維納的奧匈帝國，使敵對陣營變得更加鞏固。

---

3 譯注：Camford，劍橋大學與牛津大學的合稱。

4 譯注：影射《蒙面房客探案》（*The Adventure of the Veiled Lodger*）。

瀰漫敵意與不信任的焦躁氛圍攫住我國，也同樣掌控了我們的鄰國。人們心中不禁產生無可避免的末日感，宛如拉扯他們心弦的船錨，戰火似乎勢不可擋，而問題並非它是否會發生，而是何時會發生。

此外，很少人清楚，另一場駭人的星際戰爭已如焉展開。

約翰・H・華生寫於派丁頓

一九二八年

第一章　在黑暗中移動的東西

Things That Move in Darkness

抵達夏洛克．福爾摩斯的農場時，我沒花多久就確定無人在家。太陽正往西沉，空氣也逐漸變冷，但沒有任何窗口透出光芒，當我走上門前小徑時，也沒看到令人放鬆的壁爐閃爍火光。而且，房子有股明顯的荒涼氛圍，只有空屋才會散發出這種氣氛，宛如失去生命力的軀體。沒人回應我敲門時，我也不感到訝異。

我至少可以說，自己感到惱怒。福爾摩斯和我兩週前就計畫好這次拜訪，他昨天也寫信向我確認這件事的安排，還說他「非常期待明晚見到老華生」，也準備好讓我「住得舒適又放鬆」。我告訴過他自己會在何時抵達，但他不在這。

我猜某種緊急家事耽擱了他，隨後就會現身，但我內心覺得，可能有更不祥的理由導致他不在家。

我打消這個想法，看著從火車站載我過來的兩輪馬車駛上狹窄又蜿蜒的路徑，回到義本。早知道我就讓司機留下來了，但我根本沒想到自己會困在這裡。

我打算善用這段時間，並好好等待。我會等福爾摩斯三十分鐘，如果屆時他還是沒回來，我就走去距離最近的村莊，找家旅店投宿。由於天色迅速變暗，我不敢等太久，在入夜後的蘇塞克斯鄉間亂走，我覺得不太安心。

我坐在門檻上，好好觀賞眼前的景色。撇開別的不談，福爾摩斯的小農莊擁有良好的地理位置，可說是完美的孤立地帶。除了位於半英哩外懸崖頂端的廢棄燈塔美女黃牛（Belle Tout）外，視野內沒有其他建築。我面前的英吉利海峽在金色陽光下不斷閃爍，如同擁有上百萬切面的龐大藍鑽。微風吹過草原，讓環繞農場那主要由黑刺李和荊豆構成的灌木叢，彷彿在愉悅地顫動。海鷗鳴叫著，在崖壁上的鳥巢上空來回俯衝，福爾摩斯蜂巢裡的蜜蜂則發出令人昏昏欲睡的嗡嗡聲。

從倫敦南下至此後，我也感到想睡，多半也睡了一陣子，因為太陽已經消失，天空一片漆黑，彎月也躍上空中。我跳起來，一面咒罵自己的愚蠢，現在我得做自己不希望做的事：在毫無光線的狀況下找到過夜處。義本路燈的亮光讓比奇角的峭壁邊緣蒙上明亮光環，但這只讓我周遭的黑暗變得更加深沉。

我準備提起旅行袋時，聽到微弱的沙沙聲，聲音出自附近一大塊黑刺李樹叢。剛開始我以為是刺蝟，或是在灌木叢中挖洞的狐狸，不過，當聲音再度出現時，我覺得源頭是更大型的動物。再者，我覺得那個生物有種鬼鬼祟祟的感覺，彷彿牠正努力隱藏自己的行蹤，不過徒勞無功。

我立刻繃緊神經。和夏洛克・福爾摩斯共同冒險三十年後，我已經學到觀察事物不該只看表面，也得對一切抱持疑心，如果直覺要我小心，那我就得注意。我特別清楚，該極度警惕在黑暗中移動的東西，而那叢黑刺李的陰影特別濃郁。

我摸索著袋子的扣環，將它打開，把手伸進袋內，尋找我的威百利手槍。儘管我只是前來參加社交聚會，依然會帶著左輪手槍，這把武器鮮少離開我身邊，我也總是在裡頭裝滿子彈。我永遠不曉得自己何時需要它，需要它的時刻也多得不可勝數。

我一把掏出手槍，按下擊錘並發出挑戰。

「在那裡的傢伙，我知道你躲在那。不管你是誰，給我出來，不然就走著瞧。」

那瞬間，我覺得有些愚蠢。或許那只是隻動物，我也只是白白發出威脅。

接著有個人影從灌木叢中站了起來，是個穿著某種黑色兜帽長袍的男人，對方的輪廓在天空下十分明顯。我看不到他的臉，但他顯然在看我。

「我猜得沒錯。」我吼道。「你到底是誰？你在灌木叢裡幹嘛？我敢打賭，你在跟蹤我。」

對方並未回答我的問題，只是肅穆沉默地站在原處。在我看來，他是某種僧侶，黑袍垂到他腳邊，末端以喇叭狀張開的修長袖管蓋住了他的雙手。

「最後一次機會。」我說，一面用手槍示意，讓他確信我會開槍。「講話。」

僧侶持續靜止不動，且沉默不語，這令人感到不安。我開始猜想，他或許不是活人，而是某種不死怪物。他拒絕回答我的訊問，這顯然是某種亡靈般的行為。

我走向他，槍口向前，決定讓事情水落石出。我只需要抓住他，就能證明他是否擁有實體。

他冷靜地待在原地，直到我走到觸手可及的距離時，才發現他並非獨自一人。其他兩名穿著同種長袍的男子，從灌木叢的掩護中冒出，一人站在我一側。

這兩人的速度很快，趁我來不及反應前就抓住我。一人緊抓住我的右腕，奪走我手中的威百利手槍，我太過驚訝，來不及阻止他。另一人將一隻手臂繞過我的脖子，將我穩穩勒住。

我自然不喜歡遭到粗暴對待，並隨之反擊。我自認為自己表現得不錯，我朝攻擊者用力踢了幾下，並用力甩動雙拳，不過他們體格強壯，也下定決心要逮住我，無論我如何多次用手肘用力擊打勒住我的人，但他完全不打算放手。等到他施加的壓力生效後，我開始感到頭暈目眩，血液無法進入我的腦部，空氣也進不了我的肺部。我更努力地掙扎，但徒勞無功。

下一刻，對方就把半昏迷的我壓到地上，將我的雙手用繩索緊緊綁在背後。三名穿長袍的男子彼此對話，他們低沉的嗓音傳進暈頭轉向的我耳中，彷彿傳自隔壁房間。

「不是他，對吧？」一人說。「這不是夏洛克．福爾摩斯。」

「我上星期二在義本刊過福爾摩斯。」另一人說。和他的同袍一樣，他用濃烈的蘇塞克斯口音說話，他把「看過」（seen）發成「刊過」（sin），「星期二」（Tuesday）則念成「星期爾」（Toosdee）。「這傢伙年齡相同，但矮胖了點，而且，福爾摩斯的鬍子刮得很乾淨。」

「所以他來福爾摩斯的房子幹嘛？」

「我怎麼曉得？弟兄，我只知道福爾摩斯不在這裡，我們還抓錯人了。」

「好吧，我們不能讓他走，現在不行。無論他是誰，經歷這種事情後，也不可能安靜怯懦地逃跑。他會直接去找警察，不是嗎？」

「你說的是我想的事嗎？」

「我們不能讓任何事干擾儀式。今晚就是我們的時刻，群星已經到達正確的位置，克拉奇亞格（Kl'aach-yag）正在等待。我們不會再有這種機會了，也不能容忍任何一絲出錯的機會。」

「那我們就用他自己的槍殺了他，再把屍體丟到海裡。附近數英哩沒人會聽到槍聲，我們計畫今晚至少得死一人，多一人又何妨？」

「獻祭品是一件事，謀殺又是另一件事。」

「差異相當細微。」

「我有個點子。我們把他一起帶走，照麥克菲爾森弟兄（Brother McPherson）的指示，我們本來就得抓走福爾摩斯，麥克菲爾森弟兄會做出最後決定。」

我猜麥克菲爾森弟兄是這三人的上司，他們似乎樂於把責任推給他。

「你們覺得呢，弟兄們？」做出提議的人繼續說。「我的提議可行嗎？」

其他兩人表示同意。「你最懂他了，莫鐸弟兄（Brother Murdoch）。」其中一人說。「如果你這麼想，我就不反對。」

於是他們拉起我，粗魯地把我拖向門前小徑，再拉到道路上。我不曉得自己會有什麼下場，但我只能想到某種淒涼命運。

我沮喪地想：「夏洛克・福爾摩斯在哪？」

第二章 顫動團塊兄弟會

The Brotherhood of the Pulsating Cluster

沿著道路走了幾百碼後，我們來到一輛停在路緣的貨車旁，有片山楂樹林將車身擋在視野之外。透過微薄的月光，我看出貨車前方有兩個座位，後頭則是一塊修長的木製車斗，兩側微微突起。從沾滿泥濘的輪胎和散落稻草的車斗木板看來，這輛貨車通常是用於農務。

他們逼我攀上後頭，躺好不動。其中一名長袍男子（其他人稱他為莫鐸弟兄）自願看管我，並說服拿走我左輪手槍的人，把槍交給他。

「儘管我們綁住他了，但你不曉得會發生什麼狀況。這傢伙老是老，卻是條生猛漢子，我最好拿著槍，以防萬一。」

莫鐸弟兄和我一起待在貨車後方，其中一名同夥坐上駕駛座，另一人則轉動啟動桿。轉了幾次後，引擎便隆隆發動，第三人爬上車，我們就此上路。

我們以路人輕快走路的速度開了半小時左右，貨車這段車程十分顛簸，且持續發出隆隆響聲，讓我無法妥善整理雜亂的思緒，但我依然勉強拼湊出自身處境大致的狀況。從長袍男子們對儀式與獻祭品的言論聽來，他們應該屬於某種教團。再者，他們似乎崇拜某種不敬神靈，而過去三十年來，我和福爾摩斯曾不斷對抗這類神靈。我不熟悉他們提到的名字：克拉奇亞格，但天外神明為數眾多，也還沒有人製作過祂們整體的名單。再者，隨時都會出現新的神明，因為這些生物經常彼此配對和交配，並和人類一樣產下後代。克拉奇亞格從拉萊耶語（R'lyehian）翻譯過來，指的是「顫動團塊（The Pulsating Cluster）」，儘管聽來古怪，在這類名號中卻算是稀鬆平常。

我好幾次試圖觀察莫鐸弟兄的臉，但我能在兜帽下看見的，只有長滿鬍鬚的下巴，和反射月光的雙眼。他似乎相當嚴肅地看待自己的責任，不管貨車如何彈跳搖晃，手槍也沒有移開。我覺得如果自己企圖逃跑，他肯定會毫不猶豫地開槍，不過，我其實也沒法那樣做。

最後貨車往下坡駛過一連串蜿蜒彎道，並在某處海灘邊緣停車。莫鐸弟兄揮了一下我的槍，示意我下車，我們四人開始沿著海岸走，路線正好位於高潮線上，上頭有一條條乾掉的墨角藻。鵝卵石在我們腳下喀噠作響，風中的海甘藍叢發出沙沙聲，海上則波濤洶湧。儘管我還沒放棄脫離困境的希望，卻還看不出要如何脫身。我向自己保證，機會遲早會出現，我所能做的，便是伺機而動。

我們抵達了岩壁上的開口，就在某個格外高聳崎嶇的懸崖底部，裡頭有隧道延伸到遠處，我猜那通往某座洞穴。有位在外頭等待的邪教徒前來迎接我們，手上拿著燃燒的火把。

「那是他嗎？」他問道。「是討人厭的福爾摩斯嗎？」

「不是，是別人。福爾摩斯不在家，但我們找到這個傢伙。」

「是他的朋友？」

「不確定，我們希望麥克菲爾森弟兄會知道該怎麼處置他。」

「麥克菲爾森弟兄現在得思考很多事，你們該做的，只有抓住福爾摩斯。現在你們把事情搞複雜了。」

「這不是我們的錯，這傢伙對我們掏槍。」

「嗯，這是你們的問題，弟兄。我們進去吧。時間快到了。」

拿著火把的男人帶路走進隧道，我們四人與他列隊同行，我走在倒數第二個，莫鐸則在隊伍最後。洞穴的高度勉強讓我們不需彎腰，卻狹窄得使我們得以縱隊行走。洞內的空氣瀰漫著腐爛海草與鹹水的臭味，但我也嗅到了另一股氣味，聞起來微弱卻更臭。我們沿著下坡走了五十幾步，直到隧道延伸至龐大的洞窟之中。

洞穴周邊擺滿了插在裂隙中的火炬，照亮了粗糙的白堊岩壁，岩壁則一路往內彎至天花板。空氣非常潮濕，地面上還散布著數十個黏膩的綠色岩池。這裡的臭味更濃，幾乎已成了腥臭味，飄散著腐爛惡臭。

另外四名邪教徒聚集在洞穴中心，使整體人數達到八人。儘管我看不到他們的臉，這些人的態度卻充滿期待，但我覺得他們也憂心忡忡。

他們中間有第五個人，是個女孩。一看到她，我就感到忿忿不平，因為她顯然並非自願來此。她穿著普通的日常衣物，眼神閃爍地看著四周，迷茫且困惑，還有些搖晃。她的年紀頂多十八或十九歲，要不是氣質憔悴又失落，外表還堪稱嬌美。

當她看到我時，試圖要說話，但口中只流瀉出語焉不詳，令人困惑的字句。或許是由於我的穿著不像邪教徒，她認為我是她的同路人，也是她的救星。從她口齒不清的狀況，與外表的疲勞狀態看來，我覺得有人對她下藥，好讓她保持溫順。

我氣得七竅生煙。這女孩一定就是我之前聽到的獻祭品：人類獻祭品。今晚的邪惡儀式，將奪去一名無辜年輕女孩的性命，以取悅克拉奇亞格，討好這位神明。

我無法壓抑自己的怒氣。「混蛋！」我驚呼道。「卑鄙的異教徒！立刻放她走。如果你們想找人獻祭的話，何不用我？放過她吧。」

不祥教徒中的其中一人離開其他人，向我們走來。他用文雅的口氣，要逮住我的綁匪們解釋我的身分，以及他們為何把我帶來此地。他們在敘述前因後果時，稱他為麥克菲爾森弟兄，但我早已從他散發出的權威感，推論出他的身分。

「那麼，夏洛克・福爾摩斯還在外頭。」麥克菲爾森說。「該死！他今天早上在我家附近窺探時，我就該對付他。他只差沒直接控訴我綁架茉德（Maud）了，他還對我說，直到確認她的下落前，他都不會罷手。」

一聽到「茉德」這個字眼，女孩就發出了呻吟和嘀咕。我猜她是對自己的名字做出反應，只不過無法完整表達意思。

「他也發誓會找到我與她失蹤之間明確的關聯。」麥克菲爾森繼續說。「真希望當時我直接打倒他，就能一勞永逸地解決問題。我確定他現在也在追蹤我們的腳步，好吧，他已經太遲了。我們的時間到了，克拉奇亞格會得到祂的供品，透過茉德的鮮血，我們顫動團塊兄弟會（Brotherhood of the Pulsating Cluster）就會得到應得的獎賞，感謝大神。不是嗎，弟兄們？」

其他邪教徒低聲同意。

「做好準備，我們已全員到齊，群星也抵達吉利的方位。讓我們將克拉奇亞格從祂的國度中喚出，等到今晚結束，我們每個人最深沉渴切的願望都會成真，以茉德・貝拉米（Maud Bellamy）的生命作為代價。由於我們倆對彼此的愛，使她的價值變得更為珍稀。」

「你這個魔鬼！」我叫道，一面用力掙扎，兩名看住我的邪教徒得分別抓住我兩側手肘才能壓制我。

麥克菲爾森得意地聳聳肩。「繼續埋怨吧，老頭，不管你是誰，都沒有差別。你很快就會和茉德一同前往她要去的地方了。」

「鬆開我的手，看會怎麼樣啊！」

不受我威脅影響的麥克菲爾森，轉身緩緩走向貝拉米小姐。他從長袍皺褶中取出一把銳利長刀。

我努力掙扎，想從抓緊我的兩人手中掙脫，但徒勞無功。

其他邪教徒分散成半圓形陣勢，開始肅穆地吟唱。麥克菲爾森用拉萊耶語唸出某些詞語，我知道那是儀式咒文，他的弟兄們也呼應著他的話語，宛如某種不淨教義問答中的呼喊與回應。隨著吟誦聲變得高漲熱切，火光也隨之黯淡。等到八人共同念出：「Iä，克拉奇亞格！Iä！Iä！」時，儀式便達到高潮。

岩池中有某種東西動了起來。黏膩的水面開始冒出漣漪，也旋轉起來。

此時，我感到有隻手偷偷拉扯綁住我的繩索，還有一股十分熟悉的嗓音，在我耳邊悄聲說話。

「準備好，老友華生。等我出手，就配合我。」

第三章　灰綠色的黏滑團塊

A Glaucous, Slobbering Blob

凝膠狀形體從某座岩池中冒出，也出現在另一座岩池中，隨後所有岩池都湧出同種東西。每個形體都擁有透明的半球形核心，外圍長滿纖細的透明觸手，型態宛如絲線。牠們是某種水母，身體尺寸從男子拳頭到足球般的大小都有。牠們蠕動翻滾，將自己從水中推上洞穴地面，看起來相當噁心。牠們的行進動作毫無秩序可言，較快的個體爬過較慢的個體，由於這種生物的數量眾多，使我覺得這些岩池並非空洞的裂隙，和一般海濱岩池不同。它們其實是深入地底的井口，可能全都連結到同一塊地底貯水層，也就是那些生物的集體住所。

儘管忽然出現的怪誕水母群使我感到震驚，我卻也稍微鬆了口氣，甚至有些欣喜，因為剛在我耳邊低聲響起的嗓音，正是出自夏洛克・福爾摩斯。他假扮成顫動團塊兄弟會的成員：莫鐸弟兄，剛好也是當前其中一個抓住我的人。我現在能更清楚地觀察到他的臉，也能看出戲劇用油灰形成的突起處，扭曲了他臉孔的輪廓，下巴上的濃密鬍鬚應該也是道具。不過，流露銳利光芒的雙眼則無庸置疑地屬於他。

福爾摩斯靈巧地鬆開我的束縛，還帶著武器，對那群邪教徒來說，他們很快就不會那麼一帆風順了。

水母群遷移到洞穴一側，開始集結。牠們爬到彼此上頭，相互交纏，泥狀身體與黏稠觸手形成龐大的球根狀聚合體，散發出的惡臭令人作嘔，像是地獄深處的氣味。好幾名邪教徒嗆了氣並乾嘔，不過麥克菲爾森並沒有這樣做，他滿心喜悅地亮出刀子。至於茉德・貝拉米，她心中殘餘的智慧正快速脫離自身。她轉動眼窩中的雙眼，雙脣間吐露出窒息般的嗚咽聲，聲音充滿發狂的絕望。

集結的水母群統一行動，彷彿因擁有共同心跳而顫動。不知怎麼地，牠們滑溜地共同緊縮時，就會產生構成語言的聲音。每個音節都是種噁心的潮濕吸吮聲，像是美食家的咂舌聲，卻依然傳達出智慧，不過聽者得熟識拉萊耶語才能察覺這點。

「把它給我。」以諸多群體組成的顫動團塊克拉奇亞格說。「把我的食物給我，讓我大啖它的甜美滋味，並得到滋養。」

在麥克菲爾森的指示下，其中一名邪教徒將貝拉米小姐拖向前。

「逼她跪下。」邪教徒首領說。「快點，弟兄。對，把她的頭往後抬，沒錯。」

女孩的頸子因此露了出來，麥克菲爾森把刀移到她下巴底下，刀鋒向上。他準備割開貝拉米小姐的喉嚨，彷彿她是屠宰場中的小母牛。

「現在嗎，福爾摩斯？」我用氣音說道。我不敢相信我的朋友居然想繼續拖下去。

「就是現在。」他確認道。

我撲向一旁，用肩膀衝撞左邊的邪教徒，將他撞倒在地。在此同時，我右方的福爾摩斯用威百利手槍仔細瞄準並開火。

子彈擊中麥克菲爾森的手臂。衝擊力使他轉了個圈，他痛苦地叫了一聲，便倒在地上，刀子也脫手了。

一聽到槍聲，洞穴裡的其他人便嚇得動也不動，就連克拉奇亞格也停止了祂那如咀嚼音般的貪婪狂語。

「快，華生。那女孩，去救那女孩。我來掩護你。」

我衝向貝拉米小姐，我一行動，繩索就從我手上脫落。其中一名邪教徒擋在我面前，打算攔截我。我把他像蒼蠅般擊倒，如同打倒想發動擒抱的中後衛球員。我已經不年輕了，體力差太多了，但有必要時，我依然能敏捷移動，自己的橄欖球技巧也沒生疏太多。抓住貝拉米小姐的邪教徒也企圖阻擋我，但福爾摩斯用瞄準精確的子彈趕走了他，利用洞穴地面彈射，子彈離對方的雙腳只有數英吋，揚起了一陣白堊碎屑。

我抓住不幸女孩的雙肩，將她拖離克拉奇亞格那灰綠色的黏滑團塊。我們抵達福爾摩斯身旁時，麥克菲爾森從地上站起來，一面憤怒大吼。他受傷的手臂無用地垂在身體一旁，但他用另一隻手握起刀子。

「帶她回來！該死，我已經等待好幾個月了。茱德等同於我的未婚妻，克拉奇亞格深知讓牠得到茱德，對我的意義有多重大。祂不會失望，我也不會！」

「不。」福爾摩斯說。「祂不會失望。」他轉而用拉萊耶語說話。「克拉奇亞格，祢失去了一頓大餐，不妨吃另一頓吧。我向祢獻上費茲洛伊・麥克菲爾森（Fitzroy McPherson），他是三角牆學校（The Gables school）的科學老師，也是罪大惡極的歹徒。」

麥克菲爾森對那古老的異族語言的熟識程度，似乎不如福爾摩斯和我一樣流利，但他認出了自己的名字，也猜出剩餘話語的意義。他轉身面對克拉奇亞格，手臂湧出鮮血，滴落到地面，一抹抹鮮紅與白色粉塵形成強烈對比。

「不、不，別聽他的，偉大的神明。」他抗議道，一面指向貝拉米小姐。「我不是獻祭品。是她，**她**才是呀。」

不過神明似乎不同意這點，因為大量觸手立刻竄出，抓住麥克菲爾森的四肢。麥克菲爾森放聲尖叫，並用刀子劈砍觸鬚，但他每砍斷一根觸手，另一根觸手就會立即替補位置。網子般的肉質突起物迅速包覆他，克拉奇亞格緩慢無情地將他拖近，宛如拉扯獵物的鮟鱇。從麥克菲爾森尖叫扭動的痛苦方式看來，我只能推測觸手上長了毒刺囊，正穿過長袍刺他。他神智清晰地見證自身的恐怖處境，也清楚自己無力回天。

他的身體終於貼上克拉奇亞格，整隻水母開始如軟泥般包住他，將他完全包覆，並把他吸入牠們的集合體中。他的尖叫化為啜泣般的悲鳴，等到克拉奇亞格完全吸收他時，一切便歸於寧靜。之後，我與洞穴中的每個人只能望著他在神明體內窒息，他的動作逐漸變得虛弱，也產生痙攣，直到一切動靜完全停止。

接著，麥克菲爾森毫無生命力的軀體令人作嘔地高速瓦解。克拉奇亞格正在消化他，皮膚融化之後，隨即露出肌肉、肌腱與血管，這些部分也隨之溶化得無影無蹤，只留下赤裸的骨頭。我想到醫學院的解剖課，不過此處的屍體解剖過程只花了不到一分鐘，而非經過好幾堂課。

麥可菲爾森化為骷髏後，克拉奇亞格便消散開來，分裂為離散的水母群體，牠們邊發出噗哧聲，邊回到岩池，並滑進水中，骨頭哐啷一聲落到地上。

顫動團塊兄弟會剩餘的成員站在原地，看起來震驚且失落。福爾摩斯繼續舉著槍，並向我示意，指示我們該帶著貝拉米小姐離開了。我走向前，護送那名女孩穿過隧道回到海灘。福爾摩斯倒退著走在後頭，如果有任何邪教徒想追上我們，肯定會吃上一發子彈，被迫重新考慮做法。當下，我猜首領的恐怖死法使他們所有人都太過震驚，無法立刻採取行動。

福爾摩斯在洞穴入口處吹出一股高亢尖銳的口哨聲。不久後，一群蘇塞克斯警局（Sussex

Constabulary）的員警便出現並涉水走上岸。原來，員警留在一艘在海外某處下錨的划艇上，等待福爾摩斯的信號。

「貝拉米小姐在這，巴朵探長（Inspector Bardle），和我保證的一樣安全無虞。」我朋友對那位高階員警說，這時他已撤下臉上的喬裝。「確保她回到位於富爾沃斯（Fulworth）的家族住所，並盡快接受治療。你會在山洞中找到一群慌張的人，也該用密謀謀殺的罪名逮捕他們，可惜的是，他們的首領已無法受審，但我猜其他人會乖乖就範。你也該派員警去三角牆學校，他們會找到一位名叫伊恩·莫鐸（Ian Murdoch）的數學老師，在住家中遭到綑綁，嘴巴也被堵上，你應該逮捕他。接著呢，探長，依我所見，你得申請幾根炸藥，炸毀那座山洞的入口，永久封閉內部。」[5]

5 譯注：本章提到的所有人物都出自《獅鬃毛》，克拉奇亞格則是影射原作故事中殺害麥克菲爾森的獅鬃水母。

第四章　福爾摩斯的私人仙饌

Holmes's Own Personal Ambrosia

後來，福爾摩斯和我拿著兩杯白蘭地，坐在他客廳時，我的朋友致上了深深的歉意。

「害你捲入這場事件，讓我感到非常抱歉，華生。時間很急迫，我也沒有其他辦法，當時，你的不情願參與反而因禍得福，我拿到你的左輪手槍，也取得了絕對優勢。」

「你之前為何不警示我，說自己正在調查案件？」我問。「發封短電報就好了。」

「今天早上之前，我自己都不曉得危機將要發生。遊戲即將開始，但我沒察覺終曲將至。早餐後不久，身為富爾沃斯漁業大亨和茱德父親的老湯姆．貝拉米（Tom Bellamy）來找我，懇求我調查他女兒突然失蹤的案件。她和平常一樣出外散步，卻沒有回家。他當下覺得，她與未婚夫費茲洛伊．麥克菲爾森私奔了，貝拉米不贊同他們訂婚，且並未對雙方掩飾自己的想法。茱德不只比未婚夫年輕許多，還身為大筆財富的繼承人，那筆錢比區區學校老師能賺的可多了。貝拉米害怕的是，麥克菲爾森主要的動機並不是愛情，而是金錢，於是他請我去拜訪麥克菲爾森。」

「他為何不自己去？」

「他說碰上麥可菲爾森的話，自己可能會沉不住氣，特別是如果他發現茱德與對方待在一起的話，他或許會做出可怕行為。他知道我更謹慎委婉些，也知道我是麥克菲爾森的朋友。」

「你是那個禽獸的朋友？」

「這個嘛，『點頭之交』可能更精確點。我剛好跟三角牆學校的校長哈洛德．史戴克赫斯特（Harold Stackhurst）的關係不錯。透過他，我和麥克菲爾森先前曾在幾次社交場合上碰面，我也見過那間學校的數學老師伊恩．莫鐸。」

「就是你今晚喬裝的人。」

福爾摩斯點了點頭。「剛好我也樂於接受湯姆・貝拉米要我代為前往的請求，因為我有別的理由，認為麥克菲爾森並非正直君子。在餐桌喝了一兩杯葡萄酒後，麥克菲爾森經常有些貧嘴。大家討論建築時，他在我面前脫口提到非歐幾何學（non-Euclidean geometry）。他聲稱，儘管有可能在非歐線條上建造結構，但出現龐大比例時，雙曲角（hyperbolic angle）與曲率張量（curvature tensor）或許會讓人腦產生精神病與瘋狂。」

「據說失落的拉萊耶城（R'lyeh）就是如此，當地是克蘇魯的家園。走在城內的街道上，就會引發精神病與錯亂。」

「的確如此。那句話率先讓我想到，麥克菲爾森或許有更多祕密，於是我找藉口去他學校裡的書房拜訪他，表面上是為了討論我倆都有興趣的話題：化學。從一個人的書房中能看出對方的許多特質，特別是書架，麥克菲爾森的書架顯露出不少徵兆。在我預料中的科學教科書之間，擺放了英文版的《納克特抄本》（*Pnakotic Manuscripts*）、《蠕蟲的奧秘》（*De Vermis Mysteriis*）和《惡魔崇拜》（*Daemonolatreia*）。」

「沒有《死靈之書》（*Necronomicon*）嗎？」福爾摩斯自己的書房也堆滿同類書籍，包括我剛說的那本書，還不只一冊，他有兩本。

「沒有，感謝老天。」福爾摩斯說。「我將話題轉向祕教教團，而至今態度溫和健談的麥克菲爾森，變得守口如瓶。我說到處都能碰見受制於怪異古神的信徒團體，認為這種人會對他們自己和大眾造成威脅，因為他們接觸的是自己無法理解和控制的力量。麥克菲爾森迅速將他們斥為怪人，『任何人都能穿上長袍和點燃火炬，在臨時搭建的祭壇周圍念出莫名其妙的鬼話，自以為接觸了神明。』他說，『就像任何人都可以買塊通靈板，舉行室內降神會，自認為在與靈界溝通。』我覺得他的輕蔑不像是瞧不起迷信的理性份子，反而像是譏笑業餘份子的專業人士。」

「我想，那位先生口是心非。[6]」

「哈哈！沒錯。之後我開始謹慎注意麥克菲爾森的習慣和去向，他經常在酒吧之類的地點和鎮上許多同夥見面，其中包括伊恩．莫鐸。我明確感覺到他們是好友，而透過不同喬裝偷聽他們的談話後，我收集到一些使我感到擔憂的資料，你很清楚那類事情。接著在三天前，我在義本周邊跟蹤麥克菲爾森時，看到他走進位於柯恩菲爾德聯排（Cornfield Terrace）上某家服裝出租店，帶著大型包裹走出店家。事後我直接進入店裡，詢問看來相當滿意的店主，有沒有修道院式或儀典式的服裝。對方迅速坦承，自己才剛做了一筆那方面的優渥生意，『是用於詮釋本篤會（Benedictine Order）歷史的舞台劇所需的八套黑袍。』他告訴我。『那位顧客說，這個月稍晚他們會在皇家競技場劇院（Royal Hippodrome）演一齣新劇。』調查神祕學犯罪時，我很少想到如此世俗且實際的細節，但有時這種細節相當關鍵。」

「畢竟，異教徒需要長袍。」

「當然，而現在我有了證據，能證明麥克菲爾森與莫鐸等人可能在籌備某種儀式，不過當時我還沒完整建構出其儀式的本質或嚴重性，於是今天早上，茉德．貝拉米神祕失蹤時，事情似乎來到了緊要關頭。我去學校找麥克菲爾森，有部分是為了遵照湯姆．貝拉米的要求，我強烈暗示，自己很清楚他得為綁架那女孩負責。當然了，我無法斷言發生過這種事，但我希望能透過虛張聲勢引發足夠的威脅，使麥可菲爾森不敢輕易進行自己打算犯下的歹毒計畫。他過度激動的回應，讓我相信他不會罷手。」

「你應該把這個惡棍打到鼻青臉腫。」

「用什麼理由，華生？萬一我誤會了他呢？萬一貝拉米小姐落入別人手中呢？不過，那似乎不太可能。我認為她未婚夫是圖謀不軌的可疑人物，因此她的失蹤絕非意外。麥克菲爾森和她能輕易安排約會，他也能趁機綁架貝拉米小姐，或許是使用氯仿，並將她送到某個藏匿處，但我不曉得她的下落，也無法篤定地連起不同線索。我唯一的解決方法，就是滲透麥克菲爾森的行動。」

「把自己偽裝成伊恩．莫鐸。」

「我先去莫鐸的住家，讓他無法動彈。」福爾摩斯說。「接著我強迫他，把他和邪教徒同夥碰面的時間告訴我。」

「強迫？」我語帶諷刺地說。「用什麼方式？魔法或是物理方式？」

「物理方式。我的時間緊迫。」

「你花了多少力？」

「沒有你想得多。莫鐸的狡猾與固執程度，不如他朋友麥克菲爾森，我輕鬆壓制他後，他就徹底嚇倒了，迅速吐露消息。事件進展迅速，我打電話給巴朵探長，他是個能幹的傢伙，過去我們曾打過交道，且令他從中獲益。我把事情的來龍去脈告訴他，他也同意派員警駕船待在離岸處，準備好在我發出信號時出動。接著我將自己的外表變得像莫鐸，對方的高度與體型剛好與我相仿。整體而言，我

6　譯注：本句典故出自《哈姆雷特》（*Hamlet*）。

做得不錯，從濃密的鬍鬚到略顯歪曲的鼻子都神似對方，也有辦法模擬他的言行舉止，甚至是他的蘇塞克斯喉音，他是土生土長的當地人。簡單來說，我能喬裝成他，特別是在黑暗中穿著借來的長袍時。我在先前安排好的會合點現身，跟他的兩名弟兄碰面。那時我才得知，我們的第一個去處是我家，第一項任務是伏擊夏洛克．福爾摩斯，且要活捉他。華生，你是在此時進入了故事。順道一提，我很高興你並未開槍射我，不然一定會打亂我的計畫。」

「我也很高興你沒殺我。」

「那肯定會打亂你的計劃。事實上，我在對付兄弟會時，很高興有華生待在身邊，就和以前一樣。」

我遺憾地嘆氣。「或許吧，但我已不再年輕，也感到先前的辛勞耗盡了我的體力。在貨車上遭到綑綁，使我的肩膀發疼；為了去貝拉米小姐身邊而衝向洞穴另一頭，恐怕也拉傷了腿筋。另一方面，福爾摩斯，之前的事件完全沒有對你造成負擔，恕我直言，你看起來精力充沛，還不只是今晚而已。每次我來訪，都注意到你似乎不受年紀影響。你頭上幾乎沒有灰髮，臉上沒有皺紋，我也沒在你身上看到任何體衰的狀況。當我逐漸老去，你卻還青春永駐，讓我感到十分困惑。你的祕密是什麼？」

「蜂蜜。」我朋友簡要地回答。「我從蜂巢取出的蜂蜜。那是種非常厲害的物質，充滿了健康的酶與糖份。你那些古人醫生前輩們會用它療傷，你知道嗎？我發現它能有效提高我的體力，比古柯鹼更有益，害處更少。我稱它為我的個人珍饈，賦予了我長壽，和希臘諸神飲用的瓊漿玉液是同樣的東西。當然了，還有海風，有許多文獻記載過它使人恢復體力的效果。」

「或許我也該退休，搬到海岸養蜂。」我說。「但恐怕我已經是根深蒂固的倫敦人了，無法永遠捨棄那座大城，就算它不會想我，我也會想它。對擠滿近七百萬人的城市來說，少了一個人又如何？」我壓下一個呵欠。「好吧，福爾摩斯，你可能還不累，但我累了，我想我該上床了。」

＊＊＊

我睡得平靜無夢，不過時間並不長，因為午夜後不久，走廊中傳來的電話尖鳴吵醒了我。我聽到福爾摩斯下樓去接電話。

「喂。我是夏洛克．福爾摩斯。對，總機，我可以接電話。喂？邁克羅夫特？對，我是夏洛克。慢一點，邁克羅夫特。再說一次。邁克羅夫特！你得冷靜下來，我聽不懂你說的話。理性點。邁克羅夫特？邁克羅夫特，無論發生了什麼事，聽我說。我要你待在原地，別去其他地方，別做任何傻事。我會盡快趕去。」

福爾摩斯掛回聽筒後，我走出客房。他看起來困惑且無比憂心。

「你哥哥。」我說。「他想做什麼？」

「我說不上來。邁克羅夫特……只能說他在『胡言亂語』，話語完全沒有邏輯。我完全聽不出他想說的話，他幾乎只是一再重複我的名字。」

「老天呀！你覺得他生病了嗎？」

「我不知道該怎麼思考這件事。」福爾摩斯簡要地說。「我只知道自己得盡快換衣服，並北上倫敦。」

「我和你一起去。希望不會是這樣，但如果邁克羅夫特得了腦炎或中風，他會需要我的幫助，你也會需要我。」

「我不會和你爭辯，華生。我只能請你快點動作。」

第五章　帕摩爾的悲劇

Tragedy on Pall Mall

我們在冰冷的灰色黎明曙光下走到義本，搭上前往倫敦的首班列車，快七點時抵達維多利亞車站（Victoria station），再搭馬車前往聖詹姆士（St James's）。邁克羅夫特的工作使他從未離開那塊區域，當地包含了他的兩個主要出沒場所：第歐根尼俱樂部（Diogenes Club）和西敏宮（Palace of Westminster），以及他的公寓。

時間還很早，首都街道上空無一人。不過，馬車駛進帕摩爾（Pall Mall）時，我瞥見前方的一小撮人群，有不少人在某處聯排式住宅外發出喧鬧聲。他們聚集在房屋前方道路上某個龐大蜷曲的物體旁。

一絲恐懼竄入我心中。我認得那棟聯排式住宅，邁克羅夫特的房間就在裡頭。我希望道路上的東西，和我心中想的不同。

福爾摩斯也看到了。我還沒開口，他就推開車門，儘管馬車還在行駛，他還是跳出車外。他衝到群眾旁，擠進人群中央。

我永遠不會忘記他隨後發出的慘叫。叫聲在街上迴盪，那是充滿純粹痛苦的哀嚎。

我趕到我朋友身邊。福爾摩斯跪在地上，低垂著頭。

邁克羅夫特・福爾摩斯的遺體倒在他面前。

我不太想描述遺體的狀況。它嚴重受損，鮮血以光圈狀在它身旁流淌，有些血跡還飛濺到隔壁房屋的台階上。

那無疑是邁克羅夫特的肥碩身軀，儘管頭部不完整，卻也看得出是他的頭。我只能說：那塊公認優於他弟弟的大腦，已經不在顱骨中了，我不會再補充任何細節。

震驚與困惑的感受逐漸襲上我心頭。我經常覺得邁克羅夫特．福爾摩斯盛氣凌人，甚至可說是傲慢，程度比夏洛克．福爾摩斯還誇張，但我知道他是個誠實的人，也是傑出的知識份子，更別提在對抗邪惡的戰爭中，他還是個強力盟友，我對他這些特質感到景仰。看到他遭到如此暴力地徹底毀滅，令人感到無比訝異與震驚。我努力控制自己的情緒，如果我受到情緒左右，就無法提供福爾摩斯所需的支持。

福爾摩斯內心遭受到的衝擊與折磨無疑遠大於我。他的臉色變得慘白，嘴唇顫動著，能由此看出他心底的感受，這可能是他人生第一次瀕臨落淚邊緣。我安慰地把手放在他的肩上，但他甩開了我的手。他用上某種強大的意志力，迫使自己冷靜並站起身。他對群眾說：「是誰找到他的？有人嗎？快說。」

有隻手舉了起來。「是我，先生。」那是位郵差，他看起來和福爾摩斯一樣震驚。「當時我在工作，卻發現……這個狀況，時間大約是十五分鐘前。我報了警，但還沒有人過來，我猜，你認識他。」

福爾摩斯忽略那句話。「在你抵達前，他在這躺了多久？告訴我。」

「我真的不曉得，先生。」

「試試看，先生，試試看。當時身體還在抽動嗎？血跡還很新鮮嗎？」

「福爾摩斯。」我溫和地抓住他的手臂。「別逼他了，這樣質問他沒有意義，他不是這種事的專家。請讓我進行檢查，我或許能提供你需要的答案。」

邁克羅夫特的皮膚依舊溫暖，血液的質地黏稠，只有部分凝結。我抬起邁克羅夫特的前臂，觀察過手腕的屈曲度後，發現屍僵現象尚未發生。

「我估計他在半小時到一小時前死亡。」我說。

「再精準點。」福爾摩斯說。

「沒辦法，這有關係嗎？我們盡快過來了。你無法避免這件事，你可能只是對自己進行不必要的虐待。」

福爾摩斯似乎在思考。我察覺他內心正醞釀著莫大情緒，只勉強受到控制。

「你說得或許沒錯。」他最後說道。「但沒能夠預防此事，不代表我不能做點什麼。」

「這就對了。」我說。「你有什麼打算？」

此時一名警察出現，控制住現場。他做的第一件事，是趕走人數不斷增加的圍觀群眾，讓他們遠離散發病態魅力的源頭。接著他要求某人拿塊毛巾來遮住遺體。他的態度蠻橫，不斷發號施令，但那正是這種情況所需的特質。

這個時候，福爾摩斯站在馬路上，往上窺視房屋。

「顯然他是摔了下來。」他說，一部分是對我說，但大致上是自言自語。「但他房間內的窗戶都沒有打開。再說，他住在二樓，從那種相對低的高度落下，也不會造成……我們見到的慘況。他有可能是從最頂樓墜落，上頭有道低到能輕易跨越的欄杆，也能從閣樓抵達該處，上頭的窗戶嵌入馬薩式屋頂。我得確認的是，邁克羅夫特是否是獨立做出這件事，還是有人協助他。」

「換句話說，這是自殺或謀殺？」我非常慶幸看到我朋友採用邏輯分析。如果他放縱自己，悲傷就會徹底瓦解他。在當下，最好讓偵探夏洛克・福爾摩斯掌控全局，並讓喪親的夏洛克・福爾摩斯弟弟退居幕後。只要證據還新，福爾摩斯挖出真相的機會就越大。

「不好意思，福爾摩斯先生?夏洛克．福爾摩斯先生?」

說話的人是位衣冠楚楚的纖瘦男子，我認得他的臉，不過我花了點時間才想起他。他是第歐根尼俱樂部的秘書，俱樂部就位於邁克羅夫特房間的正對街，他刻意讓目光避開裹著毛毯的屍體。

「怎麼了?」福爾摩斯說。「你是盎杉克（Unthank），對嗎?」

「我任您差遣，先生。」盎杉克神情遺憾地扭著雙手。「節哀順變。這是可怕的損失，對我們而言都是可怕的損失，也是一連串沉重打擊之一。」

「你這是什麼意思?」

「我才剛抵達第歐根尼俱樂部，但我大半夜都沒睡。」盎杉克說。「我希望能說自己對福爾摩斯先生殞命一事感到訝異，我指的是你哥哥。我真心希望如此。」

「今晚還有其他人死亡嗎?」

「消息非常可怕，電報與電話不斷來回傳遞消息。我不敢相信自己此刻所說的，但過去幾小時，我們有六名會員去世了。」

「六個人!」我驚呼道。

「現在是七人了，老福爾摩斯先生剛加入其中，我也祈禱他是最後一人。坦白說，這是場屠殺。」

「他們的名字呢?」福爾摩斯說。「他們是誰?」

盎杉克沒有回答，反而看了看錶。「你們該跟我走。得遵守某項傳統，俱樂部所有有空的成員也在路上了。身為邁克羅夫特．福爾摩斯的近親，你也有權參與。之後，如果你還有問題，我就盡力回答。」

第六章　打破沉默

Breaking the Silence

我們走進倫敦最怪異的俱樂部時，裡頭空無一人，但只過了二十分鐘，裡頭就擠滿了人。主休息廳中滿是會員，也一如往常地沒人說話。第歐根尼俱樂部的會員們維持著習慣的沉默，遵循著俱樂部的黃金法則，但所有人的臉上都露出悲傷神色，明顯到不須大聲說話。

等到盎杉克認為已全員到齊，不會有人再來時，敲響了一只小鈴鐺。空氣中響起宏亮的鈴聲，鈴聲消失時，秘書說出了一個名字。

「米爾頓・哥德斯沃錫（Milton Goldsworthy）。」

俱樂部會員們複誦了那個名字。

「亞歷山大・查爾逢特—班克斯爵士（Sir Alexander Chalfont-Banks）。」

所有人再度複誦了名字。

接著繼續唸了四個名字：一位王國貴族[7]、一位將軍、一位工業家和一位報業大亨，直到第七個，也是最後一個名字出現。

「邁克羅夫特・福爾摩斯。」

我想，這次眾人的回應大聲了點，也比先前來得更真心，或許是因為邁克羅夫特同時身為第歐根尼俱樂部重要成員，和本國政府的重要人物。

盎杉克又響了一次鈴，俱樂部會員們一句話也不說地散去。

就算是用第歐根尼俱樂部的標準來看，這也是場古怪的儀式，但我依然覺得過程相當感人。在強制要求沉默的組織中，打破沉默的正式過程便產生了莊嚴感，彷彿過去平靜的水池中噴出間歇泉，代表深藏地底的壓力泉湧而出。

盎杉克宣布死者名稱時，夏洛克·福爾摩斯逐漸變得肅穆。後來我們前往陌生人室（Stranger's Room）等待秘書時，他的態度也沒有改變，此時秘書正忙著送客人出去。

「這是敵人的行動，」福爾摩斯對我坦承，「肯定沒錯。」

「敵人的行動？怎麼說？」

「那七個名字，華生。死去的七名會員，他們有什麼共同點？說吧，你不需要敏銳的心智，就能猜出其中的關聯。」

「他們……」我開始說。接著我發現了，我早該惱怒地拍自己的前額，我的反應居然這麼慢，我把這點歸咎於前晚的疲勞與惡運。「他們全都隸屬於達貢俱樂部（Dagon Club）。」

「更正說詞：他們**就是**達貢俱樂部。他們七人：哥德斯沃錫、亞歷山大爵士和邁克羅夫特等人，組成了那個無比威嚴的祕密組織。而現在，他們七人一瞬間全部死亡，那象徵了某個對手安排好的手段。」

「拉盧洛伊格？」每當提起曾一度身為詹姆斯·莫里亞蒂教授的神靈名字時，我總會稍微壓低音量。「祂是幕後黑手嗎？」

「由於祂過去幾年在幕後操縱了這麼多事件，我對此並不訝異。**隱匿心靈**的陰謀持續不斷且多變。祂是無法毀滅的疾病，阻止某處的感染後，病魔就會從另一處冒出。」

「如果是祂，那就不單是另一場邪惡事件，而是貨真價實的傳染病。今天之前，你和祂只是發

---

7 譯注：peer of the realm，英國有權占有上議院席位的貴族。

生小衝突，現在的敵對情況迅速升溫。在此同時，拉盧洛伊格也持續在靈界掀起戰爭，帶領外神（Outer Gods）一再攻擊舊日支配者（Old Ones）。你一直都有持續關注那場衝突，現在進行得如何？狀況越演越烈了嗎？我之前聽說，舊日支配者應對得並不好。」

無論福爾摩斯要說什麼，進入陌生人室的盎杉克都打斷了他的回應。

「我再度致上哀悼之意，福爾摩斯先生。」秘書說。「這真是個糟糕的日子，你一定希望我告訴你所有死亡事件的細節。」

「麻煩你了。」

「七個人似乎都是自殺。你哥哥……你親眼看到他的下場了，他必定是從頂樓跳下去的。」

「我打算證實那個理論，或找出其他答案。其他人呢？」

「晚間十一點後不久，知名金融家米爾頓．哥德斯沃錫在自己的魚池中淹死。他的妻子發現他趴在水中，一切急救行為都徒勞無功，他是第一位死者。午夜左右則傳來坎托米爾公爵（Lord Cantlemere）的死訊，他死在肯辛頓（Kensington）自家豪宅的樓梯底部，摔斷了脖子。欄杆上斷裂的支柱顯示他跌下樓梯。」

死亡事件一樁接著一樁持續發生，宛如嚴肅的禱文。有個人關上自家圖書室中所有窗戶，用夾克堵住門下的縫隙，並在沒點燈的情況下打開煤氣噴嘴；另一人則用雕刻刀刺穿眼睛，刺入了他的大腦；上吊自盡；割腕。

「七場自殺，」盎杉克最後說道。「全都發生在數小時內，連結事件的重要因素，便是這七人都是第歐根尼俱樂部的長期會員。」

就連第歐根尼俱樂部的秘書，都不曉得達貢俱樂部的存在。第歐根尼俱樂部的子組織是個祕密團體，棲身於更大型的俱樂部之中，像是一個套一個的俄羅斯娃娃。在邁克羅夫特的庇護下，七名成員致力於限制與諸神與其崇拜者活動有關的知識，並打壓相關消息的報導。多虧了達貢俱樂部，文明社會繼續平穩寧靜地前進，大致上無人察覺潛伏在周圍的黑暗勢力。

「這些死亡事件先前有徵兆嗎？」福爾摩斯問道。「我指的是在自殺數小時前，這七人是否有表現出怪異或非典型的行為？」

我看得出他想到自己和邁克羅夫特講的那通電話。

「既然你提到這點，沒錯。」盎杉克說。「哥德斯沃錫太太告訴警方說，她聽到丈夫大喊了幾分鐘，之後才發現他已死亡。騷動開始時，她已經上床了，也坦承自己以為丈夫喝了太多酒。儘管哥德斯沃錫先生有諸多優點，卻熱愛飲酒，喝醉時也經常勃然大怒。當然了，他從沒在這裡發過火，第歐根尼俱樂部不會容忍這種不良行為，會將他逐出俱樂部。總之，他的妻子，我猜該說是他的遺孀，認為他又發酒瘋了，狀況很快就會結束。即使當她聽到他打開落地窗、衝進花園時，也沒有多加注意。等到外頭寧靜地令人不安時，她才下樓檢查他的狀況。」

「其他案件有相似的狀況嗎？」

「我知道的一樁案件有。亞歷山大．查爾逢特—班克斯爵士用家中吟遊詩人畫廊[8]上的中心柱上吊自殺前，曾毫不停歇地尖叫了十分鐘，這是他家僕的說法。他發出的聲音使他們感到大為驚恐，他

8　譯注：minstrels’ gallery，城堡或莊園住宅內供音樂家演奏的陽台。

的隨從和管家向他表達抗議，卻無計可施。亞歷山大爵士似乎身陷可怕的狂躁狀態，抗拒所有安撫他的舉動。接著他衝進臥房，一分鐘後拿著用睡衣綁帶做成的繩結跑出來，將繩結套在脖子上。他的僕人們來不及阻止他把繩圈另一頭套在中心柱上，隨後他便從畫廊上跳下。」

「那代表他決心明確。」福爾摩斯說。「是這樣的，我想知道是否有某種原因導致他們自殺，或是某種共通要素。」

「你這麼說真有意思。」盎杉克說。「我不曉得這重不重要，但哥德斯沃錫和坎托米爾公爵昨天晚上都收到了包裹。」

夏洛克．福爾摩斯立刻發出顫抖，如同嗅到野兔氣味的格雷伊獵犬。「包裹？什麼包裹？」

盎杉克遺憾地聳肩。「我不太清楚。哥德斯沃錫太太順口向警方提到一只包裹，警方告訴我這件事。我和坎托米爾夫人講了一陣子電話，她親口告訴我，她丈夫在九點左右收到了一只『小包裹』。要不是包裹似乎引起了他的興趣，她也不會提到這件事。」

「他不曉得會有包裹。」

「沒錯。」

「寄件人是誰？」

「坎托米爾夫人不曉得。公爵閣下並沒有立刻打開包裹，因為有客人到家裡吃晚餐。他們離開後，他才帶著包裹去書房。或許過了十分鐘，他才走到樓梯頂端，跳了下去。」

「聽好，盎杉克。」福爾摩斯急促地說。「我希望你能聯絡其他家庭，除了我哥家以外，我會自己處理，你得詢問，死者死前是否曾收到包裹。」

「你認為其他五人也收到類似的包裹嗎？」

「既然有兩只包裹了，何不問問所有人呢？如果你能立刻幫我這個忙的話，我會非常感激。」

「由於我尊敬你哥哥和你，福爾摩斯先生，我會馬上進行。」

「還有一件事，盎杉克？」祕書要離開時，福爾摩斯補充道。

「怎麼了？」

「你最好警告所有關係人，不要碰觸包裹。他們得離包裹遠一點。」

「老天啊，好的。如果我沒誤會你意思的話，包裹內容物與自殺事件之間可能有直接的關聯。或許是依然有效力的毒藥，也可能是藥物或瓦斯。對，對，我會照你說的去做。」

＊　＊　＊

我們等待盎杉克回來時，福爾摩斯在陌生人室的地毯上踱步了半小時。他非常激動，深鎖的眉頭也使我不敢說話，我害怕如果自己打斷他的沉思，會引發他的滔天怒氣。

祕書回來時，迅速確認了福爾摩斯的推論。其餘四名達貢俱樂部的成員，確實和哥德斯沃錫與坎托米爾公爵一樣，都收到了包裹。盎杉克也確認過，六只包裹都一模一樣，每只包裹中都有一座立方體紙板盒，每邊皆為八英吋，並用棕色紙包覆。每個收件人都打開了盒子，裡頭現在空無一物，不清楚內容物為何。

「接下來則是整件事最奇怪的一點。」盎杉克說。「在每件事例中，我都盡可能詳細詢問了寄件人的名字。我以為包裝紙上某處有寫名字，果然，我能確認六只包裹都來自同一個來源。」

「啊哈。」福爾摩斯說。「我們有線索了。寄件人是誰？」

「恐怕，」盎杉克回答，「正是邁克羅夫特・福爾摩斯。」

第七章　邁克羅夫特的最後步伐

Mycroft's Final Steps

我們回到帕摩爾另一側時，已經有人移走了邁克羅夫特的遺體。我們待在第歐根尼俱樂部時，肯定有救護車把它載到停屍間了。有兩名女僕跪在邁克羅夫特房屋外頭，把人行道擦洗乾淨。她們進行這件可怕差事時，臉上流露出可理解的作嘔感。

認識福爾摩斯的侍從，迅速讓我們進入屋內。我們也毫無困難地進入邁克羅夫特的公寓，因為房門半開著。

不過，在我們進房前，福爾摩斯便企圖證明，他哥哥的確是從屋頂欄杆上往外跳。確實有跡可循，只不過相當薄弱。其中一道樓梯立板上，有靴油留下的新磨痕，透過獨特的油漬質地，福爾摩斯辨識出那是戴伊與馬丁牌鞋油（Day & Martin's），也是邁克羅夫特喜歡的黑色鞋油品牌。閣樓有扇窗戶敞開著，窗扉某道邊緣上沾了一小條絲線。福爾摩斯確認那條線是邁克羅夫特偏好的西裝精紡羊毛。一定是邁克羅夫特將自己龐大的身軀擠過狹窄窗口時，線頭剛好脫落，欄杆上另一塊鞋油磨痕證明了一切。我們追蹤到了邁克羅夫特．福爾摩斯最終的步伐。

公寓內一片混亂。一般而言，邁克羅夫特相當注重整潔，但地上散落著軟墊，有道窗簾歪斜地掛在桿子上，有部分被從吊環上扯了下來，還有張翻倒的用餐椅。除此之外，有杯紅酒倒在桌上，底下的地毯已經吸收了灑出的酒液。

玻璃杯旁有個紙板盒，蓋子完全打開。它的大小與盎杉克描述的盒子們完全相同，附近有張皺起的棕色紙張，很可能就是包裝紙。

很容易想像出當時的光景。為自己倒了一大杯紅酒後，邁克羅夫特坐下來拆開包裹。他一打開包裹，就發生了**某件事**。他撞倒了玻璃杯，接著是椅子，或是順序相反。

福爾摩斯撿起那張紙。

「福爾摩斯。」我說。「你不該小心點嗎？盎杉克提到了毒藥，你也沒駁斥他。萬一紙上沾滿了會讓接觸者發瘋、瘋到讓人自殺的物質的話，那該怎麼辦？」

「那把七枚包裹交給每個人的郵差，和在郵局與信件分類處經手過它們的人，也都會自殺。」福爾摩斯回答。「單一行業出現了如此頻繁的死亡事件，現在肯定已經受到大眾關注了，我們會在維多利亞車站報攤的晨報上看到這類頭版。由於沒有出現這種報導，我覺得自己可以安全地碰這張紙。」

他撫平紙上的皺紋，仔細研究上頭的筆跡。

「收件人一定是邁克羅夫特，」他說，「他顯然不是寄件人，和其他人收到的包裹不同。」

「那這是誰寄的？」

「伊查波德．坎托米爾公爵（Lord Ichabod Cantlemere）。看到了嗎？這是寄件人的地址：倫敦西南區肯辛頓宮花園（Kensington Palace Gardens）十七號。我相信那就是公爵的住處。」

「但坎托米爾沒有寄這份包裹，就像你哥哥沒有把包裹寄給其他人一樣。」我說。「你肯定是這樣想的。」

「我需要檢查其他包裹好確認這點，但沒錯，我確實這樣想。六份包裹據說來自邁克羅夫特，這份包裹則據稱來自坎托米爾，這件事有些暗示性。」

「怎麼說？」

「邁克羅夫特是……」福爾摩斯更正了自己。「曾是達貢俱樂部的首腦。坎托米爾公爵相當故步自封，但性格優秀忠誠，是組織中的第二號人物。團體中沒有正式階級，但權力結構大致如此，因此，即使包裹來得出乎意料，坎托米爾和其餘五名達貢俱樂部成員也不可能質疑看似來自邁克羅夫特的包裹，因為他是眾人的領袖，同樣地，邁克羅夫特也不可能質疑看似來自他副手的包裹。悲哀的真相是，這七個人絕對信任彼此，結果卻導致他們死亡。」

「他們認不出彼此的筆跡嗎？這樣就會發現，包裹並不是來自上頭寫的寄件人。」

「有那種地位的人，會讓秘書幫他們寫信。」

「所以某人用假身分寄了七份包裹，」我說，「每次都使用帶有真實性的寄件人姓名。」

「幾乎可以肯定是這樣。」

「你知道原本的寄件人是誰嗎？包裝本身有任何線索嗎？」

「有好幾個線索。」福爾摩斯說，一面揮舞著包裝紙。「更重要的是，字跡中有些特質⋯⋯」

他再度仔細端倪筆跡時，嗓音逐漸淡去。他把紙張移到鼻子旁，深深地嗅了一下，接著，他還沒有解釋自己最後一句話的意思，就將注意力轉向紙板盒本身。他用比對待棕色紙更謹慎的態度靠近盒子，從各種角度近距離檢視盒身，也沒有碰觸它。我看著他，同時因為待在屋主最近死亡的公寓中而感到不安。嗅著邁克羅夫特．福爾摩斯生前最後呼吸的空氣，並看著他耗盡一生累積並欣賞、卻無從再度享受的精美家具、裝飾和藝術品時，令我覺得有些不恰當。

「啊！」福爾摩斯說，語氣中有股陰沉的滿足。「華生，注意看散布在盒子內部四處的刮痕，小得幾乎看不見，似乎是爪痕，角落也有宛如微小牙齒留下的咬痕，這確實是線索。」

「老鼠？」我猜道。「是某種小型嚙齒類動物？也可能是蜥蜴。」

「真希望是那種無害生物留下的。」

「真希望你沒這樣說，你覺得是什麼東西？」

「如果我沒猜錯的話，是某種相當可怕的東西。我讀過這種東西的資料，但認為自己夠幸運，還沒實際碰見過牠。而且，我……」

他說到一半停了下來，並非常專心地盯著我。

「華生，不要動，你可能陷入了人生中最大的危機。」

第八章　盒中物

What Was in the Box

我自然照做了。福爾摩斯非常嚴肅，我毫不質疑他話語的真實性。

「福爾摩斯……」我悄聲說道。

「不，連話都別說。我要走到那書桌旁，拿把裁紙刀。我會讓動作保持緩慢小心，以免驚動牠。」

他悄悄跨越房間時，我只能想到：「『牠』？這個『牠』是什麼，為何不能驚動『牠』？」我想像出躲在身後的各種醜陋野獸，從食屍鬼（ghoul）、拜亞基（byakhee）到夜魔（nightgaunt）都有，但我的直覺認為，當前威脅我的東西並非上述怪物之一，因為我面對過牠們（以及更可怕的東西），也活下來了。如果福爾摩斯說他並未遭遇過這種生物，那我肯定也沒有，這東西顯然比其他生物糟多了。

我從眼角看到某種又小又蒼白的東西正在蠢動，像是微風吹動的一小塊薊種子冠毛。我轉動雙眼，但並未移動頭部，這才看見某種昆蟲停佇在我肩上。

那是隻大約一英吋半長的甲蟲，尺寸和金龜子差不多，但沒有那麼圓，腹部則和我的小指一樣厚。頭部長出兩根極度銳利的下顎，位於兩顆宛如迷你轉珠的明亮雙眼前方。牠的觸角尖端有微小的羽毛狀結構，讓我聯想到刷子，我就是看到這些結構在搖晃。

牠全身呈現怪異的白色，而且，牠乳白色的甲殼有部分呈半透明，因此我能看出牠體內器官的形狀。

這隻蟲子正忙著清理自己，用牠的後腿將背部刮乾淨。我感到喉中逐漸躍踴出一股怪異且歇斯底里的笑聲。對這隻昆蟲而言，我的肩膀只是個讓牠方便降落和清理自己的地方。儘管福爾摩斯發出性質相反的暗示，但這隻甲蟲看似無害，完全不需要擔心牠。

我舉起一隻手，準備把牠彈開。

「不行。」福爾摩斯用氣音說道。「想都別想，華生。只要嚇到那隻甲蟲，牠就會遵循自己主要的本能，也就是找尋遮蔽處。你不會想讓牠找尋遮蔽處，因為最近的遮蔽處就是你。」

我聽從了他的警告。現在福爾摩斯已回到我身旁，還拿了把象牙裁紙刀。

「我要更不疾不徐地巧妙移動，」他說，一面讓自己的語氣維持低沉平穩，「直到最後一刻。你外套的肩膀處縫有不少襯墊，這很不錯，但我無法保證刀子不會刺穿襯墊，我相信你會原諒我。時機來臨時，我得迅速又明快地下手時，不能猶豫不決。」

他用作夢般的緩速，將裁紙刀的刀尖朝下，移到白色甲蟲頂端的位置。那隻昆蟲似乎察覺到有些不對勁，因為牠停止清理自己，態度也變得緊張。牠的下顎在空中開合，彷彿像是甲蟲在自言自語，無聲地說出字句，觸角則好奇地四處擺動。

裁紙刀往下方的甲蟲微微移動。我停止呼吸，耳邊也傳來自己的心跳聲。

福爾摩斯立刻刺下。

他失手了。

儘管他的動作迅速，白色甲蟲的反應卻更快。象牙刀尖往下刺時，牠竄往一旁。福爾摩斯瞄準了牠的頭，卻只成功切斷牠其中一條前腿。

他也將刀尖刺入我的外套布料，把刀子插進我的斜方肌內。

我對突如其來的劇痛感到畏縮，但我忍了下來。福爾摩斯拔出裁紙刀，第二次企圖殺死那隻生物。牠快速跑到我的外套翻領上，準備衝向我的襯衫領口。這次福爾摩斯進行劈砍，而非刺擊，但甲蟲再度躲開，卻因此失去抓握力，從我身上落下，翻滾到地上。

牠掉落到我腳邊，我想也不想就踩了下去。

不過甲蟲再次證明，人類的反射動作無法與節肢動物相比。我的鞋跟踩到地面前一瞬間，牠就迅速逃離我腳底。儘管斷了條腿，卻沒有嚴重影響牠的行動。

接著牠張開翅鞘，細絲般的附肢模糊顫動著，讓牠飛到空中。

「該死！」福爾摩斯驚呼。「現在更難殺牠了。小心點，華生，無論你做什麼，都別讓牠靠近。牠會瞄準身上的任何孔竅，一旦牠鑽進入你體內，你就完蛋了。牠會鑽進去並分泌一種液體，當這種液體進入血流時，就會迅速使受害者失去理智。」

甲蟲在房間環繞了幾次，彷彿和之前一樣慌張，但牠忽然下定決心，直接衝向我，翅膀呼呼作響。我躲了開來，用一隻手慌亂地拍打牠。那生物再度靈敏地轉彎，並再度向我俯衝過來。我抓起一本書，如同草地滾球中的打擊手，打出了與頭齊高的高飛球。由於某種奇蹟，我用打擦邊球的方式擊中牠，甲蟲旋轉著往下掉向沙發，用力摔在地板上。

牠仰躺著，腿部不斷扭動，似乎被打昏了。我衝向牠，認為自己還有機會，用力把書往下砸。

「逮到你了，混蛋！」我叫道。

當我小心翼翼地舉起書時，福爾摩斯過來蹲在我身旁。

我以為會看到打爛的白色甲蟲殘骸，甲殼碎片如同蛋殼碎片般散落在有如蛋黃的內臟周圍，但地上什麼也沒有，只有完好如初的地板。

「牠跑哪去了？」我說。

「恐怕在沙發底下。」福爾摩斯說。「抓緊一根扶手，我來抓另一根。」

福爾摩斯把裁紙刀放在地上，我們在沙發兩側就位。

「數到三，我們就把它翻過來。」他說。「你辦得到嗎？」

我點頭，儘管我清楚要抬起這麼重的物體，會對我的腰痛和仍有舊傷的肩膀造成壓力，更別提我的斜方肌剛剛才遭到刺傷。

「一、二、三！」

我們將沙發翻成底部朝上，福爾摩斯則立刻抓起裁紙刀。底下沒有白色甲蟲的痕跡。

「牠一定……」

我停了下來，瞥見那隻難抓的昆蟲正抓著沙發底部的粗麻布。

「在那裡，福爾摩斯。」

「我看到了。」

甲蟲看著我們，我們看著甲蟲，牠再度張開鞘翅。

接著福爾摩斯迅速伸出沒有拿裁紙刀的空手，抓住甲蟲。他的動作快到不像是人類，如同瞬間緊閉的捕熊夾。他握緊拳頭，手中傳來響亮的潮濕破裂聲，接著他打開手掌，把扭曲黏膩的甲蟲殘骸扔到地上，型態仍完好的兩條腿在空中晃動，下顎顫動著。儘管這個生物不可能還活著，必定也無法行動，我依然把腳用力往下踩向牠，把牠壓在鞋跟下摩擦，直到牠成了塊蒼白污痕。

第九章　德國關聯

The German Connection

「**Coleoptera mostellaria**。」福爾摩斯說。

我們並肩坐在扶正的沙發上，在經歷甲蟲帶來的麻煩後喘氣，我的朋友為我們倒了一小杯邁克羅夫特品質最好的蘇格蘭威士忌。

「別名是死靈甲蟲（wraith beetle）。」他繼續說。「這是地球上最罕見的昆蟲之一，只出現在東非柯瓦基波湖（Lake Kwazipo）滿布沼澤的湖畔。據說巫醫會把牠用在薩滿儀式上，當作藥劑使用，其中含有高度稀釋的甲蟲分泌物，能催生幻覺與發人省思的幻象。有些當地部落會派族內的年輕男性去活捉死靈甲蟲，以作為他們的成年禮橋段，人們認為這種行為比殺害獵豹更危險。」

「我可以證明那點。」我心有同感地說。

「李文斯頓[9]在日誌中簡短提到死靈甲蟲，輕蔑地將牠視為『又一項幼稚的當地傳說』。相反地，馮・榮茲（Von Junzt）在《無名野獸》（*Unaussprechlichen Tieren*）中，則徹底相信這種生物的存在。確實也是馮・榮茲想出這種甲蟲的林奈分類名稱[10]。『mostellaria』這字眼出自普勞圖斯[11]一部關於鬼屋的劇本名稱。」

「聽起來很有趣，」我說。「但我得問，如果這個生物會分泌出對健康如此有害的物質，你用手擠爛牠時，不就冒了很大風險嗎？更重要的是，甲蟲還在我肩膀上時，你曾刺穿甲蟲，那種分泌物難道不會透過刀尖傳進我體內嗎？」我揉了揉自己的斜方肌，那道傷口很小，但依然帶來刺痛。

「根據馮・榮茲的說法，那種液體無法滲入人類皮膚。即使如此，之後你也看到我立刻進浴室洗手，不是嗎？小心點沒有壞處。至於你的話，我確保自己刺向甲蟲頭部，牠腹部某處腺體會產生那種分泌物，位置在身體另一端，你的安全無虞。」

「真讓人放心。」

「你該問的是，為何當我們抵達這裡時，甲蟲還活著？」

「牠不該活著嗎？」

「通常死靈甲蟲會與人類宿主一同死去。鑽進人體後，在大多狀況中都是從耳朵或口中鑽入，母蟲，也總是母蟲，會自動釋放出分泌物。對除了人類以外的所有動物而言，這種液體具有安撫效果，會引發精神萎靡，使甲蟲能安心產卵。隨後幼蟲則如同寄生蟲般以宿主組織為食，直到牠們長為成體，並準備破體而出。不過，由於我們生理系統中的某種怪象，當那種分泌物透過血管系統傳導到全身時，人類就會發狂並自殺。幾乎在每個狀況中，甲蟲和幼蟲都會和宿主一起死亡。我想，這就是其他六名達貢俱樂部成員身上發生的事，而邁克羅夫特成了例外。」

「這些人之中，他不知怎地把甲蟲從身體裡挖出來了，是這樣嗎？」

「更有可能的是，抗拒分泌物令人發狂的效果時，他拖得比其他人久，因此在他終於屈服於無可避免的下場前，甲蟲有機會爬出來。邁克羅夫特應該是用上了強大腦部中的每絲邏輯與理性，以抵抗來襲的瘋狂。在這段抗爭中的某個時間點，他維持足夠的理智打電話給我，無疑是為了把發生在他身上的事告訴我。但可惜這徒勞無功，因為他沒說出任何重要資訊。」

9　譯注：David Livingstone，十九世紀英國傳教士與探險家。

10　譯注：Carl Linnaeus，卡爾・林奈是十八世紀的生物學家，奠定了現代生物學命名二分法。

11　譯注：Plautus，古羅馬劇作家。

「那通電話讓你來到這裡，不是嗎？」我說。「所以並非完全徒勞。」

「沒錯、沒錯。但是，」他苦澀地說，「我依然來不及幫助他。」

「我明白，福爾摩斯，但別繼續拘泥在那件事上。自責無濟於事，讓我們致敬你哥哥的勇氣與韌性，以及他的生命，敬他傑出的一生。」

我們舉起威士忌杯，並鏗鏘一聲敲擊酒杯。

「敬邁克羅夫特。」

「敬邁克羅夫特。」

「好了，」我說，「當我們受到粗暴的干擾前，你正告訴我，包裝紙上的筆跡提供了線索，指出包裹真正寄件人的身分。」

「筆跡和郵戳都有。」

「你可以解釋嗎？」

「好吧。」福爾摩斯取回那張棕色紙。「書寫方式上有種明顯的歐洲感。特別注意『肯辛頓宮花園十七號』中的『七』，中間有條大陸寫法中的橫線。但我敢進一步推論，寄件人不只是歐洲人，還是德國人。」

「你是怎麼做出這種臆測的？」

「這不是臆測。你認識我夠久了，知道不該在我面前使用那個字。」

「我道歉。」

「德國人寫字母時有種特殊習慣，特別是在寫特定大寫字母時。我們在這裡能找到兩項重要範例，『伊查波德（Ichabod）』中的『I』，以及『花園（Gardens）』中的『G』。注意看，『I』修長又彎曲，看起來像是大寫的『J』。也看看『G』，很像小寫的『g』，連向下的筆劃都有。英格蘭人不會這樣寫那些字母，而除了德國人外，別國人也不會這麼做。」

「真厲害。或者我該說『unglaublich』[12]？」

「真高興又看到你露出精明的幽默感，臉頰也恢復了血色。」福爾摩斯說。「再來點威士忌？太好了。現在，讓我們把注意力轉到郵戳上。上頭寫『聖詹姆士』，指出包裹的寄出地點離這裡並不遠。」

「那也會令寄件人覺得，看似來自邁克羅夫特的包裹更有真實感。」

「來自坎托米爾公爵的包裹可能也有同種情形。儘管住在肯辛頓，公爵依然是第歐根尼俱樂部的成員，聖詹姆士的郵局就在俱樂部附近。無論如何，郵戳都不會引起邁克羅夫特的質疑。」

「真是歹毒的詭計。」

「整場計畫都非常歹毒。」福爾摩斯說。「郵戳只是邪惡計畫中的冰山一角，還有一項細節，讓我確信我們在找的嫌犯是來自條頓民族[13]。包裝紙上散發出明顯的煙草氣味，還不是隨便一種煙草，而是丹納曼[14]小雪茄使用的特殊果香混合物。我想應該不需要告訴你，丹納曼是德國製造商。」

「寄件人包裝並寫上包裹上的住址時，正在抽這種小雪茄。」

---

12 譯注：德語中的「驚人」或「厲害」。

13 譯注：Teutonic，泛指日耳曼民族的名稱。

14 譯注：由德國人傑拉爾多・丹納曼（Geraldo Dannemann）於一八六七年創立的雪茄公司，被視為世界十大雪茄品牌之一。

「我們可以得出這項結論，而使用死靈甲蟲，也顯示出與德國之間的關聯。柯瓦基波湖位於德屬東非深處，該地深受德意志帝國掌控，非德國人有可能為了取得甲蟲進入那塊地區，但過程並不輕鬆。另一方面，德國人能輕易取得相關通行證和簽證等文件，特別是擁有外交影響力的德國人。」

「我想，你又在推理上做出了另一種進展。」

「這個嘛，只是順水推舟。」福爾摩斯說。

「我跟不上你的進度。」

「你**跟得上**，華生，你總會跟著我去任何地方。」

「那倒沒錯，帶我走吧。」

「離這裡和當地郵局分部不遠的地方，正是卡爾頓府聯排（Carlton House Terrace），而在卡爾頓府聯排上頭則有……」

他讓我在絞盡腦汁後說完句子。

「普魯士府（Prussia House）！」

「沒錯，華生。說得沒錯，正是德國大使館。我們的嫌犯寄出七份包裹時，並不打算走遠。如果我們透過他在德國大使館握有權位的理論推斷，就能發現他並非區區一介公務員，他扮演了更有顛覆性的曖昧角色。」

「你指的是間諜。」

「確實是間諜。寄出帶有致命貨物的包裹這點，是典型的間諜行為。寄出在進行謀殺時不會留下蹤跡的包裹，也指出了同一點。牽扯在這件事情中的詭計太多，不可能是某個坐在辦公室中的走狗所為，我們得找尋擅長間諜活動與暗殺的對象。」

「這讓事情變得更複雜了，不是嗎？」我很想讓福爾摩斯逮到殺害他哥哥的凶手，樂於見到那人上絞刑台，但不會比福爾摩斯開心。「間諜本身就是難以捉摸的目標。」

「某些層面來說沒錯。」我的同伴回答。「我們都清楚我國和其他歐洲國家之間的緊張政治情勢，更別提德國了。一場戰爭正在醞釀中，我們可以試圖否認這點，也希望這種事不要發生，但我們無法忽視當前的狀況。忽視此事的人要不無憂無慮，要不就是笨蛋。我自己並未怠於仔細觀察國際事件的發展，也相信這些事件與另一場已經展開的戰爭有關，而你和我都清楚那場戰爭的本質。」

「外神與舊日支配者之間的戰爭。」

「『如其在上，如其在下。』這是從古至今的神祕學學者信奉的格言。關於這句話最早的紀錄，可追溯到古希臘神祕學學者赫密士．崔斯墨圖（Hermes Trismegistus）寫下的神祕學文獻《翠玉錄》（*Emerald Tablet*）。發生在宏觀世界的事，會影響微觀世界，世界會影響彼此。『如其在上，如其在下。』拉盧洛伊格在諸神間煽動的戰爭，對我們的世界也造成了相關影響。地球上出現了諸多戰線，歐洲的動盪局勢，反映了我們姑且稱為『天堂』的世界中所發生的爭端。

我們也得記好撒迦利亞．康洛伊（Zachariah Conroy）日誌中所提到的『改變世界的未來』，奈撒尼爾．衛特利（Nathaniel Whateley）受到拉盧洛伊格影響時，曾做出這種預言。拉盧洛伊格必定知悉，他的戰爭隨後也會在地球上創造出隨之而來的戰事，而祂預言的事或許即將成真。那算是預言，還是承諾？」福爾摩斯停了下來。「我要說的重點是，我累積了與目前在大不列顛中活動的帝國間諜有關的知識。邁克羅夫特鼓勵並支持我進行這項工作，這偏向於他的工作，而非我的專業，但他三不五時會在這類事務上諮詢我。簡單來說，國內有三名資深德國間諜，我認為他們有可能寄出七份致命包裹，不只有能力如此，且先天就具有無情的性格，能在毫不吹毛求疵和內疚的狀況下進行此事。」

「三個人。」我說。「這確實縮減了目標範圍。」

「我還可以再壓縮一點。我擁有有用的倫敦線人網，但自從我不再居住於首都後，就少了點人脈。透過這種方式，我依然清楚地下犯罪世界和意圖傷害我國的對象所進行的活動。我也認真地鑽研報紙，因此我知道在我清單上的三個德國間諜中，有兩人目前身體不適。一人接受闌尾切除術後，還在醫院休養，他產生了感染現象，也不清楚他是否能熬過病情；另一人遭到警方拘留，前天他讓某個控訴他打牌作弊的人大敗一場後，警方便將他逮捕。」

「真是個討人喜歡的傢伙。」

「這人也是個偽君子，他在牌桌上的作弊行為使自己惡名昭彰。」

「我很訝異，居然沒有使館人員去蘇格蘭場要求釋放他，畢竟他有外交豁免權。」

「即使在同儕之間，他也不太受歡迎。」福爾摩斯說。「我想他們想讓他在牢裡待上一陣子，希望這能讓他學到教訓。」

「只剩下一個嫌犯了。」

「沒錯，他是個表現得像個運動員的社交份子，喜歡遊艇、狩獵、馬球與其他精力充沛的活動。他散發出鄉紳氣息，同時四處傾聽打探，並在他所出沒精挑細選的圈子中，從口風不緊的居民口中巧妙地哄騙出風聲。他的名字是馮．波爾克（Von Bork），是個徹頭徹尾的惡棍，但從各方面來說，和他一同開槍、喝酒和玩耍的人們，都非常喜歡他。我認為他是當今英格蘭境內半數問題的元凶，特別是和我們的防禦策略與海軍能力有關的事。而且……」

福爾摩斯宛如做出聲明般迅速起身。

「如果我們造訪聖詹姆士郵局的話，華生，就能找到馮・波爾克寄出那些包裹的證據。」

第十章　強制塵

The Dust of Compelling

我們沒花多久，就找到昨天服務過「操著奇怪口音、還帶著包裹的怪人」的郵局職員，也證明職員形容的人正是馮．波爾克，福爾摩斯相當清楚對方的外型。對，他留著硬挺的平頭；對，他戴了單片眼鏡；對，他抽著味道非常刺鼻的小雪茄。

「我想，下一站就是普魯士府。」我們離開郵局時，我開口說道。

「恰好相反。」福爾摩斯說。「我寧可在馮．波爾克自宅面對他。畢竟，大使館嚴格來說是德國領土，最好在英國領土上低調執行我心中的計畫，好降低引發國際事件的機率。」

「你知道他住哪嗎？」

「等我先前告訴你過的有用倫敦線人網給我情報後就知道了，應該只需要花上幾小時和幾封電報就能找出他的住址，然後你和我就能準備去馮．波爾克府上拜訪了。」

福爾摩斯用輕快的俏皮口吻說，但我能看出這掩飾了他深藏心底的憤怒，我想，馮．波爾克難以理解自己引發的怒火。

＊＊＊

兩小時後，我們便在一棟秀美的切爾西（Chelsea）住宅外埋伏等候，這棟建築位於國王路（King's Road）靠河畔的一側。我們從房屋所在的廣場中央的小公園裡，盯著前門看。

三樓窗口關上的窗簾，讓我們看出有人在家，在大多房屋中，那種窗口都屬於主臥室。無疑有人睡得漫長又香甜，因為已經過了午餐時間，我想像馮．波爾克舒適地躺在床上，因為達成了歹毒工作而感到心滿意足。一想到他這副模樣，我就樂於赤手掐住他，我也認為福爾摩斯想讓他得到更悲慘的下場。

兩點過後不久，一位戴著白手套的男僕終於打開了窗簾。接著過了三十分鐘後，前門就打了開來，一個外觀爽朗的人跨越門檻。他的手中有根小雪茄冒著煙，沾沾自喜的笑容使他滿臉橫肉、活像頭豬的臉孔幾乎裂開。他穿著粗花呢套裝與綁腿，右眼上有片閃閃發光的金框單片眼鏡。他的服裝像是試圖盡量打扮得像英格蘭鄉紳的人，結果卻徹底失敗。

福爾摩斯如電光石火般移動，在我反應過來前，他就扣住那人的手肘，將我的左輪手槍抵在他背部。

「邀我們進去，馮．波爾克先生，當個好人，」他說，「再讓你的家僕們今天放假。」

馮．波爾克近乎有禮地點了頭，並隨之同意。「好，進來吧，各位。請進。」

一等我們進門，這位德國人就把所有僕人叫進圖書室。他冷靜自在地行事，彷彿站在他身旁那位長著鷹勾鼻的英國人只是位來訪的朋友，並沒有偷偷用槍抵著他的脊椎底部。

「今天的天氣很棒，」他說。「你們都該放個假。去曬太陽吧。」

「坐下，先生。」最後一名僕人出外享受意料之外的假日後，福爾摩斯對他說。「你和我得聊聊。」

「你是夏洛克．福爾摩斯先生，不是嗎？」馮．波爾克說，並在裝有皮革軟墊的扶手椅上坐下。「那位名偵探。《岸濱月刊》上的畫像把你描繪得栩栩如生。而閣下肯定就是那位醫生了，約翰．華生，對嗎？那就是你吧？」

身為對方口中「瓊恩．瓦森」[15]的我，稍微點了個頭。

「真榮幸。」德國人繼續說。「兩名知名貴客蒞臨寒舍，但不需要拿槍胡鬧，你們只需要敲響門鈴，再遞出名片，我就會樂意迎接你們進門了。誠實守法的公民還能怎麼做呢？」

「我想我們就別虛情假意了，馮．波爾克。」福爾摩斯說。「既然你知道我是誰，一定清楚我為何來此。」

「親愛的先生，我完全不曉得！你們來訪的理由對我來說是個謎，我也很想知……」

福爾摩斯用我威百利手槍的槍托砸他的臉，馮．波爾克的頭往側邊甩去。他幾乎是怯懦地抬頭看我同伴，一面揉著自己的臉頰。

「不需要這樣做，你的英格蘭氣度跑哪去了？還有你的公正心態呢？毫無預警地打人……」

福爾摩斯又打了馮．波爾克一下。第二下相對有自制力，這一下沒有。

「啊。」馮．波爾克揉著另一側臉頰。「真沒禮貌。如果你願意把你們來此的原因告訴我，或許我們能得到某種共識。不然的話，如果你堅持繼續打我，我要怎麼幫你？」

「馮．波爾克，別再假裝溫文儒雅了。我清楚你是怎樣的人，也知道你犯下了哪些糟糕行徑。」

「假裝？」

「你用條頓丑角的外貌娛樂他人。人們看到你散發出鄉紳氣息，也覺得你有些可笑，因此他們放下戒備，輕率發言。他們沒發現你牢記每一絲資料，再將之傳達給你在柏林的雇主。」

「你認為我居心叵測，福爾摩斯先生，但我完全缺乏這種特質。我是這個國家的好朋友，我愛你們英國人，以及你們象徵的一切。我非常尊敬你們的生活方式，以及英格蘭產生的諸多傑出人才，當然也包括你。華生醫生，我也是你的仰慕者。我讀過你所有作品，它們突顯出英國社會與英式心理的機制。我敢說在未來的世代，它們依然會享有盛名。」

我試著別因為針對我的文學作品做出讚美而感到自滿，不過，這很困難。馮．波爾克充滿魅力，儘管他的五官長得太像豬，不會有人覺得他英俊，但從他的紅髮尖端到淺色睫毛，都散發出某種無辜的氣質。假如我在派對上碰見這個人，對他也一無所知的話，會立刻聽信他的花言巧語，甚至願意和他建立友誼。

「你就是透過這種方式，竄進上流階層人士的生活與住家。」福爾摩斯說。「就算是他們之中最聰明的成員，也無法抵抗阿諛奉承，特別是當你表現得毫無拘束，還能和任何人拚酒、打網球和賭馬時。」

「我看不出善於社交會造成哪種問題，我敢說，這比拿槍揍人好。」

「你不喜歡有人拿槍揍你嗎？」

「老實說，不太喜歡。」

「那沒有槍的話呢？」

福爾摩斯用空出來的手揍了馮．波爾克的鼻子。那是惡毒又精準的一下猛擊，我也聽到德國人的鼻骨應聲碎裂。

馮．波爾克發出不幸的尖叫，鮮血沿著他的八字鬍流下。他在椅子上前後搖晃，不斷用母語咒

15　譯注：此處模擬馮．波爾克的德國口音。

罵著。

我幾乎為他感到難過，且心底升起了一股渺小的疑惑。萬一福爾摩斯的推理錯誤呢？萬一馮．波爾克只是個無辜男子，不應該受到這種虐待呢？

我繃緊肌肉。福爾摩斯鮮少犯錯，這種事幾乎不會發生，馮．波爾克是個間諜，擅長佯裝一無所知，但那張面具很快就會脫落，露出他的真面目。我如此安慰自己。

「哎呀，先生。」德國人帶著濃厚的鼻音，一面用手帕擦拭沾滿嘴邊的鮮血說道。「我開始覺得，你只是為虐而虐。或許你對德國人有某種偏見？我知道你我的國家現在並不是最好的朋友，但我依然用自己的方式彌補這點。造橋鋪路，建立信任，對吧？我們的未來在於合作，而不是對立，你不覺得嗎？」

「我想，閣下，」福爾摩斯說，「我要給你最後一次承認自身罪過的機會。」

「什麼罪過，親愛的先生？」

「謀害我哥哥與他的六位同僚。使用死靈甲蟲作為致命武器，讓這七人承受最可怕的死法。」

「謀害？死靈甲蟲？我完全不懂你在說什麼。我以為華生醫生在那些傑出故事中描述了真相，但現在我有了截然不同的想法。閱讀書頁上關於上鎖房間、密碼訊息和地毯上血跡的文字，感覺起來不錯。但當我直接從事發來源親自見識這些事後，感覺起來就愚蠢多了。」他把沾滿血跡的手帕從臉上移開，並皺眉看著它。「好吧，至少止血了。鼻子看起來怎麼樣？我希望沒有太糟。」

鼻子其實已嚴重腫脹。馮．波爾克兩側臉頰也綻放出鮮紅挫傷，這時他看起來越來越像個花俏小丑。

「很好。」福爾摩斯說。「我已經盡量寬容你了，馮．波爾克。我給你機會自行提供資訊，但你選擇不這麼做。」

「因為我沒有資訊能告訴你。」德國人堅持道。「我只是個來自杜賽道夫（Düsseldorf）的誠懇紳士，非常喜歡住在你們的美麗國家。你要我做什麼？坦承犯下某種我完全不曉得的罪狀嗎？」

「我得採用激烈手段了。」

「激烈？」馮．波爾克發出空洞的笑聲。「你是說，打我還不夠激烈嗎？」

福爾摩斯把我的槍遞給我。「把槍對準他，華生。如果有必要的話，假若他讓你起了一絲疑心，就開槍。最好打出皮肉傷，打大腿就行。」

「樂意之至。」我說。

福爾摩斯從口袋中取出一只銀製香煙盒，裡頭放的不是香煙，而是一排裝滿不同粉末與液體的小玻璃瓶。他抽出一支瓶子，將蓋子打開，倒出內容物：那是一兩盎司的暗棕色沉澱物，看起來很像鼻煙。他將粉末倒上馮．波爾克書桌上的信紙，開始向它吟誦拉萊耶語。

馮．波爾克表面上忽視我朋友的行為，反倒是向我開口，一面對我的左輪手槍點頭。

「那是威百利—普萊斯中折式左輪手槍，醫生，現在算是古董了。我很訝異，你的槍居然還能運作，你肯定很照顧它。你得替換任何零件嗎？我想也是，彈簧會劣化，不是嗎？它們老是有這種壞毛病。我看得出擊錘比武器其他部位新，不過，這是把適合優秀老兵的優秀老槍。你驕傲地帶著它，也理應如此。」

忽然間，福爾摩斯靠近德國人，把粉末吹到他臉上。

馮・波爾克嗆了氣，發出語無倫次的怪聲。不少粉末黏在他鼻子和嘴巴周圍的血塊上。他如同打鼾般大聲呼吸，胸膛也上下起伏。

「這……這是什麼？」他喘著氣說道。「這東西……聞起來——嘗起來很糟，我還吸進一點了。你對我做了什麼？」

「這叫做強制塵（Dust of Compelling）。」福爾摩斯說。「這種含有魔法的物質，會迫使任何攝取它的人說出毫無半句虛假的實話。我們只需要等幾分鐘，它就會生效。馮・波爾克先生，你很快就會變得前所未見地誠實聽話。」

「含有魔法的物質？你以為我是白痴嗎？你的『粉塵』只不過是香料。你以為我會受制於你的詭計，突然吐露真相嗎？你顯然太小看我了。」

「我向你保證，強制塵確實是魔法物質，功能也名符其實，它有強制效果。」

「但你是個理性主義者，福爾摩斯先生，我從華生醫生的故事中得知這點。你對魔法不屑一顧，輕視且摒棄超自然。」

「我已經明白，魔法只是另一種科學。」福爾摩斯說。「它具有可遵循的規範，這種方法論和任何科學方法論同樣有效，能催生出具有再現性的有形成果，用特定咒文啟動特定成分的混合物後，就會產生設計好的效果。你即將發現，魔法的概念雖與我們的當代精神對立，但魔法是千真萬確的**事實**。」

「哎呀，我要對你失去耐心了。」馮・波爾克說。他咆哮起來。「我有人脈，也有身居高位的朋友，能確保你因此受到責罰。但還不遲，你還能和我握手道歉並離開，這樣的話，我們就不再提起今天發生的事。但如果你堅持虐待我，就準備完蛋了。」

「語帶威脅啦，馮．波爾克？是因為你知道自己即將說出心中所有祕密嗎？你很快就無法隱藏一切了。」

「如果我相信你的粉塵有任何效用的話，就會感到害怕，但我一點都不怕。對，事實上，對，我很害怕。」

突然間，馮．波爾克看起來慌張且困惑。他剛坦承了某件自己不願說出的事，這是我的感覺。

「老天呀，對，你讓我感到害怕了，福爾摩斯先生。」他眨了好幾次眼，接著左右甩頭，彷彿有惱人的蚊子在煩他。「即使你從現在開始，揍我揍到世界末日，我也不會把你想知道的事告訴你。我父親嚴格地養育我，他經常說：『維特（Werther），你永遠不能顯露弱點，也永遠不能哭。』我犯錯時，他會用馬鞭打我，並說這句話，不用花多大工夫，就能讓爸爸生氣。我學會不哭，我學會即使受到脅迫，也不洩漏口風。但現在……現在……」

「我對你的童年沒有興趣。」

「因為那不是你的童年，我得承受它，不是你。噢，老天爺，我發生什麼事了？為何我會把我父親的事告訴你？我暴虐的父親……我爸爸痛恨我，有時他甚至不想看我。他清楚我的底細，他知道我身上的痕跡，也因此討厭我。」

「痕跡？」我說。「什麼痕跡？」

「他責怪我媽。」他哀嘆道。「他說那是她的錯。他對媽媽的態度，比對我更糟，但他自己不用負責嗎？這不無可能。誰知道那種恥辱究竟來自她或他？」

「馮・波爾克，」福爾摩斯說，「強制塵的生效期有限，所以別浪費時間了，我需要你專心。你曾寄出七隻死靈甲蟲。」

「當然、當然，就是我寄的。那些可怕的小蟲子，就連摸牠們都很危險，我用鉗子將牠們從小籠子夾到盒子裡。我們有位厲害的博物學家將牠們裝在外交郵袋中，從非洲寄過來，他冒了生命危險收集這些蟲子。德國人不認為為了祖國冒死有什麼大不了，我們願意為皇帝與國家犧牲一切，你們英國人辦得到嗎？」

「殺掉那七人有什麼目的？」

「哎呀，我不曉得，沒人告訴我。」由於無法提供福爾摩斯所需的答案，馮・波爾克聽起來很失望。多虧了強制塵，他似乎想盡量聽話。「我只接到命令，要透過匿名方式，用該死的甲蟲殺掉那七人，這不是我慣用的手法。在酒裡下毒，從背後用匕首進行刺殺，或是從遠方射出一發子彈，我很習慣這些手法，也很熟練。不過，對方選擇了甲蟲。」

「是誰下的令？」

「我的命令都來自上級。」

「皇帝本人？」

「最高層是，我猜吧，對。我們尊貴的領袖必然決定了該做出什麼事、何時下手與對象的身分。我可以喝一杯嗎？給我點水？我覺得很熱，好渴。」

我作勢要拿杯水給他，但福爾摩斯用嚴厲的眼神阻止了我，我想自己開始對馮・波爾克產生了怪異的同情心。他顯然並未捏造與自己悲慘童年有關的細節，儘管身為成人的他犯下了駭人罪行，我卻憐憫孩提時代的他。

「那麼，你是從皇帝手上接下明確命令的？」福爾摩斯說。

「不是直接來自他，從來不是。我知道我的目標是七位有影響力的人，來自政府、工業界、貴族與軍方的最高層級，除掉他們的益處相當明顯。你國家和平時期的戰略能力現在已嚴重受損，那七人也看似自殺，大眾會怎麼看這件事？或許他們是叛徒。人們可能會這樣想，對吧？就算從未有人公開承認或否認這種事，大眾依然會起疑心。或許我應該散布謠言，『位居高位的德國同情者團體。』我會在所有正確對象耳邊悄聲這麼說。『他們在販賣國家機密，你知道嗎？我從可靠消息來源處聽到這件事。但警方已經盯上他們了，羅網正在收緊，他們同意一起在同晚自殺，而不是面對審判。』很聰明，不是嗎？我會四處散播這種謠言，英格蘭便會損失一些吹牛般的自信。」

馮・波爾克用一根食指扯著領口。

「拜託，」他說。「給我點水，我覺得很熱。」他的臉變得通紅，也多了一層汗水的光澤。

「福爾摩斯，」我說，「他看起來不太好，喝杯水不會怎樣。」

「我希望你現在別表現出醫生風範，華生。」對方蠻橫地回答。「希波克拉底誓詞[16]沖昏你的頭了。別忘了，這個人剛剛坦承謀害我哥哥。」

「他顯然對強制塵產生了某種惡性反應。」

「所以呢？邁克羅夫特對死靈甲蟲的分泌物也產生了惡性反應，有致命效果的反應。」

16　譯注：Hippocratic oath，又稱醫師誓詞，為西方醫生執業前的宣言。

「求求你。」馮・波爾克說。「幾滴水就好，我的喉嚨很乾。」

「是誰下的令，馮・波爾克？誰下令殺死那七人？」

「我想說，福爾摩斯先生，我想說啊！但有東西阻止了我。」

「我要你告訴我。」

「好熱。水，拜託。水！」

馮・波爾克顫抖並大量出汗，彷彿受到熱病折磨。他的雙眼充滿血絲，使得眼白幾乎轉為猩紅色，我甚至在幾英呎外就能感受到他身上散發的熱氣。

「福爾摩斯，看看他。」我說。「他似乎發高燒了，有東西出錯了。」

「**確實**有東西出錯。」我同伴說。「他不該能抵抗強迫塵，不知怎麼地，他居然無法說出重要事實。某人對他施了緘默咒（Ward of Muting），咒語中的魔法正在和我的法術抗衡。」

「如果他死掉，對我們就沒用了。」

「如果我無法從他口中逼問出名字，他對我們才沒用。馮・波爾克！如果你把我需要知道的事告訴我，一切就會結束。」

「我想說！」德國人幾近尖叫地說道。「我想說呀！但我越盡力，就越覺得全身起火。」

「多盡點力。」

「我有，我得盡力。噢，好痛啊！痛死了！」

此時我率先察覺到肉煮熟的氣味。剛開始，我以為那是廚房傳來的味道，或許廚子不小心把一塊肉留在烤箱裡了。

接著我發現，那味道來自馮．波爾克的身上，還越變越強。

「老天呀，福爾摩斯。」我說。「我想他燒起來了，是名符其實地燒啊。」

馮．波爾克的身子無法控制地顫抖。他一再說：「不，不。」但聽起來更像是哀嚎。

他瞬間從位子上往前傾，雙手緊握扶手，力道大到使手指扯裂皮革。他大口張嘴，裡頭飄出幾絲煙霧。圓睜的雙眼變得朦朧，虹膜轉為牡蠣般的灰色。那顯然是生肉燒焦的味道，也越來越使人生厭。

我不由自主地往後退了幾步，心中作噁且恐懼。馮．波爾克繼續從體內燃燒，散發出的熱氣如壁爐火焰般炙熱。他痛苦地齜牙咧嘴，鼻孔與嘴巴開始冒出煙霧。他的身體扭曲顫動，彷彿有龐大的隱形手掌在操縱他。我聽到他的骨頭發出喀啦聲，內臟也燒得滋滋作響，體內的煉獄將他活活烤熟。

接著他向後倒在椅子上，身體顫動了最後幾下，便停止活動。

第十一章　少年維特的煩惱

The Sorrows of Young Werther

「這種狀況，」檢查馮．波爾克遺體時，福爾摩斯承認道。「並不理想。」除了白濁雙眼與黏在臉上的煙塵外，這名德國間諜的外表沒有多大改變，我只能猜想他內臟的情況。我想像出煮熟臟器的畫面，並立刻打消這個想法。

福爾摩斯打開窗戶，好從房內臭氣排出，油膩的瘴氣煙霧逐漸消散。

他回到屍體旁，困惑地打量對方。

「真想知道是誰對你下手。」他對死者說。「你知道有人在你身上施了緘默咒嗎？我猜你不曉得，如果你知道，就會在咒語生效前先提起這點，強制塵會迫使你這樣做。無論要你進行七件暗殺行動的人是誰，顯然都是個謹慎的人，急於隱藏自己的蹤跡。不過就算你已經死去，也能告訴我們不少事情。」

他傾身向前，開始解開馮．波爾克襯衫上的鈕扣。

「福爾摩斯……」我說。

「緊張了嗎，華生？這不像你。」

「只是……這似乎不太尊重對方。」

「對馮．波爾克這種人？對配不上尊重的人而言，不需要抱持敬意，這點不言自明。你可能忘了，他確實殺了我哥哥。」

「我懂你的意思。」

德國人的胸膛露出來後，福爾摩斯往後傾身，說：「啊。」

「怎麼了？」

「自己看看。馮・波爾克口中使他父親輕視他的那些『痕跡』，就在這裡。有些人可能會認為，老馮・波爾克覺得自己的兒子不順眼，確實有合理來由。」

這些痕跡和我一開始想像的不同，並非酒紅色斑痕或白斑等皮膚變色狀況，也不是異常巨大的痣或疣，那是截然不同的畸形現象。

它們是鱗片。

鱗片以不規則的模式散佈在馮・波爾克的胸膛上。纖細的鱗片呈菱型，還閃爍著微弱的綠色光澤，有種獨特的爬蟲類質地。

「他是蛇人。」我說。我立刻想起福爾摩斯和我在合作早期時，曾與那種人類亞種打過不少次照面。一八八〇年，莫里亞蒂教授將我們關在沙德維爾聖保羅教堂下的地下神殿時，我們首次得知某種蛇型類人種族的存在。之後，有一群蛇人為福爾摩斯工作，擔任他在倫敦名為「游擊隊」的秘探。直到由於我的疏忽，使我們失去了三蛇王冠，那是種祕術製品，能讓配戴者得到控制爬蟲類的力量，福爾摩斯也用王冠讓游擊隊聽令。自此之後，我們完全沒有聽到蛇人的風聲，蛇人們似乎喜歡自處，盡可能不和人類互動。

「的確，」福爾摩斯點頭說。「馮・波爾克是能偽裝成人類的罕見蛇人。只要他在別人面前保持衣冠楚楚，外人就不會察覺他身上有任何異樣。他父親或母親的血脈中，肯定有隱性的爬蟲智人（*Homo sapiens reptiliensis*）特質。好幾個世代來可能都沒有跡象，直到某種扭曲的遺傳現象使它在維特・馮・波爾克身上出現。」

「我想知道，他身為蛇人這點，是否導致他成為間諜與刺客。他從年紀還小時，應該就習慣過著雙重生活，在同學面前隱藏鱗片，以免受到嘲笑。撒謊和欺瞞必定會成為他的自然習慣，在此同時，他父親的厭惡也會在他心中灌輸對自己和其他人低下的評價，泯滅良心的殺手就此從惡劣環境中誕生。」

「你對他心理狀態的興趣很不錯，但這對我們當前的問題沒有幫助。馮・波爾克接到命令要殲滅達貢俱樂部。是誰下的令？屋裡某處可能有他和間諜首腦之間的通聯證據。你準備好開始找了嗎，華生？」

＊　＊　＊

我們勤奮地搜索了整間房屋，但遠離僕人寢室，只待在馮・波爾克在屋內會去的區域，特別是他的私人房間。我們翻找著櫥櫃和抽屜，拉起地毯，檢查鬆脫的地板木條，敲打牆面，找尋假鑲板，甚至打開了客廳裡的博蘭斯勒（Blüthner）三角鋼琴，查探它的內部。

我們在懸掛於馮・波爾克書房中一張皇帝的大型裱框相片後頭，找到備有密碼鎖的牆面保險箱。福爾摩斯將一隻耳朵貼在門上，利用靈活的手指將它打開。裡頭有英鎊和德國馬克的鈔票、一份護照、席維斯特銀行[17]的存摺、安全憑證、幾份契約，還有一些貴重物品，全是富人的保險庫中會找到的東西。當我們將威廉二世皇帝（Kaiser Wilhelm II）的照片掛回鉤子上時，他往下俯視著我們，面孔充滿責難神情，連上翹的鬍鬚尖端都傳達出相同的感覺。

我們在圖書室中聚首討論，自燃的馮・波爾克身上的氣味依然在屋內瀰漫。頭部向後仰的屍體，盲目地盯著天花板上的飾條。

「與外表相反的是，我越來越老了，華生。」福爾摩斯說。

「這是什麼意思？」

「我是說，」他自責地說，「我像個思緒不清的老人。我們得考量到，馮．波爾克不會想讓自己的僕人不小心找到某種可疑物品。他不會把有問題的信件等東西放在抽屜中或地板下，甚至不會放在保險箱，而是放在某個就連最好奇的僕人都不會想打探的地點。但那是什麼地方？在哪？」

我的同伴沉思時，我往架上的書本四處張望。由於他對身為我作品愛好者一事並未撒謊，使我感到出奇愉快。他擁有我目前出版的三本小說與三本短篇小說集，而從書脊的狀況看來，有人經常翻閱它們。不過，他似乎偏好祖國的文學，特別是浪漫主義作家霍夫曼（Ernst Theodor Wilhelm Hoffmann）、施勒格爾（Karl Wilhelm Friedrich Schlegel）與歌德（Johann Wolfgang von Goethe），和哲學家叔本華（Arthur Schopenhauer）與尼采（Friedrich Nietzsche）。

我想到了一件事。

「昨天你告訴我，可以透過書架看出人身上許多特質。」我說。

「在費茲洛伊．麥克菲爾森的情況中確實如此。」福爾摩斯說。

「這裡不也一樣嗎？我看到不少艱深難懂的文學作品，和馮．波爾克的個性差異很大。」

「繼續說。你對文學的知識超出我太多，我想知道這段思路的方向。」

---

17 譯注：Silvester's Bank，出自《法蘭西斯．卡法克小姐的失蹤》（*The Disappearance of Lady Frances Carfax*）。

「我無法想像馮．波爾克這種人，會為了消遣而讀許多這類書籍，甚或只是順手翻閱。它們很有可能只是展示品，讓訪客覺得他飽讀詩書。」

「的確，或者他想營造出智慧上的不安全感。他所做的一切，似乎都刻意使他人低估自己。」

「他的僕人不可能會窺探這些書。」我繼續說。「他們都是教育程度不高的英格蘭人，如果他們之中有人懂得基礎德語，我都會感到訝異。」

「華生！」福爾摩斯驚呼道。「我每次都嘲笑你缺乏邏輯分析能力，但我要收回這句話。書本是收藏信件的絕佳位置，你只需要把信件交錯插入書頁之間即可。有哪個英格蘭人在隨意瀏覽書架時，會拿出一本德國詩集、或是以德文撰寫的哥德式小說？有德國人會這樣做嗎？」

「只有富有冒險精神或莽撞的人會這麼做。或是，」我補充道。「非常無聊的人。」

「馮．波爾克會將文件藏在明顯的位置嗎？」福爾摩斯說，一面審視書架。「如果這樣的話，是在哪本書、或那些書中呢？我們面前有數百本書籍，我們可以檢查每本書，但過程無趣且耗費時間。如果我們能挑出幾本較有可能的目標呢？假如……」他發出輕笑，目光停留在一本位居高處、難以取得的特定書籍上。「是這樣嗎，馮．波爾克？你真的這麼狡猾嗎？」

他踮起腳尖，將那本書從位置上取下。那是歌德的作品。

「《*Die Leiden des jungen Werthers*》。」他說。「《少年維特的煩惱》，如果我沒記錯，這是歌德的第一本小說，以書信體格式寫成。年輕的維特．馮．波爾克無疑經歷過一些煩惱，或許我們能在裡頭找到成年維特的書信？」

他把書放在桌上，打開封面並翻閱書頁。他的灰色雙眼綻放出滿意的神色，每頁幾乎都整齊地夾了一張紙，其中包含信件與筆記，上頭寫滿了某種特殊的圖像代碼。

一般而言，普通人會認為這是無法解讀的密碼，但福爾摩斯和我深知真相。這些費解又蜷曲的文字，如同梵文般懸掛在橫向筆畫下，那正是拉萊耶文。

「噢，真狡猾，」福爾摩斯說。「非常狡猾。他用除了少數人以外，大多數人都無法理解的文字寫信。如果警方或情報單位發現這些文件，那些執法人員也不太可能理出頭緒，肯定會大惑不解。以密碼系統而言，這是個簡單卻萬無一失的做法。」

仔細研讀數封信件後，福爾摩斯便滿意地確定，這些是馮．波爾克用於傳達自身間諜行動成果的信件。

「看好了，這個段落和我們的海軍船廠的造船工程有關。『*ch'phlagmon*』這個字能直譯為『渡水』，在此我們可以詮釋為『海事』。這裡則提到『*ftaghu ehye*』，代表『邊界完整性』，這應該是代表海岸防禦。」

「還有這裡。」我說。「『*Kdag'hu hrii*』。『軍閥跟隨者』，那代表士兵。」

「儘管拉萊耶文的古老詞彙量乏善可陳，卻有人創造出新詞。『*Fm'latgh iugh*』代表『火蛋』。除了『炸彈』或『砲彈』外，還會有什麼意思？會發射『火蛋』的『*lw'nafh*』，也就是『傳送器』，一定是大砲。」

福爾摩斯又仔細鑽研起信件。

「士兵數量、彈藥開發，實地演練。馮．波爾克非常勤勞，我們面前有份深入分析英國軍事準備的文件。」

「每張紙上都註明了日期。時間可以追溯到三年前，最近的則來自上個月，我猜這些是原版信件的複本。」

「馮．波爾克為自己送出的所有資訊保存第二份紀錄，萬一寄丟了信，就得再寄一次。你自然也觀察到，有個特定詞彙頻繁地出現。」

「哪個字？」

「這個：『*vlgh'ri w'gyathdrn*』。」

我想了想。「『國家代表』？」

「由於拉萊耶語缺乏時態、變位與變格，」福爾摩斯說，「我們難以光靠看一眼，就判斷出詞彙或用語該出現在句中何處，也不曉得它有什麼功能，只能就內文推論。在這個案例中，『*vlgh'ri w'gyathdrn*』似乎是呼格，用來稱呼文中提到的某個人。」

「也就是收信人。」

「從馮．波爾克的觀點看來，只有誰可能是『國家代表』呢……？」

「德國大使。」我說。

福爾摩斯淺淺一笑。「老友，我想我們還是得上普魯士府一趟，有人在幕後操控馮．波爾克，指派他暗殺我哥哥與其同僚。進行間諜行動時，馮．波爾克似乎直接聽命於大使，大使閣下很可能就是謀殺案的幕後黑手，也是馮．波爾克情報蒐集工作上的資訊交換人。既然他扮演了可疑的監督者，何不再扛下另一份職務呢？」

「德國大使是達貢俱樂部謀殺案的幕後黑手？」這個想法嚇著了我，我也對這件事的後果感到不安。

「另一件值得注意的事，就是他和馮．波爾克都精通拉萊耶語。」福爾摩斯說。「華生，因此我們得回到聖詹姆士，不過我得順道去個地方。」

第十二章　便裝軍人

Mufti Men

他提到的地點，位於切爾西電報局。福爾摩斯進去時，我在外頭的馬車上等，只花了五分鐘他就再度出現，這時間足已讓他撰寫和寄出電報並付錢了。不過，當我問他做了什麼時，我的朋友只對我回以神祕的眼神。

「我不過是進行了防範措施，華生。」他說。「我相信自己不會用上它，但最好做足準備。」

普魯士府位於卡爾頓府聯排的一處角落，鄰近約克公爵紀念柱（Duke of York monument），一側能看到寬闊的林蔭大道（The Mall），另一側能看到滑鐵盧花園（Waterloo Gardens）。外交任務鮮少省下住宿的花費，但這座外表塗抹了灰泥的龐大建築，上頭的三角牆與科林斯柱[18]比大多建築都來得雄偉。選擇這座屋舍的原因，似乎是要讓來訪的德國人對祖國的重要性感到寬心，也讓地主國當地居民感到地位低下，或許也會感到羨慕。

福爾摩斯自信滿滿地穿過大門，走進偌大空曠的中庭，向接待處櫃檯人員提出與大使見面的要求。

「現在嗎？」櫃檯人員說。

「就是現在。」

櫃檯人員用帶有些微德國腔調的準確英語說，不可能辦到這點。「大使閣下的行程很滿。或許能預約一個月後會面，但要安排在今天？恐怕不可能。」

「去找大使閣下。」福爾摩斯頑固地說。「告訴他，我的名字是夏洛克．福爾摩斯，我是為了與維特．馮．波爾克有關的事而來。告訴他，我有明確證據，指出他和馮．波爾克先生有罪。如果他拒絕見我，我就會將此事視為他承認犯罪，下一站就會去我國某家報社的辦公室。」

「你的指控，」櫃檯人員努力思索著形容詞。「模稜兩可。我不覺得這足以引來大使關注。我認識你說的馮．波爾克，他是本府與德國僑民社群的正直成員，我無法想像他會參與任何不法行動。」

「你要不是上當了，就是無知。」福爾摩斯說。

櫃檯人員氣得吹鬍子瞪眼。「先生，你在挑戰我的耐心。來這裡大肆指控和侮辱人，是極度不得體的行為。」他往兩個坐在入口旁的高大結實男子們望了一眼。我們進來時，兩人正在讀《北德通報》（*Norddeutsche Allgemeine Zeitung*），他們現在只是假裝在讀報紙，其實正半盯著福爾摩斯和我。他們的外貌帶有軍事風格，肌肉相當壯碩，蓄著相似的平頭和整齊的八字鬍。他們的工作顯然是處理麻煩人物，而福爾摩斯和我則迅速演變成那類人物。

「至於你呢，年輕人，」福爾摩斯回斥櫃檯人員，「正在故意妨礙辦案。我是英國公民，是國王陛下的臣民，你這個外國人無權拒絕我的要求。」

「我有權利。當你身處這棟建築時，先生，你才是外國人。」

福爾摩斯深知這點，再者，他無疑和我一樣清楚那兩名身穿便裝的軍人在場。他的計畫必然是想激怒櫃檯人員，吸引他們的注意，打算尋釁打架。

「我從來沒這麼火大過。」他說，一面提高音量，幾乎像是在嚷嚷。「大家對德國人的說法果然沒錯，你們是世上最粗魯的民族。」

這使得兩名便裝軍人站了起來。他們走到我們身旁，站在我們兩側，準備夾擊我們。

18　譯注：Corinthian columns，源自古希臘的古典柱式設計。

「克勞斯（Klaus），」其中一人對櫃檯人員說：「這兩位先生打擾了你嗎？」

「有一點，我想他們搞錯大使館的運作方式了。」

「你需要我們送他們出去嗎？」

「如果他們不願意自行離開的話，對，我想需要如此。謝謝你們。」

這段對話以英語進行的目的相當明顯，他們打算嚇唬我們。

「不只有一種方式能把猛虎趕出巢穴。」福爾摩斯對我低語道。「你有多想打架，華生？」

「現在嗎？」我望向兩名男子。兩人都比我高出一顆頭，胸膛也比我寬了好幾英吋。「老實說，不太想。」

「那交給我處理。」

「麻煩了，悉聽尊便。」

儘管福爾摩斯年事已高，他在巴流術（baritsu）上的技巧卻沒有生疏。其中一名德國人倒在地上呻吟時，另一人甚至還沒發現他們遭到攻擊。被擊倒在地的人抱著骨折的手腕，從他小腿往側邊突出的角度看來，他的膝蓋骨已經脫臼，可能也骨折了。

他的同伴用浮誇的拳擊姿勢向福爾摩斯襲來，舉起雙拳，指關節往上朝著天花板，揮拳時，手臂在空中轉圈，並緊咬下巴。

「已經沒有奇襲的機會了。」他對福爾摩斯說。「你沒辦法輕易撂倒我。」

福爾摩斯撲向他。德國人揮出一拳，但福爾摩斯蹲下身子，鑽進對方的防禦範圍之內。他用宛如刀鋒的堅硬手指，往對方的肋骨迅速打了三下，並在對手反擊前靈敏地後退。

便裝軍人痛苦地叫了一聲，但看起來沒有我想像中難過，他寬闊的胸膛顯然十分耐打。他攻擊福爾摩斯，用後手直拳、直拳和鉤拳擊打對方。福爾摩斯用前臂吸收了衝擊力，直到他找到空隙，便往對方下顎揮出結實的上鉤拳，且隨即向德國人的小腿猛地一踢，讓對方踉蹌地往後退。

「住手！住手！」櫃檯人員克勞斯叫道，一面揮舞雙臂。「這太不體面了！這種行為不恰當！」

沒人理會他的話語，打鬥聲響迴盪在中庭裡，並傳到樓梯上。有人從門口探出頭來，焦躁的話語聲隨之響起。福爾摩斯顯然打算引起騷動，沒人能否認，他確實泰然自若地成功達成目標。

「住手！」克勞斯又發出哀鳴，但無濟於事。

「你使用東方格鬥招式。」便裝軍人對福爾摩斯低吼道，他已無法用福爾摩斯踢中的腿支撐體重。「那是廢物的象徵，真男人在打鬥中不會用腳。」

「想贏就會用。」福爾摩斯說，並再度展開攻勢。

彷彿為了強調此事，接下來福爾摩斯只使用踢擊。他的腳趾與足弓重複擊打便裝軍人身上脆弱的部位（大多是對方的關節），直到德國人彎起身子，難以站直。男子英勇地抵抗到最後一刻，但福爾摩斯的勝利無可避免。他往對方的太陽穴猛烈踢出最後一腳，讓德國人倒在地上，失去意識。這幾乎是同情之舉。

現在，大使館中瀰漫著驚慌失措的氛圍，人們走到樓梯平台上，往下觀看並喧鬧不已。大使本人遲早會出來，看看究竟發生了什麼事。

儘管我沒看過大使的臉孔，那名走下樓梯的男子肯定就是他，他的身材高大，穿得光鮮亮麗，一面粗魯地用德語叫罵。他散發出一股威嚴，在場的其他人則對他抱持敬意。

他抵達一樓時，表情相當複雜，看起來憤怒且好奇。

「到底在搞什麼？」他用英語罵道。「你，先生。是你引起暴力事件的嗎？」

福爾摩斯諂媚般地露齒一笑。「我想您就是馮．赫林男爵（Baron Von Herling）。我任您差遣，閣下。我誠心希望能花點時間和您談談。」

第十三章　馮・赫林男爵

Baron Von Herling

馮・赫林男爵居然同意了福爾摩斯的要求，使我感到驚訝。我以為他會直接拒絕，並威脅說如果我們不馬上離開，就會面臨各種可怕後果。但我朋友厚顏無恥的要求，似乎使他產生了興趣，他邀請我們上樓到一座設備齊全的會議室，請我們安坐在椅子上，並詢問我們是否需要茶點。他流暢的英語毫無瑕疵，和同胞馮・波爾克不同的是，他沒有把動詞移到句尾的習慣，也不會放鬆 v 的發音，或強調 w 的重音[19]。

「我想，你們比較喜歡茶。」

「豈止喜歡。」福爾摩斯說。「茶是必要飲料。我得承認，經歷樓下那場小活動後，我得來點提神飲料。」

馮・赫林按下一只小電鈴按鈕，召來一名管家。

我們用禮貌性談話消磨時間，直到僕人用盤子端著茶點回來。馮・赫林哀嘆最近發生在布魯塞爾世界博覽會（Brussels International）的火災，大火摧毀了容納英國與法國展品的展示館。「看到各國在博覽會合作，總是很不錯。」他說。「它們可以在博覽會展現自己的優勢。這提醒了我們，比起分歧，我們有更多共通點，而我們真正的使命理應更崇高：藝術、科學與建築。大火令人惋惜，但我拒絕和某些人一樣，將之視為惡兆。如果有人想找尋惡兆，只需要想想蒙特內哥羅（Montenegro）獨立事件，我認為，那象徵了逐漸吞沒巴爾幹半島的動盪局勢。歐洲在我們眼前四分五裂，我們得想辦法在大陸徹底分裂前，想辦法維繫各國。」

他感覺像是個和藹又理性的人，只希冀和平與穩定。「分裂對誰都不好，」他說，「只有無政府主義份子、反動份子和革命者喜歡，這些人都不該得到政治立足點。如果我和我國能代表任何美德的話，就是凝聚與團結。」

一等僕人倒完茶，房內又只剩下我們三人時，大使就把話題轉到我們來到大使館的目的。

「我想，你是來辦要事的，福爾摩斯先生。或許那能解釋你的魯莽行徑，甚至能化解你的責任。你想找我幫忙嗎？我們其中一位使節捲入了某種犯罪事件嗎？我願意盡力合作，你可以自由使用本使館的資源。」

「你太好心了，大使閣下。」福爾摩斯說。「但別演戲了，如何？」

馮・赫林皺起眉頭。「我恐怕不太明白。」

「你和我玩了這場遊戲太多次，」福爾摩斯聽起來很疲倦。「已經變得無趣了。我現在不需嘗試，就能認出跡象。我不確定原因，但我想是出自經驗的直覺吧。我一看到你，就明白了，我看透了你，隱匿在表面下的東西，並沒有像心中自認地如此隱晦。」

他對「隱匿」與「心中」這兩個詞彙微妙地加重語氣。

馮・赫林扭了一下頭。「你控訴我做出了某件事情。」

「你扮演了媒介與臣下。你身上搭載了一位乘客，祂則以世俗成功作為代價。」

我當下明白了福爾摩斯的意思，心頭也感到一股沉悶的作嘔感。我們再度碰上了隱匿心靈拉盧洛伊格，馮・赫林體內某處潛藏著莫里亞蒂轉化的神明，拉盧洛伊格的精華已與大使的靈魂交纏在一起，祂的嗓音提供了指引與謊言。

19 譯注：德語文法中的動詞都出現在句尾，v的發音近似英語中的f，w的發音則是v。

馮・赫林臉上的溫暖神情逐漸消散，彷彿像是目睹牛奶凝固。他的五官黯淡下來，雙眼似乎變大，前額也變寬。雙唇上原本抹彬彬有禮的笑容，現在卻化為冷笑。

「午安，我的老敵人。」拉盧洛伊格說。「真榮幸又見到你。」

「只有你覺得榮幸。」福爾摩斯說。「你可能曾騙倒過我一下子，但到此為止。馮・赫林並未表現出之前洩漏你蹤跡的許多特質，不過，他似乎太有禮了，這種表現沒有說服力。」

「福爾摩斯先生，如果你想說服我相信你觀察敏銳，這招下得不錯。不過，我注意到自從我們坐下後，你的手有好幾次移到外套口袋。你彷彿想檢查裡頭的東西，會不會是這東西讓你發現我的存在？是魔符嗎？還是護符？」

福爾摩斯諷刺地輕笑一聲，便把手探入口袋中，拿出一小瓶液體，那是他香煙盒中的其中一只瓶子。混濁的液體散發出一股明亮的洋紅色光芒。

「波白克緊迫乳劑（Purbeck's Emulsion of Imminence）。」拉盧洛伊格說。「這種多功能磁石溶劑，會對異世界的存在產生反應。」

「它發出的光芒是主要訊號，」福爾摩斯說，「但產生反應時，乳劑還會產生一點溫度。在無法透過視覺確認的狀況下，也可以透過溫度進行觸碰式確認。」

「你果然足智多謀。」

「拉盧羅伊格，對付你時，我絲毫不想大意。」

「你想殺我嗎？我確信你身上有必要工具。可能是槍，你也可以用雙手。」

「你指的是殺掉馮・赫林。」

「你一定很想吧？你前來挑釁了，不是嗎？你哥哥的死，就像是你靈魂中裂開的新傷。你想痛擊任何嫌犯，馮・赫林男爵則是下達暗殺令的人。他給了馮・波爾克命令，你清楚這點，不然就不會來這裡。」

「馮・赫林或許簽下了達貢俱樂部的處死令，」福爾摩斯說，「但那是你的要求。他是手偶，你則是操偶師。對，我可以殺掉他，但這樣無法摧毀真正的幕後黑手，你只會和之前一樣，毫髮無傷地離開他死氣沉沉的軀體。你就像鼠群，拉盧洛伊格，我每殺一隻老鼠，就會有別隻老鼠取而代之。」

「很難將我斬草除根，對吧？」

「天殺的沒錯。但鼠輩總是如此。」

「這一定很令人沮喪吧？」

「我已經適應了。」

「適應？我應該說你藉此獲益了。數年來我為你設下的挑戰，似乎使你得到嶄新的活力。你我在一八九五年起衝突時，那時我身為拉盧洛伊格，而非莫里亞蒂，你憔悴又缺乏活力，宛如滿載過往的空殼，不過在我們隨後的遭遇中，你變得越來越強壯。引發了如此傑出的回春現象，我覺得自己有些功勞。」

「你太看得起自己了。不過，你確實稱得上讓我的心智保持敏銳的磨刀石，案件洩漏出你的影響時，我就會全力以赴。你選了很有趣的人物當共犯，尼格瑞托・席爾維斯伯爵[20]。吉斯匹・哥吉安

20　譯注：Count Negretto Sylvius，出自《藍寶石探案》（*The Adventure of the Mazarin Stone*）。

諾[21]。薛利辛格博士[22]。亞戴伯特．格魯納男爵[23]。約賽亞．安伯利[24]。真是一群惡黨！謀殺犯、恐嚇犯和黑道，全都是歹徒。」

「我吸引了他們，他們也吸引我，我們志趣相投，」拉盧洛伊格說，「因此我們建立了互利的同盟關係。我提供的禮物特別容易吸引一種人，我允諾權力、升遷與免於承擔後果，他們也樂於接受。我鼓勵他們遵循先天傾向，更貼近真正的自己，同時哄騙他們做出某種引人注意的不當行為，好將你誘入他們的手掌心，並創造機會來殺害你。薛利辛格差點成功了，或者該稱他為彼得斯『神父』（Holy Peters）？布里克斯頓（Brixton）殯葬業者的那只棺材裡，裝了個可怕的驚喜。」

我揚起一道眉毛。「我不認為貪婪的妖屍[25]只是『可怕的驚喜』。」

「哥吉安諾的赤環黨也幾乎得逞了。」

他口中的赤環黨，是群以恐怖手段統治那不勒斯的義大利黑道組織，還使用巫術作為輔助。他們的打手在胸膛上都刺有一枚赤環，赤環會得到生命力，化為一條有毒的紅色蜈蚣。直到今天，我都鮮明地記得看到那種恐怖生物之一爬向福爾摩斯和我時，所帶來的恐怖，當時我們正在位於布魯姆斯伯里（Bloomsbury）的儲藏室中守護艾蜜莉亞．路卡（Emilia Lucca）。那些長腿的波動，以及那條分段身體的緩慢動作……

「對，醫生。」拉盧洛伊格說。「我看得出來這件事對你還有影響。」

「這是和死亡擦肩而過的常見反應。」我回答。

「還有殺妻者格魯納。他安排讓你遭受特別激烈的毆打，福爾摩斯先生。你的巴流術和木劍技巧當時沒什麼幫助。」

「同時對付兩名深潛者[26]並不容易，這些水棲兩足生物演化出能活在數英噚[27]深海底的能力，為了抵抗壓力，它們擁有強大的力氣。我承認，自己能在埋伏下存活，只是因為幸運。」

深潛者就沒這麼幸運了，因為福爾摩斯對它們與其主人格魯納展開報復。由於知道格魯納熱愛中國陶器，福爾摩斯便寄了一只清代骨灰罈給他，裡頭關了隻女鬼，那是含冤而死的女子化成的復仇鬼魂。格魯納打開蓋子時，女鬼便破罈而出，殺害了他兩名青蛙般的共犯，並在他身上留下足以毀容的重傷。

當我提醒拉盧洛伊格，福爾摩斯曾重申正義時，他終於畏縮了一下。

「對，那隻尖叫鬼魂抓傷我的臉時，感覺非常痛苦。」他說。「我依然會承受與我共享身體的對象所遭受的苦難。」

---

21 譯注：Giuseppe Gorgiano，出自《赤環黨探案》（*The Adventure of the Red Circle*）。

22 譯注：Dr Shlessinger，出自《法蘭西斯・卡法克小姐的失蹤》。

23 譯注：Baron Adelbert Gruner，出自《顯赫的顧客探案》（*The Adventure of the Illustrious Client*）。

24 譯注：Josiah Amberley，出自《退休顏料商探案》（*The Adventure of the Retired Colourman*）。

25 譯注：zuvembie，出自羅伯特・霍華德（Robert E. Howard）在《詭麗幻譚》（*Weird Tales*）上的恐怖短篇故事《地獄鴿》（*Pigeons from Hell*）。七〇年代的漫威漫畫（Marvel Comics）曾用本字取代當時遭漫畫準則管理局（Comics Code Authority）禁用的詞彙「活屍」（zombie）。

26 譯注：Deep Ones，參見《印斯茅斯暗影》（*The Shadow Over Innsmouth*）。

27 譯注：一英噚約為一點八二公尺。

「這讓我稍微寬心了點。」福爾摩斯說。「我不想看到你每次離開我們的爭鬥時，都毫髮無傷。」

「但我確實成功退場，也彌補了損失，一面沉思，來設計我下一項計畫。目前在我們的衝突中，我全都輸了，但我們之間有個明確的差異，福爾摩斯先生。我能失敗無數次，但我只需要贏一次，就能成為最終贏家。你最後一次失敗，會令你一蹶不振，因為你會丟了自己的小命。」

「從我們過去的紀錄來看，我還是會賭自己贏，不過，我覺得我們已經逼近某種結尾了。你採用了目前為止最顯要的外表，我敢說也是最公開的化身，你從來沒有誘騙曼福瑞德・馮・赫林男爵（Baron Manfred Von Herling）這麼知名的人物當自己的活傀儡過。過去幾年來，你也相當低調，這讓我想到，這段期間大部分時間裡，你可能都與大使閣下有所勾結。馮・赫林於一九〇四年出任大使，距離我從你手上奪走那枚名為『藍寶石』的附魔寶石不久。在那之前，他只是個領事官，也是個抱有明確野心的中階外交官。」

「你知道很多關於他的事。」

「只是從《泰晤士報》（*The Times*）上看來的資訊，現在我才推測出故事表面下的內幕。透過你的影響，馮・赫林在事業上平步青雲，他現在的地位能夠影響祖國的對外政策，同時也能密切觀察英國的外交策略。由於我們兩國似乎即將展開無可避免的衝突，我也能想像你煽動了對立情勢，這也滿足了你更崇高的目標。有什麼比不受控的高潮戰事，更能吞噬全世界呢？」

拉盧洛伊格漫不經心地聳肩，表示同意。「有什麼比戰爭更有效呢？」

「你在這場最後攻勢中做出的第一步，就是毀滅達貢俱樂部。」

「一舉消滅敵人幾枚棋子。」

「別忘了，你所謂的棋子之一是我哥哥。」福爾摩斯眼神嚴厲地說。

「忘了？哎呀，那可是重點呢。你說自己策劃了這次會面，我反而覺得我才是策畫者。從你哥哥導向馮・波爾克的軌跡，不是比用黃金刻成的還明顯嗎？」

「就當我們兩人都有責任吧。」福爾摩斯說。「你以為我來這裡時，不會懷疑自己可能會碰到拉盧洛伊格嗎？」

「不，福爾摩斯先生，我想你完全清楚那種可能性。」

「有時候抬頭與棋盤彼端的對手目光交會，觀察他腦筋中的念頭，或是他試圖不要洩漏的想法，對自己很有幫助。」

「那我在想什麼？」拉盧洛伊格說，一面把雙手盤在腹部。

「我有可能破壞你的計劃。」福爾摩斯說。「只要我還活著，就會造成威脅，你得盡快除掉我。」

拉盧洛伊格哈哈大笑，但態度有點太過誇張了。我心中的想法是，讓我們看到他感到這一切很有趣的舉動彷彿十分重要。或許那只是我多心了，我想將拉盧洛伊格描述為驚慌失措，但我無法避開一種印象，覺得他握有王牌，而我們手上則沒有任何好牌。

「我早該除掉眼中釘了。」拉盧洛伊格說。

「我本來希望不會有『眼中釘』這麼輕蔑的比喻，但我應該容忍你的傲慢，畢竟你就只有這點能耐。」

「不過，拔刺這件事，」拉盧洛伊格繼續說，「不會由馮・赫林男爵進行。如果我想在這座房間內殺死你們，會對我造成不小的麻煩，有太多證人了，外交豁免權也有其極限。」

「因此我才認為，我們和你獨處很安全。」福爾摩斯說。「我永遠不會拿自己的性命逞英雄，對華生的安危更是如此。在中庭的騷動只是一點額外保險措施，確保大使館中盡可能有多一點人知道華生和我在這裡，也看到你和我們一起上樓。」

「你從來不缺策略，是吧？」

「這是我的優點之一。」

「哈哈！好吧，或許我們該來壺茶慶祝這點，還是你想要更烈的東西？」他按下電鈴。「大使館的藏酒相當豐富，如果你喜歡甜酒就更棒了，來杯格烏茲塔明那白酒（Gewürztraminer）？」

福爾摩斯忽然起身。「你真慷慨，但我覺得我們待夠久了。大使閣下的時間寶貴，今天他還有許多會要開，你的櫃檯人員提過這點。」

「沒什麼不能延後的。」拉盧洛伊格說。「我們這次會面有種道別感，很值得紀念。我無法預知我們會不會再有這種機會，讓我們倆能文明地面對面脣槍舌戰。我們應該享受敵意緩和的時機，不是嗎？」

「恕我直言，拉盧洛伊格，不用了。」福爾摩斯抓住我的手肘，把我拉起身。「華生和我真的得走了，我相信，繼續待下去是個錯誤。」

我從我朋友的嗓音中察覺到明顯的危急，有種感覺告訴我，我們倆已面臨危機，但我看不出是哪種危險。拉盧洛伊格剛剛才向我們保證，當我們還在大使館中時，他並不打算殺害我們。他撒謊了嗎？

福爾摩斯衝向門邊，一面把我拉走。我們幾乎抵達房門時，第二道門打開了。另一道門並未連接樓梯，而是通往相連的房間，管家送茶進來時曾使用這道門，所以我以為那個房間是廚房。

不過，這次進門的並不是身穿制服的僕人，而是六個穿著黑色服裝與圓頂高帽的人。他們目的明確地迅速移動，擋在樓梯門口和我們之間，截斷了我們的出路。

圓頂高帽帽緣底下有六雙細縫般的眼睛，正惡毒地盯著我們。長滿鱗片的嘴唇中，閃出了六條分叉的舌頭。

「蛇人。」我倒抽一口氣說道。

我有好一段時間沒看過這種生物，也覺得他們和先前一樣令人反感。每個蛇人都帶了根短棍，並威脅般地揚起武器。

我可以明說，福爾摩斯和我進行了優異的防禦行動，而且，我敢說福爾摩斯的防守行動比我更厲害，蛇人花在壓制他的時間，比對付我還多。當我遭到短棍惡狠狠地毆擊好幾下倒在地上後，他依然繼續奮鬥，但蛇人不只數量比我們多出三倍，力量也強過我們三倍，加上他們持有武器，儘管福爾摩斯從口袋中抽出我的槍，卻沒有機會使用，而這原本能夠提高我們的勝率。一名蛇人從他手中奪走手槍，簡而言之，這場打鬥只會有一種結果。

蛇人壓制住我們，使我們仰臥在地時，拉盧洛伊格傾身看著我們。「他們會帶走你們。」他說。「我無法控制之後發生的事，但我想，我們都清楚你們的下場。如果有人問起，馮・赫林男爵會說你們從技工入口離開了。這點沒錯，他沒有提到的，是這幾位紳士會用洗衣箱把你們運出去。下午快結束了，夜色很快就會落下，黑暗之中，沒人會察覺到他們的鱗狀皮膚和不尋常的外表。」

「你忽略了一件事。」我說。

「什麼事，醫生？你只需要開始聲嘶力竭地大叫，無數關切的公務員就會衝進房裡？」

「這個嘛，對。」我有些頹喪地說。

「但沒有意識的人無法大叫。」拉盧洛伊格說。「現在呢，我想該道別了。如果我是馮・赫林男爵的話，就不會對你們說『auf Widersehen』[28]，那代表我們還會見面。我反而會說更有永久性的『lebe wohl』，意思是『保重』，但是在這個情況下，意思完全相反。」

「你——！」

我來不及反駁。有根短棍用力打了下來，我眼前出現一道明亮閃光，隨之而來的則是深沉黑暗。

28 譯注：德語中的「後會有期」。

第十四章　嘶聲發言者

A Sibilant Interlocutor

我和任何遭到暴力擊昏的人一樣輕鬆地甦醒——我指的是過程緩慢痛苦，同時帶著噁心、暈眩和頭痛，加上大量令人不適的感受。我察覺到一股微小不穩定的光源，當我模糊的視力逐漸聚焦時，光源化為粗糙陶碗中忽明忽暗的燭火。它微弱的光暈照亮了潮濕的岩牆，與夏洛克・福爾摩斯的臉。

他靠在牆邊坐著，前臂擺在雙膝上，看起來和我同樣昏沉，而且一臉不悅。

「啊，你醒了，老朋友。不，我不建議你起身，先不要，給自己時間康復。遭到棍棒毆打並不舒服，腦部灰質不喜歡這種刺激，當你甦醒時，腦部會發出激烈抗議。這種感覺會消散，但你得花點時間。」

我呻吟了一聲作為回應。我不確定自己說了什麼，也不認為那很重要。

「如果你要罵我是個過度自信的蠢蛋，就罵吧。」福爾摩斯說。「你不會比我罵得更重。我應該早點逃走，不該讓拉盧洛伊格說最後那段玩笑話。按壓次數是關鍵。」

不知怎地，我成功讓他明白了我的困惑。

「是按電鈴的次數，華生。馮・赫林按兩次鈕以召來管家，但拉盧洛伊格按了鈕三次。那不是叫管家的訊號，而是要蛇人進來，他們早就在隔壁房等候了。我猜管家也參與了計畫，他得到指示，要對六名外表奇特的人視而不見，並與他們一起待在廚房中。馮・赫林可能告訴他，這些人受到嚴重的皮膚病所苦，但更有可能的是，男爵只是要他不要多問。當你國家身為名流的大使囑咐你保密時，身為僕人的你就不該多嘴。儘管如此，我依然是個笨蛋，笨啊！」

福爾摩斯用掌底拍著額頭。如果他頭部的感覺和我相同，那這就是特別帶有自罰性的動作。

我現在發現，我們待在一座小房間中，大小約莫接近煤窖。房裡有道約莫呈長方形的孔隙，尺寸剛好能供成年男子輕鬆通過。外面的大石頭堵住了孔隙，那是三四人共同出力才能抬起的巨石。其餘方面看來，房內空無一物，也沒有特色。

我感到驚慌。「我們困在裡頭了，這是個墓穴。」

「我無法確實反駁你的說法。」福爾摩斯說。「不過，蠟燭的存在似乎別有用意。它代表這只是暫時監禁所，也就是牢房。」

雖然我無法甩開我們遭到活埋的感覺，也認為我們注定會在此待到窒息為止，他的話語依然使我感到安慰。

「唉，」福爾摩斯補充道，「和正常牢房不同的是，只能靠蠻力才能打開這道門鎖。我試圖移動巨石過，但完全沒用，就算我們合作，我也不覺得會成功。就目前而言，我們受困了。」

之後經過了一段漫長的時間，我的諸多不適症狀開始消散，福爾摩斯則陷入沉思，或許也依舊深深自責。頭顱隨時會掉落的感覺最後終於消失，使我能將身體轉為坐姿。

「你覺得蛇人打算長期囚禁我們嗎？」我問。

「既然我們似乎即將遭到處決，誰知道呢？這取決於他們有沒有耐心。延遲滿足感，會讓人感受到某種喜悅。」

「對執行死刑的人來說或許沒錯，但對等待受刑的人來說可不一樣，我猜你有辦法能讓我們脫離困境。」

「我們沒有槍。」福爾摩斯說。「他們拿走了我的玻璃管盒，我沒有工具和武器了。」

「我們還有智慧和拳頭。」

「希望這樣就足夠了。」

「至少時機到來時，我不會任人擺布。我會抗拒到嚥下最後一口氣。」

「老華生一點都沒變，講起話來還是像條漢子。」

福爾摩斯似乎還想說些什麼，但此時我們聽到充當牢門的石塊另一端傳來聲響。許多隻手抓住巨石，將它們一塊接著一塊移開。

裂隙清空後，好幾名蛇人往內窺探，看到福爾摩斯和我依然活著待在房裡，似乎令他們感到滿意。接著他們移到旁邊，讓另一名同族成員進來。

我立刻認出他，因為打從十五年前我們最後一次見面後，他並沒有改變多少。蛇人的老化方式顯然與正常人類不同，或者是他們長滿鱗片的皮膚不會受到皺紋影響，因此看起來青春永駐。他身上宛如老虎斑紋的金黑花紋，依然相當顯眼。

那是瓦根斯（W'gnns），他曾是福爾摩斯手下的游擊隊領袖，現在似乎率領了這批蛇人，有鑑於他的主宰地位，可能還掌控了整個族群。

他語帶諷刺地向我們打招呼：「哎呀，哎呀，哎呀。福爾摩斯先生與華生醫生，局勢逆轉了呀。以前我是你們的奴隸，現在你們淪為我的囚犯，任我處置。我無法否認，看到你們這樣讓我很開心。」

「瓦根斯，」福爾摩斯說，「不必訕笑。」他用拉萊耶語說，嘶嘶作響的對方也一樣。「顯然你打算殺了我們，可能還痛恨我們，不過我認為自己對你很好。」

「很好？用三蛇王冠控制我們的意志很好嗎？」

「那是必要手段，我也不對此抱持歉意，總之，我不認為你和其他游擊隊成員是在不知情的狀況下參與我們的行動。透過協助我，你也幫助了其他人，而無論有沒有王冠，如果你心中缺乏某種固有的利他心態的話，我就不可能強迫你幫忙。當時你想行善，瓦根斯，即使你可能並未察覺到這點，我也確定你並未改變。」

「是嗎？」瓦根斯說。「你似乎比我自己還了解我，福爾摩斯先生。觀察力真是敏銳！」

「你一定明白，無論你跟拉盧洛伊格之間有什麼協定，都不值得。你無法信任祂。」

「你為何覺得我做了協定？」

「我很清楚拉盧洛伊格，祂會與人立下合約，但祂不會做出任何對自己不利的事，如果你和你的人民和祂結盟，你們就不可能享有平等地位。拉盧洛伊格會要求某種條件交換，索取比祂的賜予更有價值的東西。」

「拉盧洛伊格只要求我們殺死你和華生醫生，多年來祂嘗試下手……」

「嘗試並失敗。」福爾摩斯插嘴道。

「多年嘗試並失敗後，」瓦根斯同意道，「祂指示我們完成任務。你的死亡對我們有既得利益。」

「那項既得利益是復仇，對我向你們使用三蛇王冠所帶來的侮蔑進行報復。」

「確實沒錯，但不只如此。拉盧洛伊格承諾給我們更大的獎勵。」瓦根斯的舌頭渴切地從堅硬的雙唇邊閃過。「混亂將來到你們的世界，很快就會發生前所未見的毀滅與殺戮。在那之後，與贏家同陣營的對象，就能收割利益。」

「什麼獎勵？我可以保證，無論是什麼，拉盧洛伊格都不會實踐承諾。」

「是我族渴求已久、也該擁有的獎勵，」瓦根斯說，「我們願意為這種獎勵進行任何任務。好了，說夠了，請你們兩位跟我來。我們得去某個地方，有人在等，我們不能讓他們失望。」

他用一隻滿布鱗片的手向我們示意，福爾摩斯和我站起身走出牢房。就算知道我們即將赴死，但不用繼續擠在狹窄且令人窒息的空間裡，還是讓我鬆了口氣。

總共約有十到十二個蛇人圍繞著我們，其中兩個蛇人拿著將某種發光苔蘚裹在棍子上製成的火炬。這種粗糙的工具散發出的光芒十分黯淡，不過足以讓我們視物了。

我注意到，其中一名蛇人拿著我的手槍。瓦根斯向他伸出手，對方毫無異議地把槍交過去。

我們開始以緩慢散亂的隊型前進，福爾摩斯和我走在中間，蛇人們數量均勻地走在我們前後。剛開始我們沿著天然隧道行走，那是倫敦街頭底下洞穴系統的一部分。多虧了福爾摩斯，蛇人族群才能進入這些地底區域，他將他們從沙德維爾底下的獨立洞窟中釋放，讓他們自由自在地在城市底層出沒。我考慮過用這點為我們說好話，但認為自己會白忙一場，便轉而專注於找尋逃脫的機會。

很快的，遠方的潺潺水聲便顯露出洞穴中的隘口，通往不同的新居住地，擠過一道裂隙後，我們便踏進倫敦下水道系統。這是約瑟夫．巴澤爾傑特爵士[29]的浩大工程計畫，不只除去了城市惡名昭彰的「臭味」，將霍亂與傷寒的爆發頻率降到接近零，也使英格蘭首都住起來更舒適。

以磚瓦砌成的隧道已有四十多年的歷史，對蛇人而言也有助益，讓他們得到數英哩長的通道。我們穿過深達小腿的骯髒汙水，還在每個轉角碰上四處逃竄與游泳的濕亮鼠群，這種經驗使我作嘔，對福爾摩斯來說應該也一樣，相反地，對蛇人而言，這反而像是在舒適大道上漫步。的確，我看到其中一名蛇人俯身抓起一隻老鼠，貪婪地將之塞入口中，彷彿從樹上摘下熟透的李子。他欣喜地咀嚼老鼠，從他口中伸出的鼠尾，則不斷四處拍打並蜷曲，彰顯出牠的垂死掙扎。這個光景使我產生的感覺，已不足以「作噁」形容，但蛇人對餐點感到開心，也不擔心食物來源。這提醒了我（彷彿我還需要提醒！），這個種族儘管在某些方面近似人類，在其他層面上卻是徹徹底底的異類。

最後我們來到好幾條下水道的聚合處。那是個龐大的場地，雄偉的比例宛如大教堂，環繞著一座池子，池水來自好幾處來源，並透過一道覆蓋著鐵格網的寬闊水閘，往某個我只能猜測的遙遠目的地流去。翻騰的水聲震耳欲聾，惡臭儘管不如下水道那麼集中，卻依然強烈，強烈到我得努力使自己不要嗆到。當我抵達這座洞窟般的大型地底空間，與其中傾瀉而下的大量瀑布時，也察覺到一股奇異的敬畏感。它散發出人造的雄偉氛圍，可與任何自然奇觀匹敵。

數百名蛇人在此集結，如同教堂信眾般沉默並充滿期待，有些具有更多蛇類特徵的成員聚集在水池旁，池子深度不過只有幾英呎。一八八〇年後，他們的數量已成長得相當可觀，隨著生活空間的擴張而成長，原本人口數只有村莊規模的蛇人，現在的人口數則接近小鎮，而由在場幼年成員的數目看來，人數還在增長。我看到許多孩童，甚至還有幾名躺在懷裡的嬰兒。

他們護送福爾摩斯和我穿過人群，群眾則放聲咒罵我們，接著他們讓我們走上某座磚製建物，它從水面中隆起，位置靠近水池中心。我不曉得它是底座或平台，位於一座格柵正下方，一縷月光從中落下。福爾摩斯和我，以及我們的護送者，包括拿著我的槍的瓦根斯，都踏入這道宛如無形支柱的柔和光線中。

29　譯注：Sir Joseph Bazalgette，十九世紀英國土木工程師，打造出倫敦的汙水處理系統。

全身發亮地站在蛇人群眾上方，使我感到赤裸且無助。我們成了展示品，我也不禁想到站在革命廣場[30]死囚押送車上的法國貴族們，他們等待著與斷頭台夫人[31]碰面，暴民們則嗜血地向他們呼喊。群眾蛇般的眼睛閃爍發亮，嘶聲謾罵也變得越來越響亮。

「各位。」瓦根斯說，他的聲音讓大夥安靜下來。如我所料，現在他的確是族群首領。「我的人民們，我們經歷了漫長艱困的路途。三十年前，我們失去了我們的神，偉大的伏行混沌（Crawling Chaos）奈亞拉索特普（Nyarlathotep），我們曾辛勤崇拜獻祭的神明，從我們身邊遭到奪走。」

人群中傳來充滿悲傷與惱怒的低語，就算是蛇人祭拜奈亞拉索特普時還沒出生的年輕成員，也發出了同樣的怨嘆聲。

「由於莫里亞蒂教授和這男人夏洛克．福爾摩斯的行為，祂離開了我們。」

蛇人群眾以嘶嘶聲複述著福爾摩斯的名字。

「我們失去了奈亞拉索特普的厚愛，生活似乎也變得空虛且沒意義。然後，夏洛克．福爾摩斯回來了，並為我們之間某些成員帶來全新目的。我承認，我也是這些人之一。我聽信了他的謊言，我以為只要執行他的命令，就能得到某種贖罪機會。不過，夏洛克．福爾摩斯其實只想對我們予取予求，他不尊重我們，他利用我們，我們成了他的『游擊隊』。」瓦根斯輕蔑地說出那個名號。「更糟的是，他使用了三蛇王冠，以確保他能成功。如果他開口要求，我們可能會主動服侍他，但他沒有給我們選擇，反而強徵了我們原本可能主動獻上的服務。」

念著福爾摩斯名字的嘶嘶叫聲變得越來越急迫，語調上也帶有更多恨意。瓦根斯將福爾摩斯塑造為主要反派，也是蛇人不滿情緒下的代罪羔羊。這是典型的煽動手法，他則宛如熱切的復興派傳道者般講述一切，儘管發生了這一切，我卻不情願地對他感到景仰。瓦根斯進步了不少，自從十五年前對福爾摩斯發動了名符其實的政變後（透過占了對不熟識三蛇王冠的我的便宜），他無疑努力培養了自己因掀起反抗而得到的聲望，並使之轉化為政治資本，使得這位革命煽動者不免俗地成為了皇帝。

「現在，」他繼續說，「我們終於讓他處於下風，成為低下的俘虜。這是偉大的一刻，他會為施加在我們身上的虐待付出代價；他和好友華生將任我們宰殺……以及大快朵頤。」

蛇人想吃我們這件事，或許應該讓我感到訝異，但我卻沒有這種感覺，我已經開始認為，這並非尋常的處決。我很清楚蛇人有同類相食的傾向，過去遇到食物短缺時，他們曾食用同類。

「他們會滋養我們。」瓦根斯說。「每個人都能分一杯羹，這是他們理所當然的下場，也是我們應得的獎勵。」

數百雙爬蟲類眼睛緊盯著福爾摩斯和我看，比起生理慾望，其眼神中的貪婪，更多是心靈上的渴望。

「補償，」瓦根斯說。「恢復，救贖。從此時此地開始。」

他走近我，一面用左輪手槍對準我的頭。

我緊繃起來。如果我辦得到，就會把槍從他手中奪走。我會和他纏鬥，會從他手上搶走槍，然後把他轟進地獄，再盡量射殺蛇人。當然了，他們遲早會擊倒我，畢竟他們為數眾多，我則只有六發子

30　譯注：Place de la Révolution，現名協和廣場（Place de la Concord）。

31　譯注：Madame Guillotine，斷頭台剛於法國大革命期間發明時的綽號。

彈。無論如何，我都完蛋了，但我願意犧牲，也確信福爾摩斯的想法相同。我們會讓蛇人看看，熱血的英格蘭人如何生存與死亡。

接著福爾摩斯無比冷靜地說：「請等一下，瓦根斯。」

瓦根斯依然用槍對準我，也沒有轉頭。「怎麼了？」

「我可以說幾句話嗎？」

「不。」對方簡短地回答。

「讓死刑犯說出遺言是種傳統。」

「或許你人民的傳統是這樣，我們不這麼做。」

「有什麼關係？我希望能填滿認知中的幾段空白。在沒滿足好奇心前，我還不想死。你了解我，我不喜歡未解的問題。」

「我為何要照你的話做？」

「就算是敵人，好領袖還是會聽每個人的說法。透過發言，他的敵人通常只會更加深自己的罪孽。」

瓦根斯考量起這項論點。有幾個蛇人開口支持福爾摩斯，他們的意思大致上是：「讓他為自己的罪行找些藉口，給他點機會，讓他作繭自縛。」其他蛇人則要他們閉嘴，他們不想再拖延死刑了。

思索片刻後，瓦根斯點頭。「很好，我准許你的要求，福爾摩斯先生。但別說太久，如果我覺得你只是在搪塞，華生醫生就會立刻受死。我不會警告你，而是直接開槍。」

我望向福爾摩斯，相信他知道自己在幹嘛。他在拖延時間嗎？他是否有能讓我們脫身的狡猾伎倆？我向上帝祈禱，讓他有此計畫，但我心中有部分希望瓦根斯開槍打我，這種死法比遭到生吞活剝要好多了。

「我只想指出，」福爾摩斯說，「拉盧洛伊格，就是與你們結盟的拉盧洛伊格，從你們身邊奪走了奈亞拉索特普，而我與此無關。為了成為拉盧洛伊格，莫里亞蒂奪走了奈亞拉索特普的神形。伏行混沌從你們的生命中消失這件事與我無關，是隱匿心靈下的手。」

「你以為我們不曉得嗎？」瓦根斯的嗓音中帶著些誇耀。「福爾摩斯先生，我們非常清楚拉盧洛伊格是誰，也知道祂是如何得到力量的。祂對此相當坦白。」

「這麼一來，你們還接受祂的條件？接受摧毀你們神明的神？這不是偽善之舉嗎？」

「正好相反，這合情合理。神明比較偉大，還是擊敗那位神明的神更偉大？誰更值得崇拜？」

「我懂了。」福爾摩斯說。「奈亞拉索特普已死，拉盧洛伊格萬歲。有意思，你肯定認為這是大膽的一步。」

「大膽但實際。」

「對我而言，感覺起來更像是懦弱。你們曾屈服於奈亞拉索特普，現在你們屈服在讓你們更感到敬畏的神明腳下。你們放棄獨立，選擇了更糟糕的奴隸身分。」

「福爾摩斯先生……」瓦根斯語帶警告地說。

我更明確地察覺到自己頭部旁的左輪手槍，看得出來瓦根斯的食指扣緊了板機。我不認為自己的反射動作有快到能在他施加最後一絲壓力前，從他手中抓住槍。微薄的一絲希望已然消失，只剩下夏洛克．福爾摩斯。

第十五章　歲士

Ssuitssserland

福爾摩斯堅持繼續使用死刑犯的特權。

「你先前提過獎勵。」他說。「你願意告訴我那是什麼嗎？」

「國家，」瓦根斯說。「屬於我們的國家。我們蛇人將不需要躲在地底，等到戰爭結束、人類也遭到殲滅後，拉盧洛伊格會賜給我們一塊專屬於我們的省份。我們可以在那裡自由活動，恣意生活。你可能聽過那裡，它叫做歲士。」

「瑞士，那就是你們的應許之地。」

「拉盧洛伊格說那裡有山脈、溪流、湖泊和森林，還有足夠我們捕食的野生獵物。全世界的蛇人，我們的兄弟姊妹，都能搬到那裡，我們也將合而為一，得到永久的平靜與繁榮。」

「聽起來像是人間天堂。」福爾摩斯諷刺般地觀察道。「那是奶與蜜之地，至少找得到阿爾卑斯長號與咕咕鐘。」他用英語說出「阿爾卑斯長號」和「咕咕鐘」，這兩者在拉萊耶語中都沒有相似辭彙。

瓦根斯聽不懂這種俏皮話，因為他缺乏幽默感。「那確實是天堂。」他的語氣毫不質疑，蛇人同胞們也發出贊同的低語。「拉盧洛伊格說，祂會挑出歲士中一塊特定區域，祂認為那裡最適合我和我的部落。祂說當地對祂和你都有意義，就是萊辛巴赫瀑布（Reichenbach Falls）。」

我幾乎笑出聲來。夏洛克·福爾摩斯和莫里亞蒂教授在萊辛巴赫瀑布上進行生死決鬥的事件，是完全由我發想的虛構故事。對瓦根斯與其餘蛇人而言，選擇此地做為新居十分諷刺。我想，拉盧洛伊格選擇那裡的原因，純粹是想嘲弄祂的宿敵。那是莫里亞蒂在我故事中的殞命處，地球上的蛇人則將在那得到新開始。

「嗯，我去過那裡。」福爾摩斯說，「那是個令人印象深刻的小瀑布，和這裡比起來算不了什麼，但確實有些相似。」

「它將成為我們的家園。」瓦根斯說。「我們也將如同無數世代前、人類崛起前的同胞般，沐浴在晨光中，並在曠野中自由活動。我們甚至看過圖片。馮．波爾克先生給我們看過。」

「馮．波爾克？當然了。他是你們之一。」

「以前是，對。他曾是我們的朋友——非常好的朋友。」

「我猜，他擔任你們和拉盧洛伊格之間的中間人？」

「他代表拉盧洛伊格來找我們。」

「沒有任何人類代表能取得你們的信任，但馮．波爾克擁有蛇類血統，是執行這項工作的理想人選。」

「他是我們的族人，因此我們願意聽他說話。而現在，」瓦根斯苦澀地補充，「馮．波爾克先生已經死了。」

「如果你的尖酸語氣意有所指的話，我沒有殺他。拉盧洛伊格可能說是我下的手，但馮．波爾克的死完全是拉盧洛伊格所為。」

「如果你沒有啟動拉盧洛伊格施加在他身上的咒語，他就不會死。你有罪，福爾摩斯先生，別推託責任，這只是你的另一項罪名。」

福爾摩斯誇張地聳了聳肩。「好吧，一不作二不休。」

這句俗話無法合理地轉譯為拉萊耶語。瓦根斯看起來十分困惑，並隨之感到惱怒，我擔心子彈隨時都會射進我腦袋裡。

「所以，」福爾摩斯說，「如果我沒想錯，殺死華生和我，能讓你們在瑞士這個樂園中，取得輕鬆且心滿意足的未來，也能補償我對你們族人做出的所有罪孽。大概是這樣，對嗎？」

「對。」

「我很高興能夠釐清一切。現在我可以在墳墓裡安息了，謝謝你，瓦根斯。」

「不客氣。」瓦根斯語帶諷刺地說。「現在，有了你的同意，福爾摩斯先生，我們可以開始處罰了嗎？」

福爾摩斯將目光往上抬，彷彿想懇求上天介入。他再度垂下雙眼，並對瓦根斯點頭。「沒關係，已經拖得夠久了，何不動手呢？」

我花了一陣子才發現，福爾摩斯並不是用拉萊耶語說出這些話，而是英語，我無法理解他為何轉換語言。我想到，如果他先前試圖說服瓦根斯看清事理，現在應該已認為徒勞無功，也放棄了計畫。他已降伏於無可避免的後果。

我的心頭一沉，如果福爾摩斯已經放棄，那我們就真的完了。我們僅剩的生命只剩下幾分鐘，或是幾秒。

「我希望我吃起來很苦。」我對蛇人群憤慨地喊道。「我希望我毒死你們。」

「華生醫……」

話語似乎慢了下來，在逐漸消失前變成一股持續的嘶嘶聲。瓦根斯變得僵直，他全身上下都在顫抖，身上每條肌肉也極度僵硬，他身上似乎產生了某種症狀。我的左輪手槍依然對著我，但他的手指半途僵在板機上。瓦根斯本該開火，我應該已經死了，但時間彷彿停止了，瞬間成為了永恆。

瓦根斯也不是唯一動也不動的人。熱切激動的群眾也變得宛如蠟像，不過四處都會顯露出極微小的動靜，有時是一雙眼睛扭動，有時則是某隻手在顫動。

「別光站在原地，華生。」福爾摩斯說。「快跑！」

我不需要他再提醒一次。無論蛇人經歷了哪種歇斯底里症狀，對福爾摩斯和我都是好事。

我伸手想從瓦根斯手中拿走我的槍，但蛇人的手緊握槍把。儘管我努力嘗試，卻無法把槍從他手裡奪走。

接著福爾摩斯抓住我的袖管，把我拖在他身後。一想到可能再也見不到自己的威百利手槍，讓我十分懊悔，但我清楚，無論那把武器對我有哪種情感價值，生存都是當前更重要的問題，我總有機會再買把新手槍的。

我們躍下平台，衝過靜止不動的群眾，由於水深及腰，我們的速度並不如我預料中快。我認為蛇人隨時都會擺脫奇怪的靜止狀態，也清楚他們會毫不猶豫地阻擋我們，將我們撕成碎片。只要我們遭到包圍，就會身陷危機。

但就算脫離了群眾，我們也並不安全，我們得與綁架者拉開距離，而由於我們笨重緩慢的步伐，這點執行起來十分困難。過程無異於惡夢，危機就在身後，逃脫的路卻有重重阻礙。儘管我們努力涉水，卻只比走路速度快不了多少。

此時，有股嗓音往下呼喚我們：「那裡有座梯子。快！我不確定自己能撐多久。」

福爾摩斯早已帶領我們往嗓音傳來的方向前進。我現在發現，其中一處下水道排汙口有個人，位置在我們頭頂三十英呎處。他探出身子，慌亂地比手畫腳。我也發現，如那人所說，有座梯子通往他所在的樓層，鑲入一連串鐵製梯級的牆面，則鄰近下水道排出的水柱。這幫助不大，但我自覺像個遭遇船難的水手，碰上了邊緣長有棕櫚樹的沙漠島嶼。

福爾摩斯將我推向梯子，我則開始攀爬。我不該往身後看，但我還是看了，我發現蛇人開始蠢動，逐漸重拾使用身體的能力，使我的攀爬動作產生了全新動力。

梯級十分滑溜，滿布腐蝕痕跡。我的鞋子完全濕透了，抓緊那座梯子對我而言並非易事。火上加油的是，下墜水柱的水花害我看不清楚，只能靠摸索才能找到下一個抓握處或落腳處，要找到這些地方，得仰賴毅力。

我知道福爾摩斯在我下方攀爬，但我將主要注意力擺在抵達梯子頂端。我不怕高，但很害怕滑落下墜，掉入池中可能不會害死我，但一定會令我感到暈眩，喘不過氣，可能也會負傷，蛇人便能輕鬆解決我。

忽然間，我居然抵達了梯子頂端。排汙口已觸手可及，站在那裡的男子則向我伸手。

「抓緊了，醫生。我接你過來。」

他辦到了，接著我四肢著地，趴在下水道的洶湧水流中，用力喘氣，試圖讓呼吸變得平順。

「換你了，福爾摩斯先生。」

福爾摩斯攀入下水道，來到我身旁。他拍拍我的背。「沒時間休息了，老朋友。起來吧，好傢伙。」

我蹣跚起身，轉向前來救我們的男子。我認得他的嗓音，當我看見那熟悉的友善臉孔時，也不禁愉快地露齒一笑。

「葛雷格森探長！」我喊道。

第十六章 （不再屬於）蘇格蘭場的葛雷格森

Gregson (No Longer) of the Yard

「直接叫我托拜亞斯．葛雷格森（Tobias Gregson）就好，醫生。」他說。「我已經有五年沒當警察了，福爾摩斯先生說得也沒錯，沒時間休息了。」

葛雷格森和以往一樣高大，歲月只讓他稍微駝背，但他比以前胖了點，他的退休生活顯然過得不錯。

不過他外表最顯眼的東西，則是頭頂的物品。我沒看過這東西，但見過相似物，三條交纏的蛇形設計，無疑象徵了三蛇王冠。散發詭異綠光的微小血管狀紋路，散佈在它的金屬表面，宛如將熄火堆的餘燼。

「那是……」我開口道，一面指向王冠。

「之後再解釋，華生。」福爾摩斯說。「葛雷格森讓我們重獲自由，但恐怕他已經無法控制蛇人了。」

「使用王冠的壓力很大。」葛雷格森承認道。「我不曉得這點，將自己的意志力施加在這麼多對象身上……」

福爾摩斯梯子外看了一眼。「好，他們快追上我們了。葛雷格森，你有盞提燈，把它給我，我來帶路。」

油燈亮著，但遮光罩關了起來，可能是為了不讓蛇人察覺葛雷格森的存在。福爾摩斯打開遮光罩，將光束對準前方，提燈的光線照亮了部分往前延伸的彎曲磚牆。福爾摩斯快步出發，葛雷格森和我則跟在後頭。

「福爾摩斯，」當我們沿著隧道濺著水花快步行走時，我說道，「你何不自己戴王冠呢？你很擅長使用它，一定能用它阻止所有蛇人。」

「這種數量？不可能，時間再長也沒用。葛雷格森能辦到，已經是奇蹟了，我也無法辦得更好，逃跑是我們唯一的選擇。我們無法阻止蛇人，但老天有眼的話，我們就能逃離他們。」

我不太相信最後一句話，因為蛇人已經進入隧道了。我能聽到他們的腳步聲從我們身後傳來，也聽見他們刺耳的興奮叫聲，兩者似乎都變得越來越大聲。這些生物不只覺得我們身處的環境宜人，還相當熟悉此處，再來，他們也比我們更適合本地的環境。先前當蛇人們護送福爾摩斯和我前往刑場時，我曾觀察到他們在潮濕地形中的步伐有多穩健。我好幾次踩到某種滑溜的東西，還從鞋底抓起藻類或其他髒東西，我從未失去平衡，但差點跌倒，蛇人則如同山羊般充滿自信地踏步向前。他們擁有當地人的優勢，而我們在那些塞滿藻類的黏滑隧道中行動時的最高速度，永遠無法超過他們的速度。

「葛雷格森，」福爾摩斯說，「你曾透過維修孔或其他入口進入下水道，該往哪走？」

「沒錯，是維修孔，福爾摩斯先生，但我不曉得它在我們當前位置的哪個方向。」葛雷格森已取下王冠，用一隻手臂夾著它。「底下是座迷宮，早知道我就該帶根粉筆來，在經過的轉角做記號。我試過用小刀在磚瓦上留下刻痕，但痕跡不夠深，無法留下明顯痕跡。」

「你是怎麼找到我們的？」我問。

「噢，那件事呀，我遵照了福爾摩斯先生在電報中的指示。」

那封從切爾西寄出的電報，似乎正是寄給葛雷格森。

「我要葛雷格森用三蛇王冠追蹤不尋常的蛇人活動。」福爾摩斯說。

「你知道拉盧洛伊格會把我們交給他們？」

「我不『知道』，但似乎有可能。只要出現一個蛇人（也就是馮．波爾克），就一定有更多蛇人。通知葛雷格森是謹慎的備用方案，幸好這項保險措施救了我們。」

「王冠有點像無線電報。」葛雷格森說。「它能調頻對準蛇人的『波長』。當它發現不同蛇人熱切期盼夏洛克．福爾摩斯（他是蛇人民俗故事中的知名人物）來到他們之中的思緒時，我就能沿著這些思緒找到源頭，就像跟著燈塔走，它帶我來到他們的聚集地。福爾摩斯先生讓他們分心夠久，讓我能施展王冠的控制力，剩下的事你都知道了。」

「但你怎麼拿到那頂王冠的？」我說。「瓦根斯拿走了我們的王冠，其他王冠也極度罕見。」

「省點力氣拿來跑步吧，華生。」福爾摩斯斥道。「之後還有機會討論前因後果。」

老實說，我覺得同時講話和逃跑是個挑戰，葛雷格森顯然也有同感，因為他幾乎只能透過喘息回答。福爾摩斯沒有錯，應該等晚點再滿足我的好奇心，而如果我們不把所有體力全數用在逃離蛇人，就不會有「晚點」了。

我們每次在路口轉彎，我都相信提燈會照亮某個向上通往地表的垂直坑道，或是我會感到一股更新鮮的空氣，代表附近有抽水站，但我們只碰到更多的隧道。下水道確實是座迷宮，我們也似乎更深入其中，而不是靠近出口。我們甚至可能是在繞圈，在不知情的狀況下走回頭路。幾乎無法確定方向，因為每條下水道隧道看起來都一樣。

無可否認的是，蛇人正趕上我們的腳步，除此之外，也不只有一群蛇人追了上來，他們兵分多路。為了躲避從前方攔截我們的蛇人，我們經常沿著垂直隧道向下走，這是為了應急而做出的方向改變，因為我們聽到他們的聲響從前後方傳來，我們就像是無法逃回巢穴的絕望狐狸，獵犬則逐漸逼近。

接著我們抵達了牆面上一處洞口，它與腰部同高，大小也能供人進入，看起來是由蛇人所打造。他們曾挖開磚塊並擺在一旁，好創造入口，也挖開了牆面後方的土壤。

「聽見了嗎？」福爾摩斯停下腳步說。

我只聽到追兵逼近的無情聲響，但把一邊耳朵湊到洞旁的福爾摩斯，顯然察覺裡頭傳來別的聲音，並因此感到興奮。

「有颯颯風聲。」他說。「葛雷格森，快，拿根火柴來，我們才能看看風是吹向我們，還是遠離我們。」

福爾摩斯把點燃的火焰舉到入口前，火焰便從洞口往後彎曲。

「太好了。地底與地上的氣壓差異造就了氣流，底下的空氣比外頭冷，因此壓力較低，使氣流往內吹。這就是我們的出路。」

說完，他就一頭鑽進洞裡。當我猶豫著不敢跟上他時，葛雷格森看起來十分訝異。

「如果福爾摩斯先生說那是出路，就準沒錯。」

他對我的同伴具有絕對的信心，也令人感動地誠懇。和他相比，與福爾摩斯共度更多危機的我，則有理由感到更謹慎。他解決危機的方式，經常和危機本身一樣惡劣。

「噢，好吧。」我爬進洞裡，葛雷格森殿後。

剛開始我們能沿著隧道行走，但是得屈身前進，不過，走了十幾碼後，我們便得用手腳爬行。我在前方只能看到受到提燈搖曳光線照亮的福爾摩斯輪廓，堅硬的土壤扎進我手肘和膝蓋骨。

後頭傳來的拉萊耶語叫聲，讓我們得知蛇人已經發現我們的逃跑路線。幾秒後，他們也滑入狹窄的通道，這使我們移動地更緊湊，以四肢著地的方式盡快前進。葛雷格森如雷的喘息聲和我相仿，且隧道似乎永無止盡，我內心也確信，蛇人很快就會趕上我們。

忽然間，福爾摩斯從我前方消失，取而代之的是個充斥提燈銳利光芒的模糊圓圈，是出口！

我幾乎是一頭栽了下去，粗魯地落在崎嶇的地面，旁邊則有條寬闊湍急的水道。葛雷格森摔在我身上，我們起身時，他滿懷歉意。

「希望我沒傷到你，醫生。」

「如果我沒讓你摔傷，那份不適感就值得了。」前任員警發出輕笑。「你知道嗎，華生醫生，你真的是……」

一股槍聲響了起來，葛雷格森用一隻手摀住肩膀，臉孔痛苦地扭曲。

子彈來自隧道，一定是瓦根斯所率領的蛇人群。

葛雷格森沉重地靠向我時，我抓住他。我把他推離洞口，遠離瓦根斯的火線，鮮血從他的手指間湧出。我沒時間評估傷勢，直覺告訴我那並非致命傷，但我無法確定。子彈可能劃傷了腋動脈，但這樣的話，流出的就會是鮮紅色的血液。從我在黯淡的環境下看來，血液的顏色較暗，代表受傷的是流速較慢的靜脈，因此葛雷格森比較不會因失血過多而死。

我轉向福爾摩斯。「蛇人隨時會過來，我們該往哪走？」

「那裡。」福爾摩斯指向混濁的水。「那是倫敦所謂的『失落河流』之一，如果我沒猜錯的話，就是弗利特河（The Fleet）。巴澤爾傑特的下水道經常與這些河流平行，有時也將它們併入水道網。由於它們都是泰晤士河的支流，免不了都會通往那條河，我們只需要游泳就好。」

「葛雷格森無法游泳，他的手臂……」

「我們可以把他夾在中間，讓他浮在水面上。來吧，下水。」

「不。」葛雷格森斷啞地說道。

「你說『不』是什麼意思？」我說。

「我拒絕成為負擔。如果因為我，而害你們兩位無法逃走……我的良心不能接受。」

他把自己推離我的掌握，臉色因中彈而變得蒼白。我不曉得他怎麼能開口說話，更別提站直了。

「福爾摩斯先生，華生醫生，能盡微薄之力協助你們，是我莫大的榮幸。」他用沒受傷的手臂擺出合格的警察式敬禮。「你們必須活下去，而一度身為執法人員的我，有責任讓你們得到生還的機會。」

「葛雷格森……」我感傷地說，但我看得出他已下定決心，也不可能接受建言。

「我是個鰥夫。」他補充道。「已故的葛雷格森太太該和我團聚了。」

他向後轉，站在洞口前。我以為他又要使用三蛇王冠，如果它能為我們帶來幾分鐘的空檔，也足夠了。此時我發現他身上沒有王冠，我只能猜測，王冠在我們奔跑時掉落，或是他故意將它丟棄，因為王冠會妨礙他前進。

「好了，你們這些怪物。」他說。從他的視線與相對柔和的嗓音判斷，蛇人最前方的瓦根斯，就站在他前方。「我來會會你們吧。」

瓦根斯近距離往他的軀幹開了兩槍。葛雷格森居然沒有倒下，反而衝進洞裡，和瓦根斯打鬥。我不曉得當他遭到三顆子彈擊中後，是如何找到奮鬥的精力。我清楚的是，多虧了他的勇氣與堅持，福爾摩斯和我才逃出生天。這是我最明確的說法，要不是托拜亞斯・葛雷格森，我就不可能活著寫下這些文字，更重要的是，夏洛克・福爾摩斯也不可能在不久後做出壯舉。

「華生。」福爾摩斯的臉充滿悔意。「進河裡去，現在！」

他並不是邀請我入河，而是粗魯地把我拉到河邊，還推了我一把。

我掉入漆黑洶湧的水流之中，一面吐氣，一面浮上水面，福爾摩斯隨後跳入水中。我只希望，當急流將我們沖到目的地後，我們能找到庇護。

第十七章　最狂暴無情的自然力量

That Most Tempestuous and Unyielding Force of Nature

我估計，我們在弗利特河的地下急流中待了十分鐘左右。或許更短些，不過感覺上長多了。水溫冰冷刺骨，我的四肢迅速感到麻木，呼吸也變得急促，只能勉強讓頭維持在水面上。我踏著水，水流則提供了動能。

看不見的突出石塊三不五時絆倒我的腿，或撞上我的手臂。葛雷格森的提燈早就不見了，周圍只有毫無止盡的黑暗，以及河流令人暈眩的翻騰漩流和刺骨低溫。外頭還有股怪異的寂靜，河水平穩地沿著水道流動，福爾摩斯和我用手臂打水的聲音，比河水流動的聲音更響亮。我們製造出的騷動與水流拍打聲，是一路上陪伴我們的唯一聲響，不過，上游傳來一陣短促、戛然而止的尖叫聲，象徵了葛雷格森的末路。

我開始察覺到一股微弱光照，更像是黑暗逐漸消散，而非確實變亮。很快我就辨識出河道的粗糙拱型天花板，我們只可能正前往弗利特河與泰晤士河的交界處。

果然，河水將我們從某處出水口沖入更寬闊的河流，感覺起來稍微溫暖了點。黑衣修士橋（Blackfriars Bridge）鏽蝕的橋身就在附近，矗立於灰濛濛的夜空下。

在福爾摩斯的呼喊下，我游向河畔。泰晤士河的流速比弗利特河緩慢，但我已經十分疲勞，且以直角方式游向它，而非讓水流將我衝過去。我不知怎地抵達淺灘，之後則爬過河床與灘頭上的爛泥（其實比較類似笨拙地翻滾，而不是爬行），直到我抵達其中一道通往堤岸頂端的石階。我走上六道階梯，並因席捲全身的疲勞而停下來休息。我實在是過於精疲力竭了，若是此刻自己躺在毛茸茸的軟墊上，我會十分欣喜地立刻倒頭熟睡。

「華生，如果你不介意的話，」福爾摩斯說，「你還有同伴得用階梯，而你旁邊沒有通行空間了。

更重要的是，我們並非獨自在此。」

一聲槍響佐證了他的話語。子彈從堤岸上彈開，離我的臉只差了幾英吋，還在花崗岩上打出了一塊缺口。

瓦根斯正努力跨越泥灘。他的表情流露出堅不可摧的決心，蛇人群中，只有他躍入弗利特河追趕我們。一路上，他應該是成功地將我的手槍舉到水面上，因此彈夾依然保持乾燥，不過彈巢只剩下兩顆子彈。

儘管他代表了當前的危機，我卻不禁悄悄對他感到敬佩。畢竟，瓦根斯決心要達成任務。

「福爾摩斯先生，華生醫生。」他說，一面踏上灘頭，並舉起槍。他不擅長使用手槍，於是他移動到自己不可能失誤的地點。「你們不可能輕易逃出我的手掌心，你們會死，就和你們的同伴一樣。還剩兩發子彈，你們一人一發，拉盧洛伊格必當履行祂的意志。」

那一瞬間，我腦海中有某種東西斷裂。我受夠了，瓦根斯諂媚的語氣讓我作噁。這個傲慢的前游擊隊成員無權殺害我們，也無權使用我的左輪手槍。

我從臺階上一躍而起，撲上去抓住他。我們一同跌進泥灘中，我處在上方，我們碰撞時的衝擊力讓瓦根斯喘不過氣來。我取得優勢，並用拳頭痛毆他，往那張沒有嘴唇的黑金條紋臉龐，迅速揮出一拳又一拳。我滿心都是純粹的厭惡，那正是這股敵意與新生力量的源頭，也為我帶來不少助益。現在回想起來，我看得出瓦根斯毫無反擊機會。他觸發了最狂暴無情的自然力量：跨越崩潰點並坦蕩向前的英格蘭人，他無法抵抗這種力量。

或許在某段期間，他曾求饒過，就算真是如此，我雙耳中的血液嗡鳴也遮蔽了他的聲音。我痛擊他，直到他的鼻孔中湧出鮮血，他幾乎無法開口抗議。當我繼續毆打他時，福爾摩斯抓住我的手腕，建議我放棄。

「他昏倒了，華生。繼續打下去的話，他就永遠不會醒了。」

「所以呢？」我喘著氣說。「這是他應得的。」

「你不是怪物。」

「他是。」

「他誤入歧途，是受人利用的棋子。我相信你給了他教訓，我們應該給他彌補的機會。」

在福爾摩斯的幫助下，我蹣跚地起身。我的指關節感到脹痛，肺部不斷起伏，那股突如其來的怒氣，已在瞬間消散。我從瓦根斯癱軟的手中抓起我的左輪手槍，開槍打他的誘惑仍在，但只剩下一絲微弱的情緒火花。既然火氣已經消失，我就無法冷血下手，於是我把槍塞入口袋。

「你會活下去，瓦根斯。」我對他罵道。「你根本不值得活命，但我還是會饒了你。」

我們讓他繼續躺在泥灘上，全身負傷且毫無意識。我們再也沒有見到他和其他族人，或是聽說他們的消息。

＊＊＊

福爾摩斯和我沉默地長途跋涉，前往馬里波恩（Marylebone）。我只想回家，脫掉骯髒的衣物，泡個舒適的熱水澡，福爾摩斯一定也有相仿的念頭。

角。

可惜，這件事不可能發生。當我們轉向我家所在的街道時，福爾摩斯咒罵了一聲，便把我拖回轉角。

「到底怎麼了？」我開口問道。

「噓！壓低音量！你沒看到嗎？」

「看到什麼？」

「有兩個男人在你家對街遊蕩。」

我從街角旁往外窺探，這才看見那兩個人。他們在路燈柱旁共享一根香菸，在弧光燈的白熱光芒下看起來十分顯眼。兩人寬闊的肩膀與打直的背部，立刻讓我想起福爾摩斯在德國大使館擊敗的兩名便裝軍人。由於他們長得太像了，也有可能是同家族的成員，他們是出自同一個模子的兄弟，不過這個模子就是軍隊。

「我們來打倒這些惡棍。」我說。「我們可以痛毆他們一頓，讓他們夾著尾巴逃去找拉盧洛伊格，告訴祂說，夏洛克．福爾摩斯和約翰．華生依然活得好好的，別小看我們。」

「或是，」福爾摩斯建議道，「我們可以讓他們在這看守，並前往維多利亞車站，不要讓他們覺得有事不對勁。」

「我們為何要這樣做？」

「想想看，華生，好好想。目前拉盧洛伊格沒理由認為蛇人沒成功，也以為我們死了。」

「我認為等瓦根斯恢復意識，就會立刻改變拉盧洛伊格的誤解。他或其他蛇人都可能辦到這點。」

「儘管如此，拉盧洛伊格也可能已經認為蛇人可能會失敗，因此這兩位先生才會來此監視，覺得我們會躲去你家。他不會料到的是，我們並沒有躲在這，而是南下蘇塞克斯。如果我們在我的農場療傷和恢復精力，時間能比待在倫敦還久。或許只差了幾天，也可能只多了幾小時，但依然是我們亟需的休息時間。拉盧洛伊格一定在首都各處安插了間諜與線民，比起將我的農場當作躲避處，如果我們待在這，祂就能更迅速地找到我們，並派出人馬對付我們。祂肯定也知道農場的位置，就算不曉得，也能輕易找出答案，但在此同時，我們能待在較為易守難攻的地點，你覺得如何？」

「我想你說得有理。」我承認道。

＊＊＊

於是我們疲倦地前往維多利亞車站，去搭最後一班開向義本的火車。由於我們的外表骯髒不堪，衣物也發出惡臭，因此一路上我們都得以獨佔包廂，不過克拉珀姆交匯站（Clapham Junction）的警衛差點把我們趕下車，因為他把我們誤認為流浪漢。福爾摩斯溫和地說服他，說我們不幸遭到倫敦東區（East End）一批流氓打了一頓，這個理由，再加上他捐了幾先令（「麻煩你了」），讓我們一路上都坐擁包廂。

「你為何不把葛雷格森的事告訴我？」當我們從城市的燈光中隆隆駛入鄉間的黑暗中時，我說道。「我以為我們完蛋了，你至少可以讓我知道，他可能會前來援救。」

「『可能會』，華生。」福爾摩斯說。「那是關鍵詞。我無法確定葛雷格森是否能控制三蛇王冠，也不確定他能找到我們，我不想給你可能破滅的希望。」

我點頭，我明白了這點，但不夠諒解。「可憐的葛雷格森。永遠沒有人會歌頌他的英勇事蹟，至少大眾不會知道。」

「他是個誠懇的人，我不認為他會為此煩心。」

「說到王冠，他是怎麼把王冠弄到手的？」

「因為我。」福爾摩斯說。「我打造出那座王冠，就和莫里亞蒂多年前製作自己的王冠一樣。沒人曉得自己何時會需要這種道具，而我搬離倫敦時，把王冠交給葛雷格森保管，以免發生今晚我們遇到的事。」

「你真是深謀遠慮。」

「我相信自己有做好準備的天分。」我朋友說。「在這個節骨眼上，你我都不能鬆懈。拉盧洛伊格正公開攻擊我們，等祂發現我們還活著，不久後肯定會展開下一波攻勢，我們得準備好迎擊。」

第十八章　阻礙別西卜

Keeping Beelzebub at Bay

結果，福爾摩斯的預測完全偏離目標。我們在倫敦經歷危機與遠行後，中斷期隨之而來，暫時停戰期持續了好幾天。如果拉盧洛伊格已經盤算好接下來的計畫，似乎也不急於動手。每天早上，我都猜想當天祂會不會行動，每天日落時，我也想知道是否會有某種敵人進攻福爾摩斯的住處，打斷我當晚的睡眠。提心吊膽的我，和小狗一樣焦躁不安。

不過隨著時間過去，我的緊張逐漸消散。我沒有完全解除戒心，但我只能維持防備心態一段期間。過了一陣子，持續警戒的心態使我感到疲憊，奇怪的是，我居然還覺得無聊。我絲毫不認為隱匿心靈會放過我們，費了這麼大工夫，多次企圖誘拐和摧毀我們，最後一次還進行地如此公開大膽後，拉盧洛伊格不可能因為再度失敗而放棄。我確定，他必定會竭盡全力進行下一步，恐怕會有一波難以抵擋的復仇攻勢，使我們難以招架。

但它沒有出現，隔天也沒有出現，後天也始終沒有出現。

福爾摩斯和我的生活陷入固定模式。我的朋友每天都在書房裡花上不少時間，研究不同策略與反擊方式。他會坐在來自貝克街二二一號B那只沾滿酸蝕痕跡的老舊工作臺前，調製藥水與藥粉；或是在他涵蓋廣泛的神祕學典籍藏書堆裡抄下筆記，並對《死靈之書》的內容投以特別關注。當我上床後，有時會聽到他在樓下踱步，因為書房位於客房底下。有時我甚至會聽到他低聲自言自語，我認為這是他獨居數年後養成的習慣，我自己也會這樣做。

他的嗓音透過地板傳上樓時，聽起來相當模糊，因此我幾乎聽不出他的獨白內容，不過，有個字眼經常出現：克蘇魯。我不清楚為何福爾摩斯不斷提到最強大駭人的舊日支配者名號，我也希望他沒說，因為這讓我回想起在阿富汗的失落城市塔阿（Ta'aa）中的探險，在這之後的三十年，我曾盡力試圖遺忘這件事，但從未成功，塔阿神殿中的巨型黑色大理石克蘇魯紀念柱，已在我的回憶中留下不可抹滅的印象。笨重的身軀、陰沉的章魚型臉孔與神像背後的翅膀，依然糾纏著我的夢境。如果光是一尊雕像，就能激發如此強烈的敬畏與恐懼，我不敢想像見到克蘇魯本尊的感覺，肯定沒人能在這種遭遇下維持理智。

福爾摩斯沒在書房中忙碌時，他可能會花一兩個小時拉小提琴。他持續練習這種樂器，也依然能用慣有的優雅與靈巧彈奏樂曲，但或許沒有抱持多少情感，因為他總是較為著重於表現技術，而非詮釋情感。由於某些原因，在那處偏遠又有些荒涼的濱海區域演奏時，就連較為活潑的曲調，聽起來都令人傷感，彷彿由於周遭空無一物，也沒有鄰居住在附近，使音樂變得寂寥。

為了找事做，也為了消磨緊張情緒，我開始長途散步。福爾摩斯無疑選擇居住在世界上特別美麗的一個角落，我也善用了這點，沿著崖頂漫步，跨越丘陵，享受大自然的美景。太陽閃爍著，但溫暖中帶著一絲涼意，空氣中還有股微弱的朦朧感，也經常在夜裡化為濃霧。我很享受此地的諸多風光，從長了短草皮的牧場，到發出颯颯聲響的赤褐色橡木與梧桐林，以及波光粼粼的英吉利海峽，但我依然走得十分警惕，也總是隨身攜帶左輪手槍。我不曉得拉盧洛伊格的爪牙會在何時何地發動伏擊，隨時隨地都可能發生。

某次散步時，我穿越了柯羅林克（Crowlink），那是位於某處淺谷中的農村。我由此沿著陡峭的白堊步道，穿過大批肅穆吃草的羊群，抵達一道十字路口。這裡的一處山頂有座養鴨池，還有座燧石圍牆環繞的教區教堂，這裡就是東迪恩（East Dean）的村落。我在教堂墓園中溜搭了輕鬆的一小時，一面檢視墓碑。許多墓碑都標記了純樸漁民最終的安息處，其餘墓碑則記錄了數世代的富裕家族人名，他們被緊密埋在封鎖起來的私人墓地中，就連死後都與大眾分隔開來。

當我準備從停柩門離開時，剛好碰上了教區牧師。我們友善地談起無關緊要的話題，像是天氣與即將到來的收割慶典，直到對方的表情漸趨嚴肅地說：「恕我無禮，先生，你似乎心事重重。你想談談嗎？」

「我讓你產生這種感覺嗎？」

「你的笑容有股悲傷，雙眼中的肅穆氣息也從未消失。如果我僭越本分了，就請無視我這愛管閒事的老教士。」

由於某種理由，我想抒發自己的心情，於是我便開了口。牧師有張善良且值得信賴的臉孔，看起來也是個良好的聆聽者。我告訴他，我最近失去了自己視為朋友的兩位同僚。我說，兩人的死法相當悽慘，但沒有多說細節。

「啊，這就是老年的詛咒。」牧師滿懷同情地說，他或許大了我幾歲。「同世代的人開始逝去，人們也自問，自己是否會是下一個離開的人。」

「不是這樣。」我說。「我知道死亡離我不遠，我剩下的歲月，比我的年紀要少得多，我已經接受這點了。我也明白，死亡恆常也無可避免，身為軍人與醫生，我見過太多次死亡了。」

「那怎麼了呢？」

「哎，牧師，這可能是異端邪說，但我難以相信有死後的世界。我不禁認為，死亡是永恆的盡頭，比起連接兩段子句的逗點，它更像是句點。我也不禁想到，」我繼續說，「沒有慈悲的神明在下一個世界等待我們，沒有神明會審判每個人的靈魂，也不會估算人們一生的價值，並給予恰當的獎賞。」

「你缺乏信仰。」

「我見過一些事。」我說，「那些東西不只害我質疑自己的信仰，還質疑起上帝存在的概念。我見識過邪物與恐怖，每樁事件都腐蝕了我對神聖天意的想法，我不覺得每個人都有存在的目的，上帝也不會讓我們沐浴在祂的愛中。我看著這些墳墓，」我向教堂墓園揮了一下手。「也只想到在我們腳下腐朽的屍體，而不是曾驅動它們的靈魂，我甚至再也不相信靈魂的存在。」

牧師同情地搖了搖頭。「如果我告訴你，你不是唯一抱持這類想法的人，會不會有幫助呢？我自己也有疑問。我宣揚福音，每天禱告，付出終生來傳達上帝的話語，但有時這種生活令我感到空虛。那時我會想扯下羅馬領[32]，痛斥我的信仰為無稽謊言。」

我的臉上無疑流露出了訝異之情。

「沒錯，」牧師說。「這是可怕的告白，也句句屬實。但你知道是什麼讓我總是回到講道壇，還告訴教區信眾說：只要他們謹守美德，天國就等著他們嗎？因為這能給他們希望。少了希望，人什麼也不是，少了它，我們就是動物，更糟的是，我們還成了怪物。希望將我們和撒旦分隔開來，希望阻礙了別西卜[33]。」

他聳聳肩並露出微笑。

---

32 譯注：clerical collar，基督教神職人員配戴的可拆式衣領。

33 譯注：Beelzebub，意思是「蒼蠅王」，基督教信仰中的墮落天使與惡魔。

「這自然無法帶來多少慰藉。」他說。「這或許不是你想從神職人員身上聽到的響亮基督教推崇言論，但如果你能因此維持自己和他人心中的希望之火，那這樣就夠了。而在一個美好的九月天裡，在上天如此厚愛的地點，藍天與碧海在地平線上交會，烏鴉在樹頂鳴叫，一切都順應著自然……不太難，不是嗎？」

我往福爾摩斯的農場走時，他的話語依然停留在我心中。我不曉得牧師是否安撫了我，或是緩解了我的疑慮，但我的步伐比之前輕盈了點。

* * *

結果，有位訪客來找福爾摩斯。我離開時，老湯姆．貝拉米前來拜訪，他是茉德的父親，茉德正是我們從顫動團塊兄弟會手中救出的女孩。他告訴我們，茉德正從苦難中康復，但他不曉得她何時能恢復昔日的自我。「她經常無法自制地啼哭。」他說。「其他時候她一語不發，只盯著我和她哥哥威廉看，彷彿完全不認得我們。她還有很長一段路得走，但我相信，只要給她時間，她就會痊癒。」

他感謝我們為她女兒所做的事。「巴朵探長攬下了所有功勞，但附近的人都曉得，是誰救我的茉德逃離那些惡棍。但我不是為了她的事來見你的，福爾摩斯先生，至少不是完全為她而來。」

「不是嗎？」福爾摩斯分心地說。我看得出來，他容忍湯姆．貝拉米來此，完全是出於禮貌，他寧可繼續工作。

「不是，我想詢問你對另一件事的建議，如果可能的話，也需要你的幫助。」

「我目前異常忙碌。」

「我以為你退休了。」

「我的蜂群快要分蜂[34]了。」

「分蜂時間已經過了三個月。」

「我還有好幾本專著要寫。」

「我明白了。」貝拉米起身準備離開。「你似乎對我要說的話沒有興趣。祝你今天順心，先生。」

他看起來滿臉不悅，這是遭到福爾摩斯斷然拒絕後的合理反應，但他看起來淒涼無助。我想起牧師對希望的說詞，就說：「福爾摩斯，我們不能就聽他說一下嗎？我相信，他沒事不會大老遠從富爾沃斯跑來。」

福爾摩斯對我拋出非難的眼神，接著嘆了口氣。「噢，好吧。請坐，貝拉米先生。我無法做出承諾，但如果我覺得自己能處理這件事，就會盡力而為。」

「謝謝你。」貝拉米說。

福爾摩斯點點頭，儘管貝拉米那句話其實是對我說的。

「事情是這樣的。」擁有富爾沃斯所有船隻與更衣車[35]的富裕老闆，將雙手環靠在肚子上。「你一定聽說過紐福特。」

---

34 譯注：swarm，當蜂群數量過多時，蜂王帶著部分成員出外找尋新窩的過程。

35 譯注：bathing-cot，又稱 bathing machine，是十八世紀至二十世紀初安置在濱海游泳區的活動更衣間。

「幾英哩外海岸邊的城鎮嗎？我怎麼會不知道？」

「我指的是，你聽過它的名聲嗎？」

「我不清楚它的名氣，只知道那是座破舊小港，靠漁業與觀光度假業維生，但在這兩件事上都賺不到錢。」

「紐福特不只如此。」

「外表看不出來，它把自己的魅力隱藏得很好。」

「它有段歷史，福爾摩斯先生。」貝拉米說。「古老的歷史。從太古時期，就已經有人住在紐福特的海灣中了。那座城鎮的歷史可追溯到鐵器時代，考古學家認為甚至還能回溯到石器時代。」

「所以呢？」

「但人類並非當地唯一的居民。至少在附近，眾人皆知紐福特是人類會與別的物種廝混的地點。」

「我想，你說的不是從海裡用拖網拉上來的魚。」

由於貝拉米有些熱愛炫耀，沒有注意到我朋友輕率的態度。「我說的是別的種族，確實是某種海底種族。」

「是啊。」

「我知道你是位理性主義者，先生。你崇尚事實，這點無人不曉。」

福爾摩斯微微鞠了躬。

「但我也清楚，」貝拉米說，「在那些邪教徒帶茱德進入的洞穴裡，有某種科學無法輕易解釋的東西。茱德曾語氣恐懼地低聲提過那個東西好幾次。她說，那是某種不是水母的水母，那種生物不只是普通水母。」

「你的女兒透過卑怯的恐懼來審視事件，她的證詞或許不太可信。」

「無論如何，我相信在那座洞穴中發生的並非尋常事件，你自己多少也察覺到這點，也可能親眼見到真相。不然，你就不會大力要求巴朵炸毀入口。」

「我也慶幸他照做了。」福爾摩斯說。「那座洞穴是個威脅，小孩可能會淹死在其中一座深邃陡峭的水池中，成年人也會，外人老早就不該進入那座洞穴了。」

「我看得出來你在轉換話題，但我得繼續說。如我所說，數世紀以來，來自深海的種族曾多次造訪紐福特。它們具有人形，卻擁有兩棲類的器官，包括外鰓等東西。它們可以在空氣中生存，但水域才是它們真正的家。據說它們住在海岸幾里格[36]外海床上的城市，深度約有二十五噚[37]。它們不常登上陸地，也只會在夜間起霧時出現。有些人認為，霧中的濕氣能幫助它們呼吸空氣，其他人覺得，霧氣能掩飾它們的行動，兩者皆有可能。」

「以當地的民俗傳說而言，聽起來很有意思。」福爾摩斯無精打采地說。他佯裝無聊，只不過是為了維持邏輯思考者的形象，但我能從他灰眼中的閃光看出，他已經產生了興趣。「這之中有什麼重點嗎？」

「是這樣的，福爾摩斯先生。」貝拉米說。「你一定注意到了，過去幾晚都有起霧。」

36　譯注：league，古代長度單位，約為四點八公里。

37　譯注：fathom，英美長度單位，約為一點八公尺。

「晚上我往窗外看，霧氣卻遮蔽了一切時，很難忽視這件事。」

「它們再度開始來訪了。一切條件都對了，紐福特再度成為這些生物夜間的居所。」

他的話語激得我打了陣冷顫，或者那是不祥預感所引發的顫抖？當下，我是否已隱約感覺到即將到來的苦難？

「它們來了，」貝拉米說，「而且它們綁架了人。」

「綁架？」福爾摩斯說。現在他已完全燃起好奇心了。

「它們總會這樣做，因此它們得到人盡皆知的名稱。」

「什麼名稱？」我問。

「海魔，華生醫生。」對方回答。「它們叫做海魔。」

第十九章　海魔

Sea-Devils

「我以為『海魔』是蝠鱝的別名。」福爾摩斯說。

「可能吧，」貝拉米說，「但在這一帶，它只有一個意思，象徵走路方式像人的兩棲生物。它們偶爾會走上陸地，將毫無戒心的受害者從床上抓走，將之帶回水底城市。」

「這是為什麼？」

「繁殖。據說雌性海魔無法生育，或有生育上的困難。它們三不五時得找新的生殖用雌體，以延續種族。」

「人類生殖用雌體。」

「它們只會從紐福特綁走女人，從來不抓男人。有時它們會在幾年後釋放受害者，這些女子會變得瘦弱且精疲力竭，通常也會因為自己經歷的恐怖事件與困苦狀況而發瘋。大多數女子則是再也沒有回來。」

「真嚇人。」我說。

「表面上看來，這也很荒唐。」福爾摩斯說。「我不是生物學家，但連我也知道不同物種無法成功交配。」

「海魔和我們夠像，因此能辦得到。」貝拉米說。「有種說法是，數世紀以來的不同事件中，都有女子帶著幾乎完全是人類的嬰兒回來。這些因缺乏兩棲類特質而遭到海魔排斥的嬰孩，長大後會生下自己的小孩，海魔要找的就是這些人的後代。」

「因為他們血脈的生理條件與海魔相容。」我說。

「沒錯。」

「而這些可憐的遭擄女子，」福爾摩斯說，「可能多年居住在海床上的防水室中，裡頭備有可供呼吸的空氣，同時被迫生下新一代的海魔？」

「故事是這麼說的。」

「這聽起來越來越像故事了，虛構故事。」

「鎮民對此深信不疑。」

「這種事上次是在何時發生？」

「肯定的是，現在沒人記得。一或兩世紀前吧。」

「現在又開始發生了？」

貝拉米攤開雙手。「所以我才來這裡。過去一週內，有三名紐福特女子失蹤，其中一人是我朋友的獨生女，也是茉德的閨密：布蘭琪．葛雷迪（Blanche Grady）。」

「我為此感到遺憾。」

「我還沒告訴茉德。我怕對布蘭琪的擔憂，可能會使她早已疲勞的神經承受過大的壓力。」

「睿智之舉。」我說。

「同時，」貝拉米繼續說，「有人在天黑後的紐福特聽到濕滑的腳步聲，也有人看到霧氣中的身影：那些人影的脖子長了鰓，四肢上則有蹼，而且，有好幾名水手聲稱在海上看到從海浪底下傳來的怪異光芒，根據傳統，那種現象預告了海魔的到來。這種生物只是傳說，福爾摩斯先生，我承認這點，直到最近，我都對它們的存在感到嗤之以鼻，但傳說經常奠基於事實之上，而這項傳說似乎也是如此。」

「應該有人向當地警方提起失蹤女子的事吧？」福爾摩斯說。

「毫無幫助。巴朵探長的判斷是『缺乏犯罪證據』，他也不願意改變看法。」

「我猜，他受到特定的法律條約所侷限。哼！」

福爾摩斯將雙手手指豎在雙唇前，這是他專心時經常採用的姿勢。我看得出來，他正在評估湯姆・貝拉米口中事件的利弊。對我而言，事情已成定局，如果年輕女子遭到綁架，我們就有調查的道義責任，有必要的話，也得找到並營救她們。我不認為福爾摩斯有不同想法，畢竟，他曾為了茉德・貝拉米冒著生命危險。

「無論你當下的想法如何，福爾摩斯先生，我還是想懇求你至少調查一下這件事。」茉德的父親說。「我擔心，等我女兒聽說布蘭琪的消息時會感到心靈受創，也遲早會得知傳聞。如果你能盡力讓事情迎來好結局，對茉德比較好，當然了，對布蘭琪和另外兩名女子也是美事一樁。」

「這三名女子失蹤的原因，可能比遭到人型兩棲生物綁架這種事單純不少。」福爾摩斯說。「或許是為了逃離虐待成性的丈夫或父親，也許是為了和家人不贊同的情人私奔。這三件事在同一週發生，只不過是巧合，或是三名女子其中一員在半夜逃跑的決定，使另外兩人壯起膽子，打算按照自己的動機作出同樣的行為。」

「在布蘭琪・葛雷迪的狀況中，這點不太可能，她是個好姑娘，父母也很寵愛她。三人中的另一人莎拉・康明斯（Sarah Cummins），婚姻非常幸福，還育有一個幼小的兒子。她拋下了那個孩子，不管怎麼看，莎拉對那個孩子抱持的愛，已經超過她對自身性命的愛，她永遠不會拋下他。」

「第三名女子呢？」

「她的名字是黛博拉・史密斯（Deborah Smythe），我只知道這點。她是個罹患肺癆的脆弱病人，需要她母親與醫生持續關切。」

「是生殖用雌體的糟糕人選。」福爾摩斯判斷道。「除了地理位置外，還有其他共同因素連起這三人嗎？」

「她們的年紀約莫相同，差不多十九或二十歲。」

「我猜，這三人彼此認識。」

貝拉米聳聳肩。「紐福特很小，那裡每個人都互相認識。」

「所以這有可能是某種她們共同策劃的詭計。」

「但為了什麼目的，福爾摩斯先生？讓她們心愛的人難過嗎？要讓她們的親友摸不著頭緒，還因緊張而幾乎發瘋嗎？」

「我只是在猜想。在取得更多資料前，我只能猜測。」

「所以你願意幫忙嗎？」貝拉米熱切地說。「我可以從『取得更多資料』這句話這樣認為嗎？」

「我願意關注這件事，貝拉米先生。」福爾摩斯說。「我無法預測自己是否能找出這些海魔的犯行證據，但確實有某種壞事發生，這點毋庸質疑，也需要調查。」

＊　＊　＊

給了我朋友可觀的金額做為費用後，滿懷感激的湯姆・貝拉米離開農舍，我的朋友則和藹地婉拒了那筆錢。

「幸好你同意幫忙，福爾摩斯。」我說。「如果你沒接受的話，我可能會對你改觀。」

「這件事顯然激起了你的騎士精神，華生。」

「三名年輕女子神祕失蹤，這當然會刺激我。」

「你不認為這些綁架案，無論本質為何，都出現得太巧了嗎？趁現在剛好送上門來？」

我花了一陣子才明白他的意思。「你察覺到拉盧洛伊格動手了。」

「如果我們不考量這種可能性，就太遲鈍了。」

「那祂便是想誘使我們出現，這是詭計。」

「或是虛晃一招，為了執行其他計畫而使我們分心，或者這整件事只不過是獨立事件，與隱匿心靈完全沒有關聯。無論這是不是拉盧洛伊格的計畫，我們都該著手調查，但也得極度謹慎，以免這確實是由祂所為。如果祂設下了陷阱，還用三條無辜人命當餌，我們便別無選擇，只能深入虎穴。不過，我們能選擇是否願意讓陷阱困住我們。」

第二十章　紐福特的風俗

The Way of Things in Newford

福爾摩斯的管家有個經營司機業的兒子，我的朋友有時會尋求他的服務。福爾摩斯打電話給他後的一小時內，這位年輕人就開了一輛車身漆成酒紅色，上頭還有大量黃銅裝飾的路華（Rover）四人座汽車來，並把車停在屋子前。他載我們沿著濱海道路往西走，車速對我而言或許有點太快了，但福爾摩斯似乎很享受引擎巨響和強風吹拂。後者對我而言帶來了特殊後果，因為我的捲邊禮帽經常差點從我頭上飛走，得將它緊緊按在原位，而將旅行帽的耳罩綁在下巴底下的福爾摩斯，則沒有這種煩惱。

我們穿過富爾沃斯，那是個擁有許多亮麗風光的漂亮小鎮，包括一覽無遺的濱海步道，以及許多種滿樹木的住宅區大道，還不只有一座高爾夫球場，而是兩座。紐福特座落於幾英哩外，我先前沒有去過那裡，我覺得它是富爾沃斯貧弱的對照城鎮：面積與人口大致相同，但更加漆黑陰鬱，也彌漫著更濃烈的惡意，彷彿兩者是雙胞胎，但父母偏愛其中一人。當地有種彷彿沉積已久的怨氣，低矮的房屋擠在一起，某條雜草叢生的荒涼地段，將房屋與陡峭海灘上的鵝卵石隔離開來。小港中下錨的漁船無精打采地搖晃，只靠一道防波堤稍微阻擋外海與往岸上颳的強風，居民駝著背四處走動，我覺得他們眼中有種偷偷摸摸的警覺目光。如果貝拉米口中對綁架案與海魔的說法屬實，其實我能諒解他們的態度，紐福特如同遭到攻擊的城鎮般帶著悲苦氛圍。

看到某間酒吧外聚集的人群時，更是強化了這種印象。當時是下午中旬，離黃昏還有幾小時，但這些人顯然正在組織某種地方武裝團體。所有人都配備武裝，有些人帶了散彈槍和步槍，有些則帶了斧頭和鋤頭等工具。我猜，他們正準備在天黑後巡邏街頭，準備好對抗海魔。

我們的目的地是茉德的朋友布蘭琪．葛雷迪家。三名女孩中，布蘭琪是最後遭到綁架的，因此福爾摩斯認為，或許能在她家找到最新的證據。

她父親山謬（Samuel）是鎮上的港務長，葛雷迪一家辛苦地住在港口旁一間用粉刷過的石塊打造的兩層樓小屋。儘管當地人對我們的態度並不冷淡，卻也稱不上熱情，和預料中一樣，當地瀰漫著失落和絕望，就算有知名的諮詢偵探介入，葛雷迪和他太太都不相信情況能改善多少。

「要不是湯姆・貝拉米發了封電報來推薦你，」山謬・葛雷迪說。「我根本不會讓你進門，福爾摩斯先生。他和我交情久遠，他的茉德和我的布蘭琪也曾是好朋友。」

「你說『曾是』。」福爾摩斯說。「她們決裂了嗎？」

「不，不是那樣，我會說『曾是』，是由於布蘭琪不會回來了。我很清楚這點，我的賽爾妲（Zelda）也明白。」他指向自己的妻子，對方坐在客廳的壁爐旁。葛雷迪太太神情肅穆，雙眼紅腫，心中一切彷彿都遭到挖除丟棄。「每個人都心知肚明，這是紐福特的風俗，海魔到來時，遭它們擄走的人永遠不會回來。」

「我聽說有例外。」

「非常稀少，猜測自己的親友是否是那些人之一並沒有好處，最好接受喪親之痛，繼續過生活。」

我不知道該敬佩或哀悼這種哲學宿命論。儘管我膝下無子，卻認為如果有人偷走我的兒女，我絕對不會停止奮鬥，直到孩子再度安全地回到我的懷抱，我也會立刻接受任何人的幫助，但我並不住在紐福特。

福爾摩斯的想法和我雷同。「並非所有紐福特人都對海魔如此消極。在過來的路上，我們看到有人組成臨時民兵團。」

「在國王紋章酒吧（King's Arms）嗎？」葛雷迪說。「呸！他們過去三天都在做這種事。你知道發生了什麼事嗎？他們開始喝酒，天黑時就已醉得不省人事，等到他們該出發捍衛城鎮時，就一個接著一個找藉口回家。酒精並未賦予他們勇氣，反而削弱了膽量。他們根本不想面對海魔，他們太害怕那些怪物了，我們都一樣。」

「如果他們能團結起來……」

「你不懂，福爾摩斯先生，但你也沒理由明白這點。你不是本地人，這種事深植我們心底，在我們的血液中流竄。紐福特每個小孩都是聽海魔的故事長大的，我們在母親膝下得知，應該害怕那些怪物下一次的來訪，即使那可能完全不會在我們的一生中發生。這些故事傳承了數個世代，它們是我們的歷史。有時候和現在一樣，歷史會追上我們，這一切……」他思索著正確用語。「**無可避免**。我們一輩子都在等待這件事，你認為這是消極，我們卻覺得這是單純合理的默許心態。」

「那你不准我調查布蘭琪的綁架案嗎？」

「不會，請繼續，我會祝福你，但你幫的是湯姆，不是我和我太太。賽爾妲和我正在學習接受這件事，假若上天垂憐，某天我們就會坦然接受。」

＊　＊　＊

福爾摩斯迅速地和葛雷迪確認了事件細節。前晚，他和妻子按照平常習慣，於十點上床，布蘭琪待在樓下，在火爐邊做她的針線活，小屋所有門窗都上了鎖。此時眾所皆知莎拉·康明斯和黛博拉·

史密斯失蹤，也沒人想冒險，沒人知道海魔打算帶走多少人，但直到霧氣消散前，任何正值生育年紀的女子都不安全。

葛雷迪在睡夢中輾轉反側，腦中充斥著煩躁的夢境。他約莫在十一點半時醒來，認為自己聽到樓下傳來怪聲。他走下樓梯，感到屋內飄過一股冷風，前門半開著。到處都找不到布蘭琪，她的針線活擺在椅子旁的地板上，彷彿遭到棄置。

驚慌失措的葛雷迪衝到她的臥房，發現床上沒人，於是他發出了警報。他清楚這樣做徒勞無功，但依然得這麼做。鄰居們組成了搜索隊，但他們沒有離小屋太遠，當海魔還躲在霧中某處時，沒人願意亂跑。敷衍了事地喊了布蘭琪的名字幾聲，再多晃了下提燈後，每個人便覺得他們已盡到責任，繼續下去也無計可施。搜索隊成員們便紛紛回到自己家中。

「前門沒有破門而入的跡象。」福爾摩斯說，一面掃視著門框。「那麼，如果門上了鎖，海魔要如何進門？」

「我不知道。」葛雷迪說。「門閂打了開來，也有人轉動鑰匙孔，彷彿是布蘭琪自己開了門。」

「她明知海魔可能在外晃蕩，」我說。「又為何要那樣做？」

「這是個謎團。上床前，我還警告過她不要做那種事。『如果有人敲門，』我說，『就別理會，女孩。有必要的話，就把我叫醒，但那扇門得緊緊關好。』布蘭琪曾是個明事理的人，她不會讓任何人進屋，她會遵守我的指示。」葛雷迪再度用過去式形容他女兒，他確實認為女兒死了。

「你說自己聽到怪聲，」福爾摩斯說，「是什麼聲音？」

「我不確定，」葛雷迪回答。「或許是開門聲？」

「僅此而已？沒有其他聲音嗎？」

「音樂。」

葛雷迪太太說出這句話。自從福爾摩斯和我抵達後，這是她首度開口。

「是音樂。」她說。她的嗓音沙啞，音量小得幾乎連耳語都稱不上。「我睡覺時聽見了，我以為那是夢的一部分。」

「妳之前沒提過這件事，老婆。」葛雷迪溫和地說，但口氣中蘊含著一絲嚴厲。

「我不覺得有必要提，我不確定那重不重要。如果那只是我的想像或夢中幻影的話，何必講呢？但我相信——我越來越相信，就在你起床前片刻，山謬，屋外有人在演奏某種管樂，可能是長笛或橫笛之類的樂器。」

「這股音樂，」福爾摩斯說，「聽起來如何？」

「會繚繞心頭。」葛雷迪太太說。「重複性很高，像是催眠曲，沒有任何曲調。它比較像是一再重複的幾段音符，每次都有些改變。某種方式來說，那股音樂很美，像是我很久以前聽過的音樂，儘管我敢發誓，自己從來沒有聽過。這話可能不合理，但這是我唯一能形容的方式。」她絕望地向丈夫微笑。「山謬，現在你明白我為何先前不提這件事了。聽起來很誇張，不是嗎？或許那股音樂純屬虛構。也許我的內心在向我惡作劇。」她的態度似乎在說：**但可能不是，或許不是惡作劇**。

山謬．葛雷迪不置可否地搖搖頭。「賽爾妲，如果妳指的是，某種笛聲操控了布蘭琪，誘使她開門走到外頭……這個嘛，很難相信這種事。」

「比來自海底的兩棲人還難相信嗎？」福爾摩斯說。

「對。不知道為什麼，但沒錯。」

「告訴我，其他兩名女子是怎麼遭到擄走的？情況如何？」

「莎拉．康明斯？她是第一個，讓我想想。大約是一週前，在我印象中，她帶著她的嬰兒出門，推著裝孩子的嬰兒車，試著讓他入睡。有人在街上發現嬰兒車和裡頭的孩子，孩子正在用力嚎哭，莎拉……不見了。」

「黛博拉．史密斯那位身患肺癆的女孩呢？」

「那是兩天後的事。她家的咳嗽糖漿沒了，她母親去跟醫生買糖漿，頂多離開十分鐘而已，因為醫生的診所就在她家轉角。她母親回來時，黛博拉已經不在床上了。」

「我猜，她讓黛博拉獨自一人在家。」

「茱蒂絲．史密斯（Judith Smythe）是個寡婦，靠她亡夫的撫恤金過活。她的人生只剩下黛博拉了，照顧這個女孩是她唯一的任務，無論她願意與否，都不會拋下女兒，但她離開時，也不會找別人照顧女兒。她是個極度獨立的女子，除了醫生和自己外，她不讓別人照顧她的女兒。」

「史密斯家有外人闖入的跡象嗎？」

「我不覺得有。如果我沒記錯的話，有扇窗戶是打開的。」

「新鮮空氣對肺癆病人很重要。」我說。

「打開的窗戶也顯示，那段期間，為海魔設下防護措施並非當務之急。」福爾摩斯說。

「莎拉．康明斯失蹤了，夜晚時起了霧，人們開始低聲談論海魔的事。」葛雷迪說，「但當時還沒人確定海魔是莎拉消失的原因，那是獨立事件。」

「直到黛博拉失蹤，才使這種事成為模式。」

「此時我們紐福特人才變得更畏懼，並開始鎖門，也不在天黑後外出。接下來幾晚，海魔變得更加大膽，它們開始讓別人看見自己，或至少是驚鴻一瞥。從窗簾後方窺探的人，可能會看到一個路過的海魔，那只是霧中的模糊輪廓，但體型和姿態都不屬於人類。」

「湯姆．貝拉米提過海上的光線。」

「我想，是由於富爾沃斯船隊的漁民觀察到光線。紐福特沒人看到，不然我們早就意識到海魔要來了。」

「回到黛博拉．史密斯的話題上，讓我覺得奇怪的是，海魔居然會綁架肺癆患者。」福爾摩斯說。「我以為它們只會選擇健康對象進行繁殖。」

「誰知道那些怪物怎麼想？」葛雷迪說。「或許只是剛好，敞開的窗戶就是黛博拉臥房的窗口。它們經過時從窗口看到她，她是個人選，脆弱無助，也很方便……」

「她睡在一樓？」

「肺癆發作時，她無法爬上樓梯。她太虛弱了，於是她母親在客廳為她鋪了張小床。」

「儘管如此，這個選擇依然很不恰當，海魔不會更精挑細選嗎？」福爾摩斯皺眉說。「好吧，以上是我目前想問你的所有問題了，葛雷迪先生。如果可以的話，我想在附近找尋實體線索。」

福爾摩斯開始檢視前門、客廳與小屋外的區域。他和往常一樣，帶著梗犬般的活力調查。我看著他俯身，再彎腰跪下，甚至完全趴下，接著再度跳起身，彷彿才二十出頭，而非年近六十。我再度對他的活力感到訝異，他本該受到衰老帶來的病症所苦。有一兩次他拿出放大鏡觀察某些微小細節時，我猜就連視力最敏銳的人，都無法靠肉眼看到那種細節，使用放大鏡並不代表福爾摩斯的優異視力減弱了。

福爾摩斯停在門柱旁，忙著採集某種黏在及腰高度位置上的物質。他用袖珍折刀將物質刮下，將之放入一只小信封。這個動作似乎是他調查的最後一步，他隨即說自己已經滿意了。

「我看過所有該看的部分了。」他說。「我稍微理解了狀況，不過還沒釐清一切。」

他與山謬・葛雷迪握手，向這位港務長與他妻子道別，不久後他和我就回到路華汽車上，往東飛馳而去。

「怎麼樣？」我叫嚷著說，才能讓嗓音高過汽車引擎的巨響。「你發現了什麼？」

「取決於我拿到的樣本檢測結果。」他回答。

「看起來像是某種黏膩沉澱物。」

「的確是某種黏膩沉澱物。」

「是兩棲海中生物可能留下的黏膩沉澱物嗎？」

「正是兩棲海中生物會留下的黏膩沉澱物。」

「還有別的嗎？」

「有腳印。是一部分腳印，很特別的一部分。」

「我想是有蹼的腳印吧。」

「當然是神祕的腳印。」

他不願再多說，我繼續追問，但他依然保持堅定又神祕的沉默。我忘了在進行調查時，夏洛克・

福爾摩斯有多自命不凡，他也覺得，把結論隱藏到自己準備好分享結果前，讓他幼稚地感到有趣，這經常只發生在他讓周圍所有人感到極度困惑頹喪之後。從那方面看來，福爾摩斯的高齡並沒有使他變得成熟，就如同他不衰的體能一般。

第二十一章　岸上哨兵

Sentinels on the Shore

我們當晚就回到了紐福特，但這次我們扮演的並非調查者，而是哨兵。

太陽西下時，福爾摩斯沿著海灘勘查，直到他找到一處有利位置。在城鎮東區盡頭的位置，有一處低矮的海角，像根插入海中的白堊手指，或說是遠方突起的懸崖延伸出的副肢。這塊地區的脊處最高點有九英呎高，寬度正好能讓我們倆並肩躺在一起。我們可以看到海灘的全貌，能從港口一路望向遠端，海灘上的人也無法看到我們。

我們準備好等上很長一段時間，福爾摩斯警告過我，我們的守望過程可能會持續到黎明，也可能毫無成果，因為如果霧氣沒有升起，海魔就不大可能出現。我因此吃了頓豐盛的晚餐：兩份燉羊肉和餃子，還帶了裝滿白蘭地的扁平小酒瓶來，好讓我在寒冷中取暖，並促進血液循環。我也帶了值得信賴的威百利手槍來，福爾摩斯同樣也有武裝，他不常攜械，因此這顯示出情況的嚴重程度。

太陽從視野中下沉，海鷗發出哀鳴，彷彿在哀悼太陽的消失，並集體飛回巢中。紐福特各家窗戶閃爍著如火花般微弱的光線，天空變紫也轉暗，一輪彎月升上天空。

霧氣隨即浮現。它在海上累積，以難以辨識的速率迅速變濃，一切為之靜止。海浪的拍打聲幾乎化為靜默，水面變得如貯水池般平靜。沉默籠罩萬物，彷彿世界憋住了氣。

一小時過去了，接著又過了一小時。在那怪異的夜間寂靜中，時間變得異常緩慢。霧氣緩緩飄向我們，宛如某種鬼魅般的頭足綱動物，試探地將觸鬚伸到陸地上，盤算著下一步行動。它逐漸包覆住海灘上越來越多部份，並開始滲入紐福特街頭。鎮上的光線暗了下來，窗戶與路燈也產生薄紗般的光暈。

我繃緊了神經。尚未變成滿月的月亮，撒下了足夠的光芒，讓我們能夠看到大部分海灘，但月光有某種怪異氛圍，讓眼前光景蒙上一層平坦的銀色光澤，像是某種怪誕的美柔汀版畫[38]。一股虛幻蔓延到我的思緒之中，隨著時間黏膩地滑過，這種感覺逐漸增強，越來越難以抹滅。我不禁感覺自己彷彿在觀看電影，覺得自己是觀眾，而非參與者，與現實逐漸脫節。我並非全心在那，而是透過他人之眼觀看一切。

紐福特教堂的時鐘敲響了準點鐘聲，霧氣則讓鐘聲變得低沉：十，十一，午夜。外頭依然毫無動靜，我喝了一小口白蘭地（其實是好幾口），並移動我的腿，來緩解抽筋的痛苦。我身旁的福爾摩斯依然如眼鏡蛇般動也不動，目光銳利地掃視海灘。

凌晨一點後不久，我開口說話。我的嗓音因久未開口與溼氣而變得沙啞。「它們不會來了，不然現在早該出現了。」

「耐心點，華生，耐心點。夜晚還長得很。」

「但我來日不長了，我這一身老骨頭不喜歡躺在岩石上，骨頭會痛啊。」

「你不想觀察這種現象嗎？來自海中的人？我對此很有興趣。」

「在我看來，你對海魔想出了一套假說，也很想確認理論是否屬實。」

「我不否認這點。」

「你要趕快跟我解釋嗎？」

「萬一我犯錯的話，不就得冒著遭到嘲笑的風險嗎？」

---

38 譯注：mezzotint，銅版畫表現方式之一。

「你不怕別人笑。你怕的是當你料到、我卻沒想到的事成真時，自己沒看到我困惑的神情。」

「你太懂我了，老朋友。」

「你至少可以在測試黏滑沉澱物時，告訴我你發現了什麼。你在處理它時，我聽到你在書房裡叫出聲來，那是股饒富興味的滿意叫聲。我只能推論，那就是你希望看到的結果。」

「確實如此。」福爾摩斯說。「有時當怪事其實平淡無奇時，就和小事反而是怪事一樣，令人感覺愉快。」

「你打了啞謎。」

「那想想這點，華生。我們都知道世上有海底種族，在許多關於麻薩諸塞州印斯茅斯的故事中，據說鎮民對某些住在附近的深潛者進行人類獻祭，以換取大量漁獲，和用人類不認識的合金製作的怪異珠寶。」

「我記得一八四六年鎮上有瘟疫肆虐，至少害死了半數居民。」

「那不是瘟疫。犧牲品減少時，深潛者大為震怒，它們引發的災難並非疾病，而是屠殺，不過，歷史紀錄偏好用瘟疫來解釋，以平淡無奇的解釋取代超自然真相。順便一提，進行獻祭的人是達貢信徒組成的教團，為了致敬真相在印斯茅斯遭到掩飾的方式，邁克羅夫特決定將他的真相掩飾團體稱為達貢俱樂部。」

提到邁克羅夫特的名字時，福爾摩斯的嗓音微微顫抖，彷彿踩到了某種障礙物。由於我們待在蘇塞克斯，無法參與他哥哥在首都的葬禮，報紙形容葬禮為浩大的國事場合，送葬隊伍沿著林蔭大道前進，一旁的皇室與貴族也上前致敬，不過坎托米爾公爵等其他更知名的達貢俱樂部成員葬禮，多少壓過了他葬禮的鋒頭。我想知道，一旦見到邁克羅夫特正式下葬，是否能讓福爾摩斯緩解部分喪親之痛，讓他覺得此事件擁有適切的結局。很難得知這點，人們能輕易觀察到他充滿智慧的人生，但夏洛克·福爾摩斯的情感生活令人難以捉摸。

「你也知道，」他繼續說，「我自己對深潛者有第一手的親身經驗，這多虧了格魯納男爵。對了，它們充滿魚腥味，你也能想像到這點，惡臭無比。而此時此地，我們碰上了英國版的印斯茅斯和我國的深潛者，它們無疑會散發出類似的魚腥味。」

「或許它們之間有所關連，海魔是深潛者的某種支脈。」

「或者，它們是擁有不同名稱的相同物種。從我們打探到的少數目擊證人描述中看來，有一些像是鰓等等的相似之處。」

「那葛雷迪太太提到的音樂呢？那股笛聲？你怎麼看這點？」

「音樂有魔力[39]……」福爾摩斯說。「巴黎有位名叫艾瑞克·贊恩[40]的年老德裔小提琴家，據說他編寫的旋律能夠打開通往其他次元的大門。如果他能辦到這點，那就能合理認為……」福爾摩斯中斷了話語。「噓。」他用瘦長的食指向外指，我順著那個方向看過去。

距離岸邊十碼外的海面上出現了動靜。在三個分開但鄰近的位置中，海水如同沸騰的熱湯般翻攪，底下有東西在移動，並往陸地前進。那些東西不只在移動，還在上浮。它們靠近海岸線時，騷動

39　譯注：此句引用自英國劇作家威廉·康格里夫（William Congreve）的悲劇作品《哀悼的新娘》（*The Mourning Bride*）。

40　譯注：參見收錄於《無名之城》的篇章《艾瑞克·贊恩的音樂》（*The Music of Erich Zann*）。

變得越來越激烈，攪動海水的東西，似乎正沿著海床上坡移動。我只能想像三個人形生物以三角形陣列方式，從海底深處走上淺灘。

「老天呀。」我喘息道。「是它們。是海魔，它們來了。」

第二十二章　復活亡者

The Dead Brought Back to Life

海面上露出一顆頭。圓頂狀的頭顱敏捷地起身，接著露出厚重的眉脊，還有相距甚寬的圓凸雙眼。

生物停下腳步，顯然在評估地勢。它身後冒出兩顆相似的頭，也都在眼睛移到水面上時停止動作。

三個生物中最前方的成員似乎已認為海岸可供通行，於是繼續從海中往上爬。扁平的鼻子與青蛙般的嘴在視野中出現，順著其太陽穴揚起的一對扇形結構，看起來有點像蝙蝠的耳朵，但最有可能是那個生物的鰓，隨後則是渾圓的雙肩、嚴重隆起的背部與末端長有帶蹼雙手的長臂。最後生物完全站在灘頭上，看起來像是人類與兩棲類合成的混種生物，身材高大駝背。它的皮膚上流下海水，那是散發噁心光澤的外皮，在月光下看起來帶有灰色的斑駁花紋。它的胸膛緩慢沉重地上下起伏，彷彿正在適應從空氣中汲取氧氣，這比從水中獲取氧氣更吃力些。

海魔的兩名同伴一同踏上海灘時，我難以壓抑一股顫慄。我這輩子見過不少怪物，但這三個生物是最醜陋的範例，或許是由於它們顯露出諸多類似人類的特質，它們和我們之間的相似程度，將它們與我們的差異突顯得更為驚異駭人。比較起來，蛇人還像是人類的近親，不只更有智慧，也沒有如此原始。海魔來自生物剛從海洋爬出的遠古時代，在泥灘上撲動，好浸淫在陽光之中。

「就是現在，華生！」福爾摩斯用氣音說道，一面爬起身。「趁它們還沒適應前動手。」

「我們要攻擊它們？」

「為何不下手呢？我們有武器，它們沒有，我們還有突擊優勢。」

說完，我朋友就滑下海角，沿著海灘奔跑，一邊掏出槍。感到有些困惑的我依然維持謹慎的態度，跟了上去。

一直到福爾摩斯來到二十英呎內時，海魔才注意到他逼近。它們幾乎同時在半途停下腳步，並轉向他。

接著，讓我訝異的是，它們也幾乎一同轉身，開始跑向大海。

「站住！」福爾摩斯命令道，而當海魔沒有聽話時，他往空中開了一槍，槍聲讓它們僵在原地。

「沒錯，下一槍不會是警告。遊戲結束了，我清楚你們的底細，你們這些惡棍，把手好好舉高。」

海魔明顯驚慌失措地看著彼此。

「把手舉起來！」福爾摩斯吼道。「快！」

海魔們舉起了手，我也揚起眉毛，因為福爾摩斯剛剛用德語對三個海魔說話——**它們還聽懂了**。

「福爾摩斯，」我說道，一面追上他。「到底發生了什麼事？這三個生物……來自德國？」

「對。」他說，並露出一小抹勝利的微笑。

「那它們就完全不是兩棲海洋生物。」

「外表看來是，其他方面則不是。」

「我……」

我無話可說。我開始明白，海魔只是場嚇人的騙局，而且，它們是德國人設下的騙局。我當時不曉得該如何審視這項情報，但我憑直覺感覺到面前的生物與拉盧洛伊格之間的關聯，後者透過馮・赫林男爵作為媒介。自從福爾摩斯猜出寄出七份致命包裹的人是馮・波爾克後，這一連串事件都充斥著德國的影響。今晚的惡作劇，只是這項趨勢中最新的進展。

「用槍瞄準他們，華生。」福爾摩斯說，一面將自己的武器收進口袋。「我要看看剝下皮後，海魔會變成什麼模樣。站好！」他對其中一名海魔說出最後那句話，對方剛開始小心翼翼地往海洋踏出一步，但當福爾摩斯用對方的母語命令它站好時，它就乖乖聽令。「謝謝，這位先生。」

福爾摩斯把手伸向最近的海魔，開始拉扯對方的頭部。那個生物企圖抗拒，但福爾摩斯使出更大的力氣。用力扭轉後，他成功拔下頭部，夾雜著一堆管線的頭部掉了下來。那自然是種面具，取下面具後，露出了一個年輕人的頭，對方的下顎線條剛硬，一頭汗水淋漓的亞麻色頭髮，表情懊惱且有些陰鬱。

「看好了，」福爾摩斯說。「怪物是個人。」

那人用德語低吼了幾句話。

「聽起來不禮貌也不文明。」我的朋友諷刺地說。

「我會說一點英語。」年輕的德國人說。「如果你想的話，我可以用你的語言咒罵你。」

此時我才注意到，另一名海魔腰上繫著某種腰帶。腰帶看起來像是條很寬的海帶，上頭還長了水泡，從水泡脹大的程度看來，那應該是某種裝了重物的小袋子。

我注意到它的理由，是因為福爾摩斯跟脫掉面具的海魔說話時，另一名海魔的手正偷偷伸向小袋子。

「喂！」我大喝道。「你想幹嘛，惡棍？」

我說出這句話時，那隻手伸進小袋子的孔隙，拿出一只長方形金屬裝置。它的大小約莫與雪茄盒相似，最大的表面上有塊網罩。

「無論那是什麼，把它放下。」我說，一面扣下左輪手槍上的擊錘。「現在就放。」

毫不畏懼的海魔靈敏地按下了裝置後方的按鈕。

之後，一切變得毫無道理可言。

＊＊＊

我聽見了一首歌。那是我童年時的催眠曲，是當我坐在我母親膝上時，她經常對我唱的歌。我記得她把我抱在懷裡，低聲哼唱著曲調，我也想起當她撫摸我的頭髮、柔和的吐息掃過我臉龐時，我感到難以解釋地心滿意足。

我可以花整天聽這首催眠曲。

古怪的是，現在對我唱歌的女人不是我母親，而是瑪麗。她站在我面前，和我印象中一樣美麗，臉龐肅穆又甜美，還有細長微捲的金髮，景象十分可愛。她露出微笑看著我，我也只能回以笑容，此時我想知道，她究竟如何看待眼前這個比她最後一次看到時老了二十歲的男子，我滿頭灰髮，眼袋厚重，肚子大了一圈，身心運作的速度也都變慢了。依然年輕的她，還會愛這麼老的他嗎？

她的目光告訴我，她依然懷抱愛情，感覺溫柔並飽含諒解，她的歌曲傳達出同樣的感覺。瑪麗只想要我快樂，渴望讓我們再度共享婚姻中曾經歷過的愉悅，儘管當年時光十分短暫。而現在，我們得到了第二次機會，我們或許能再度團圓，彷彿分開的那些年從未發生。

我知道瑪麗已經死了，我清楚這點，但沒有關係。我的想法如下：如果她死了，此時她怎麼可能在紐福特海灘上出現？因此她一定還活著。這是個謎團與奇蹟，我也選擇忽視神祕的層面，接受奇蹟。

瑪麗向我伸出雙臂，依然唱著那首迷人的催眠曲。我毫不懊悔地走向她，一想到能將她擁入懷中，就讓我捨棄了其餘考量，我會抱住她，永不放手。熱淚湧入我的雙眼，儘管這樣毫無男子氣概，我依然任憑淚水落下，而非強逼自己忍住。我不曉得離自己上一次這麼感動，已經過了多久，彷彿我和瑪麗一樣曾經死去，現在則起死回生。

我離她只剩幾英吋時，一聲槍響使一切戛然而止。感覺像是錘子打碎了玻璃，催眠曲和瑪麗忽然消失，拿著破損金屬盒的海魔，正用德語咒罵不已。夏洛克．福爾摩斯站在我身旁，拿著冒煙的手槍。

「真狡猾。」他說。「他們差點騙住我們了。那是無線電收發器，不是嗎？」他對損壞的裝置點點頭，電線與三極管如同遭到移除的內臟般垂在外頭。「那個裝置是設計來接收從某處發出的訊號，當下它接收的是音樂廣播。那是種特別使人入迷的音樂，我猜，是贊恩譜出的曲子，不是這樣嗎，各位？艾瑞克．贊恩寫下了這段曲調，用來包覆聆聽者的心靈，讓對方看見與聽到現實中沒有的東西，對吧？但你們戴上那些面具時，能夠過濾聲音，讓音樂不會用同樣的方式影響你們，是嗎？」

沒戴面具的海魔看起來不知所措，另外兩個依然隱藏著真面目的人，則沒有顯示情緒。沒人開口承認或否認福爾摩斯的主張。

「好吧，我相信稍後可以確認這點。」福爾摩斯說。「我們的當務之急，是讓你們三位進入大牢，往那邊走。」他用槍指向紐福特。「那裡有座城鎮，等到鎮上的人見到你們偽裝下的身分，就會急於認識你們。」

我們從海灘出發。當我想到幻象中的瑪麗，心中便感到無比悲傷，那是我失去的女子，但德國人利用她欺騙我，使這股情緒與憤怒交織，由後者吸收。我覺得自己的心彷彿遭到掠奪與非禮，我得用上內心每絲自制力，才能阻止自己立刻射殺他們。

第二十三章　三個海魔和一樁謎題

Three Sea-Devil Suits and a Conundrum

我們將海魔們押到山謬．葛雷迪的小屋。由於我們認識港務長，他在紐福特也擁有權威地位，因此他似乎是我們最佳的希望，不只能擔任盟友，也能幫助說服其他鎮民相信，我們已經解除了海魔的威脅。

吸引他的關注並非易事，福爾摩斯得在屋外央求他好幾分鐘，葛雷迪才敢打開自己的臥室窗戶。當他往下看我們的俘虜時，臉上的激動情緒逐漸轉為不解，接著是訝異，這三人都已脫下面具。

「這……這是某種玩笑。」他說。「不可能是真的。」

「千真萬確。」福爾摩斯和緩地說。「下來靠近看看。紐福特遭遇了可怕的騙局，犯人就在這裡。看到他們有多怯懦嗎？就像在校長書房外排隊的犯規學生，然而，他們夜復一夜傲慢地在你們的街頭橫行霸道，仰賴紐福特居民的集體祖傳恐懼，讓他們免於受罰。等你對我的說法感到滿意後，或許會想找一兩名員警過來。」

最後葛雷迪讓我們進門，又驚又怒地仔細觀察海魔。

「他們穿著塗膠帆布製的服裝。」他說。

「類似潛水裝。」福爾摩斯說。「為了讓他們在水下呼吸，裝在衣服上的圓筒，為面具提供氧氣。」他用指關節敲了其中一名海魔的背部，使之響起了金屬聲響。「這是德納魯茲（Denayrouze）和盧庫埃羅（Rouquayrol）兩位先生頂尖作品的精巧加強版。潛水裝通常會透過管子，從外部來源得到空氣。使用者將空氣以加壓狀態儲存並隨身攜帶，這使潛水裝成為自給自足的環境。它也帶來莫大負擔，你們能從這三個人行動的方式看出這點，他們得往前傾身來承受重量。他們年輕力壯，但就算如此，這依然很吃力。他們在水中有浮力輔助，在陸地上則有些費勁。那解釋了他們步履蹣跚的原因，也因此當華生和我突襲他們時，他們並未抵抗。他們清楚自己無法擊敗我們，潛水裝的體積和重量，使他們居於劣勢。」

我沒有指出對方曾使用來自無線電接收器的音樂做出某種抵抗，但使我大惑不解的是，福爾摩斯居然不受音樂效果影響，而我卻受其宰制。

「你是說，他們得為綁架案負責。」葛雷迪說。「包括我的布蘭琪。」

「不只這三個人，還有其他組織參與，但他們親手犯下了罪行。不，葛雷迪先生，假如我是你，就會抗拒報復的誘惑。鬆開拳頭吧，你眼前的人只是群走狗，是奉命行事的人。儘管你的怒氣情有可原，還是得制止自己，我得靠你控制其他紐福特居民的情緒。如果我們不夠小心的話，我可以想見鎮上會出現一群私刑暴徒，那可就糟了。我要你保持冷靜，確保你找來的警員也是不會亂來的人。」

「如果海魔只是人類，那就代表……？」葛雷迪猶豫起來，眼中亮起一絲樂觀的火花。「這代表布蘭琪有可能回到我們身邊嗎？」

「看情況。」福爾摩斯回答。

「什麼情況？」

「取決於我的智慧和推理的正確性。我建議你先別期待好結局，葛雷迪先生，但我也不覺得毫無希望。」

＊　＊　＊

葛雷迪離開小屋，半小時後帶了兩名制服員警和一對外表可敬的平民回來，他也為後者的可信度和口風做擔保。

此時，福爾摩斯和我已經說服德國人脫掉整套潛水裝，並用葛雷迪太太為我們拿來的繩索綁住他們的手腳。這三個人似乎已徹底接受自身的命運，開始用破英語求饒。福爾摩斯向他們保證，他們會受到本國法律審判，不會發生草率處決的狀況。

他說服其中一人示範潛水裝的運作方式。德國人讓我們看控制加壓空氣罐放氣的閘門（他將之稱為調節器），並解釋如何用藏在潛水裝背部一塊掀蓋底下的滾花旋鈕來開關閘門。他的態度中有種愛國驕傲，彷彿這件裝置讓他的自我感覺十分良好，因為他告訴我們，裝置是由他的國人所製作。

警方逮捕德國人後，福爾摩斯和我便面對著三套潛水裝與一項難題。下一步該怎麼辦？至少對我而言，這是個難解的問題，但福爾摩斯已經想出了計畫。

「我的良心不允許自己邀你跟我同行，華生。」他說。「風險太大了，我很願意獨自出發。」

「如果你會這樣說，那代表這麼多年後，你依然不太懂我。」

「我不想冒昧要求。」

「把你的想法告訴我，福爾摩斯。那不會改變我的想法，但我至少會知道自己要面對什麼。」

「老朋友，你想當海魔嗎？」

第二十四章　深海馬車

A Hansom of the Deeps

不久後，我們用獨輪手推車將兩套海魔裝帶回海灘。根據福爾摩斯的說法，時間非常重要。海魔們得盡快回到來處，如果他們沒有照計畫會合，可能會引起對方的疑心。

我們各自穿上潛水裝時，我想出了幾個問題。

「快說，華生。」福爾摩斯說。「長話短說。」

「首先，你怎麼知道海魔是假的？」

「感覺到你把腳塞進去的靴子了嗎？它看起來像長蹼的腳，但它確實是靴子。比起赤腳或蹼腳，靴子會在地上留下不同的腳印，像是明顯清楚，或是光滑平整的腳跟印記。赤腳不會留下完整痕跡，它有足弓，腳趾或多或少會和其他部位陷入同等深度，但穿上海魔潛水裝，腳趾是無法動彈的贅生物，幾乎不會留下痕跡。我在葛雷迪家前門外的泥巴中，發現了外形異常的大型腳印，形狀與重量分配完全不像赤腳留下的痕跡。因此我只能推論，那隻腳是衣著，而非血肉之軀。」

「我猜黏滑沉澱物也不是天然產物。」

「那是石蠟（petroleum jelly），留在門框上是為了製造黏滑生物經過的錯覺。」

「那麼，這就是刻意而為的誤導線索[41]。」

「有趣的是，你居然用了和魚有關的說法。我們趴在岬角上時，我幾乎要把海魔是騙局這件事告訴你了。我說了他們會『散發出魚腥味』，或是某種類似的話，我很訝異，你居然沒發現這點。太微妙了嗎？我以為像你這樣的作家，應該會察覺到。」

「我太習慣超自然就是超自然了，這次你不能怪我沒看出情況不同。」

「這次我們的案件就像你筆下的故事，夏洛克．福爾摩斯掀開了看似超自然犯罪事件的面紗，揭穿藏在底下的乏味真相。人生難得反過來模仿藝術，我以為你會覺得開心。」

「我想，這種突降法（bathos）挺新穎的。」我說。「最後一個問題，海魔使用的音樂……」

「為了將他們的獵物從屋裡誘拐出門，它具有催眠效果，能創造出誘人幻象。」

「我清楚這點，但你卻沒受到影響，怎麼會這樣？」

「智慧的力量。」福爾摩斯輕快地說。

「你是說我心智脆弱嗎？」我半開玩笑地說。

「不，只是比起我而言，音樂控制的情緒在你身上較為強烈，也更接近表面，讓你更容易受到影響。好了，猶豫夠久了，我們有任務得做，最好盡早開始。讓我幫你裝上面罩，然後你再幫我，我們眼前有項精彩冒險，通常只有少數專家才會進行。你的文學競爭對手——已故的朱爾．凡爾納（Jules Verne），想必會羨慕你即將經歷的事。」

「我只希望我們不用走上兩萬浬。」我露出頑皮的笑容說道，福爾摩斯把海魔頭部罩在我頭上。

＊＊＊

那頂面罩很悶，海魔雙眼的兩顆玻璃半球，讓我只剩下平常的一丁點視野，塗過橡膠的帆布，和另一個男人的汗水發出的氣味，則令人感到窒息。光是挺直身子，就得花上一番工夫，潛水裝不只笨

41　譯注：此處原文為red herring（紅鯡魚），意指使人轉移注意的事物。

重，重心還不穩，我覺得自己隨時會往後摔倒。

儘管如此，我還是幫助福爾摩斯戴上他的面罩。包覆住我雙手的蹼狀手套使我變得笨拙，但我依然保有足夠靈敏度來完成工作，包括將海魔頭部鎖上潛水裝頸部的螺紋輪緣，直到它發出穩固的喀嚓聲，就像標準的潛水頭盔，接著旋轉調節器上的滾花旋鈕，開始灌入空氣。

福爾摩斯豪邁地揮了一下手，接著踏上灘頭，走進海裡。我笨拙地跟在他身後，當我身邊的水面上升時，潛水裝便隨之縮緊。我努力壓制慌張，我真的要讓自己完全泡進水裡，只仰賴圓筒中的空氣讓我維生嗎？萬一呼吸裝置故障呢？穿著如此笨重緊縮的裝備，使我無法游上海面，我也不認為自己能夠在溺斃前脫掉潛水裝，在我們共事這許多年裡，這絕對是福爾摩斯最愚蠢的計畫。我們不是專業潛水伕，只是差勁的業餘新手，就算是專家，這也是個危險職業。

但當我涉水前進、海水也包覆我時，我下定了決心，沒有回頭路可走了。無論夏洛克・福爾摩斯到哪，忠心的華生都會與他同行。三名年輕女子也得靠我們拯救，無論她們知曉這點與否。少了我們，她們的家人便可能再也見不到她們，相較之下，我的吹毛求疵毫不重要。

我們從海魔在海灘上登陸的地點出發。我沿著泥濘般的海床，跟隨福爾摩斯的步伐，逐漸習慣周遭海水帶來的阻力，但海水同時提供的浮力，則彌補了這點。我的呼吸聲在面罩裡聽起來很大。多餘空氣從「鰓」後方的單向閥門排出，當這些氣泡柱旋轉上升時，便隆隆作響。海水非常冷冽，但由於潛水裝緩解了低溫，使我能夠忍受溫度。珠光般的月光從上空灑落，讓我們得到足以視物的光線，不過可見度並不超過六碼，前方離我只有一臂距離的福爾摩斯，成了模糊怪誕的剪影。我得不斷提醒自己，前方的是我朋友，並不是怪物。

我們的跋涉行程緩慢且穩定，腳底的海床上下起伏，但整體結構是下坡地形。深度約莫三噚時，我的耳朵發出砰的一聲，腦中也傳來咯噠聲，我認為聲響應該是來自鼻竇，這似乎是成為人魚後隨之而來的生理現象，我在想是否能在《刺胳針》[42]就此事寫篇文章。

福爾摩斯在離岸五十碼外的位置停下腳步，他四處觀望，彷彿想適應黑暗。我不曉得他在找什麼，但應該不是海魔傳說中的水底城市。

接著，在明顯瞥見某種東西後，他再度邁出步伐，不久，我們面前便隆起了一個大型圓形物體。那是個直徑約八英呎的球體，由以鉚釘固定的鋼板組合而成。它漂浮在海床上幾英呎的高度，透過鍊子末端的錨固定本身，厚重的鋼纜水平地延伸到遠方，蔓延到更深的水域，球體底部發出微光。

福爾摩斯繞著球體走，從每個角度檢視它。接著他蹲到底下，消失在視野中。他迅速再度出現，並示意我們應該拉起錨，上頭有可以掛錨的栓子。鋼纜依然固定著球體，但球體在水中更鬆弛地搖晃。福爾摩斯向我招手，要我跟他鑽到底下。

我們從球底的圓孔往上攀入充滿空氣的空洞內部。我們爬上一道狹窄的長椅，它在室內繞了一圈。福爾摩斯脫掉他的面具，我也照做，我們深深吸了一口陳腐、帶有鹽味，但可供呼吸的空氣。有顆黯淡的電燈泡，在我們頭上搖晃閃爍。

「真是奇觀。」我的同伴說。「海魔能在這個舒適的小庇護所休息，也能暫時安置他們的俘虜。」

「怎麼安置她們？」我說。「女人們不是得像我們一樣，一路走過海床，才能抵達球體嗎？」

42　譯注：*The Lancet*，世上最重要的醫學期刊之一。

「看看你上方。」

球體頂端嵌入了圓形密閉艙門，上頭裝有轉盤，底下則有用螺絲固定在球體內部的三道金屬梯級。

「我猜有人將球體放在這一帶深水中，這裡才有足夠的吃水深度。」

「你指的是能讓船安全導航嗎？」

「對，是某種航海船隻。這艘船隨後回到海中，一面小心放出鋼纜，有需要時，海魔會像我們一樣升起錨，用手動的方式讓球體靠近岸邊，如同人力馱獸般拖拉它，它在水中的浮力會減低它的重量，讓他們能辦到這件事。等球體夠靠近岸邊時，頂端便會浮出水面，他們就能打開艙門，逼俘虜爬進開口，再踩著梯級往下走。」

「不過當球體沉沒時，要怎樣才能阻止進水？」我說，一面望向腳下的池水。

「當你將倒扣的杯子放入水槽時，裡頭也同樣不會進水。只要杯子保持垂直和穩定，就會保住裡頭的空氣。」

「不過，肯定不能在這裡待太久，空氣遲早會用光，讓人窒息。」

「這只是暫時駐點，華生。這是種運輸方式，就像深海馬車一樣，能讓我們前往他處。看看這條彎曲的把手。」

「它可以操縱鋼纜？像滑輪一樣拖行我們？」

「天啊，不對，這太小也太脆弱了。但我相信，如果我這樣旋轉它的話……」他轉了把手幾下。

「什麼都沒發生。」我說。

「還沒，等它一下。信號已經透過我看到的絕緣電纜傳輸出去，電纜則連結在其中一條鋼纜上。離這裡不遠的地方，有電鈴或警報器響了起來。如果我沒想錯，某種機械絞盤或錨機就會啟動，然後──有了！你有感覺到嗎？」

球體微微顫動起來。

「我們接手了未完成的任務。」福爾摩斯說。「鋼纜收緊了，我們隨時會開始移動。」

彷彿要證明他的話似的，球體開始震動。我感覺到從側面傳來拉扯動作，我們腳邊的水池動盪起來，明顯可以在水面上看到洋流移動。我們以約莫三到四英哩的時速受到拖行，這等同於步行的速度。如果速度太快，我想球體可能會傾斜或翻覆。

我們移動了好幾分鐘，球體經常因為海底洋流拉扯而偏離航線，隨即又回到原本的方向。

「是哪種船在我們的目的地等待？」我問道。「你知道嗎？」

「我有點頭緒。把這顆球體當作小雞，母雞正在把牠帶回家。」

「更大的球體？」

「類似的東西。」

又過了幾分鐘，接著我們的速度減弱到近乎緩行。球體撞上另一個物體，發出迴盪不已的沉重鏗鏘聲，然後一動也不動。

「這就是盡頭。」福爾摩斯說。「我想我們該戴上面罩了。我們能假裝成原本的海魔越久，就越佔優勢。」

「原本應該有三人，我們卻只有兩人，這點不會讓對方看穿騙局嗎？」

「對方會認為我們在紐福特碰上了麻煩，我們其中一員遭到逮捕或殺害，因此沒有抓到年輕女子。我們夾著尾巴逃回來，幸運的話，他們儘管懷疑，卻依然會相信我們。他們會迎接我們，我們隨後出擊，用槍要脅一個以上的人質，然後我們提出要求：用三名紐福特女子交換人質。」

「我覺得，這項計策有潛在的缺點。」

「在當下，這是我們最佳的希望。我承認我們居於劣勢，但我們過去也達成意想不到的成功過，何不再試一次呢？」

我們戴上海魔面罩時，我感到球體開始上升。我們周圍的水域傳來轟隆巨響，顯示有某種體積更大的東西也隨之上浮。球體中的壓力改變時，我的耳朵再度傳來砰的一聲，最後，我們的上升過程結束，球體像是在水面上下晃動的浮標般左右搖晃。

球體動作變成緩緩上下起伏，像是漂浮在微弱海浪上的小船。福爾摩斯往上旋轉艙門上的轉盤，將它鬆開，幾絲海水滴了進來。接著他把艙門推開，攀上梯級，輕鬆地離開球體，我仿效了他的做法。

球體靠在更龐大的船隻旁，這艘船視野可見的部分離水面有整整五英呎高，用同樣的鉚接鋼板製成。這艘船向外彎曲的側翼，往兩側延伸了一百英呎，筆直的水平舵從船身一端的垂直平面上伸出，粗短的指揮塔則矗立在船體中部，恰好位於我們的頭頂，那是唯一的上層結構。

我不需要看過潛水艇，就知道自己正面對著這種船。

第二十五章　SM U-19

SM U-19

潛水艇吃水線下從船首到船尾的部分都亮起燈光，清澈光芒立刻照亮了周圍海域。塔頂的艙門打了開來，一名穿著海軍制服的男子爬了出來。有另一人跟上這名水手，兩人的白襯衫和軟帽代表他們是低階船員，他們呼喊我們時，嗓音也顯示對方是德國人。

福爾摩斯用同種語言喊出回應。由於海魔面罩使他的嗓音變得模糊，水手似乎沒有注意到他的母語並非德語，也不是理應穿著海魔裝的三人之一。他們示意我們登艦，還向我們拋出了一條打了結的繩索來幫助我們。

我們站在前甲板上時，水手不斷詢問我們問題。我只能勉強理解他們的母語，但我猜出了大概的意思。為何只有我們兩人回來？我們突擊隊中的第三名成員怎麼了？我們應該帶回來的俘虜在哪？

福爾摩斯做出代表「耐心點」的手勢，他假裝疲勞頹喪，不是用話語，而是用姿態來表達出這點。我仿效他的行為，水手似乎對我們感到憐憫。他們知道我們的任務出了大錯，主動幫我們脫掉潛水裝。

福爾摩斯一露臉，就出手攻擊前方吃驚的水手，用凶狠的上鉤拳打中對方的下顎。男子倒在甲板上，昏了過去，而我撲向另一名水手與他纏鬥。我唯一的優勢就是海魔裝使我比他還重，它肯定不會讓我更加敏捷。我壓制住他，直到他仰面倒在我的身軀底下，他往我的肋骨揍了好幾下，但潛水裝厚重的布料吸收了打擊力道。

在我努力壓制敵人時，福爾摩斯已經鑽出了潛水裝。他和我一樣，在潛水衣下穿了全套服裝，還帶了把槍。他掏出槍來，將槍管壓在水手的前額上，對方立刻停止抵抗。

「英語？」福爾摩斯說。「你會說英語嗎？」

水手點頭。「*Ich spreche ein bisschen Englisch.*（我會說一點英語）」。

「你的船上有三個女人，三個英國女人。對嗎？你聽得懂嗎？」

「*Drei Englische Frauen. Ja.*」

「帶我們去找她們。如果你敢呼救，或是看起來準備求救，我就會開槍。你也聽得懂這句話嗎？」

「*Jawohl. Ich verstehen.*」

「用英語說，證明你懂。」

「如果我呼救，你就會開槍。」

「很好，起來吧。」

我脫下潛水裝，我們隨即跨越甲板，前往指揮塔。截至目前為止，福爾摩斯的計畫都成功了，我也允許自己認為，或許我們能達成目的。我不曉得我們要如何和女子們抵達陸地，游泳的距離太遠，而在我看來，球體對我們也毫無幫助。它無法自行發電，得將它停靠在離岸處，之後再將它拖回來，這代表我們無法把它當船用。我想，我們或許能將它脫離潛水艇，並仰賴強烈的洋流將我們沖向正確方向。或者，我們也能試圖控制潛水艇，不過我不確定兩個人能否辦到這件事，就算我們有武裝，船員的數量肯定多過我們。或許船上有艘小艇，或某種救生筏，我確信，福爾摩斯早就在腦中清點了各種方法，他會讓我們全都安全回到紐福特。

我們挾持著人質，爬進指揮塔中的艙門，透過梯子往下進入狹窄的房間，牆上裝滿大大小小突起的刻度盤、測量器、操縱桿和操作閘門用的轉盤。潛望鏡柱佔據了這座控制室的中央位置，沒有剩下多少可供人站立的空間。

只有兩名水手在崗位上。兩人花了一點時間，才明白福爾摩斯和我並非船員。他們睜大眼睛，其中一人向一道開關伸手，那無疑會讓警報大響。福爾摩斯向他揮舞手槍，讓對方放棄原本的計畫。沒有人開口說話，也不需要說。福爾摩斯讓我獨自管理控制室中的兩名水手，自己則帶著我們原本的人質往前走。

我等了一分鐘，又等了一分鐘，同時緊盯我的兩名人質。他們的臉上流露出惱怒與絕望。我想，等他們的上司得知俘虜在他們面前被人帶走，他們卻無計可施時，水手便會遭受嚴厲懲處。我聽說德軍的軍事紀律相當嚴苛，也對他們感到有些慚愧，不過，既然他們參與了綁架年輕女子的陰謀，想想也就沒那麼愧疚了。

隨著時間過去，我感到第一絲疑慮。福爾摩斯花太久時間了，找到女人們有多困難？潛水艇沒有那麼大，他也不須費勁尋找她們，和他同行的水手知道女人們的下落。

又過了幾分鐘，福爾摩斯依然沒有回來後，疑慮便化為不安。他發生意外了嗎？我很想去找他，但我清楚如果讓水手自行留在控制室，他們就會觸發警報。

福爾摩斯終於回來了，但我一望向他，腹中就感到一陣空洞。他面露憂鬱神情，手槍已經不在他手上了，他身邊也沒有女子。

反之，有兩個拿著毛瑟步槍（Mauser rifle）的水手跟在他身後。走在他們**身後**的，則是個穿著套衫和尖頂帽的男子，他蓄著修剪完美的鬍鬚，帽緣上的金色穗帶象徵他的軍官身分，很可能就是潛水艇的艦長。他拿著福爾摩斯的手槍。

我舉起自己的左輪手槍，準備開上一兩槍。或許我能引發騷動，讓福爾摩斯和我可以趁亂逃跑。

「是我就不會這樣做，華生。」我的朋友警告道。「我們不只武力懸殊，還被鬥倒了。」

他點頭示意我應該看看身後。

控制室另一道門走出另外兩名水手，站在我後頭。他們也有步槍，我猜他們一直在相連的房間中等待。

「把槍放下，先生。」軍官說。「槍戰只會讓你們送命。」

我望向福爾摩斯，他的眼神表示我該聽話。

我把左輪手槍擺在地板上。在軍官的命令下，我原本挾持的其中一名水手撿起手槍。我現在明白，他和另一個水手表現出的不滿只不過是演戲，他們清楚武裝船員就躲在隔壁，等到福爾摩斯離開後，還會有更多人攔截他。甲板上的兩人心知肚明，他們也在演戲，這一切都是精巧的詭計，我們中了計。

「兩位。」軍官對福爾摩斯和我說。「請容我自我介紹。」他儀態莊重地用力併攏腳跟。「我是德意志帝國海軍（Imperial German Navy）的約翰・昆斯勒艦長（Captain Johann Künstler），歡迎你們搭上SM *U-19*。她是來自但澤帝國造船廠（Kaiserliche Werft Danzig）的最新型U艇，事實上，她新到可以被視為原型機，U-19型的建造工程到明年才會正式展開。如此看來，你們應該感到光榮，能提前看到德國海底運輸的未來。你們的皇家海軍望塵莫及，連C型潛艇也比不上。」

「我猜，是可以說『榮幸』吧。」福爾摩斯無動於衷地說。「告訴我，船長閣下，你怎麼曉得華生和我會來？」

「我們預測到你們會出現。」昆斯勒艦長說。「我們等了好幾天。如果我們的潛水夫從陸地回來時出現異狀，我們就曉得夏洛克・福爾摩斯先生已經查明了海魔的真相，要不是會取代他們過來，要不就是脅迫他們帶自己來此。」

「當前的異狀，是球體裡只有兩個海魔，而不是三個，也沒有紐福特人俘虜，或者有別的跡象？」

「要求回收球體的呼叫鈴聲。」

「當然了。」福爾摩斯自責地撇嘴。「事情沒有旋轉把手這麼簡單，還需要暗號。」

「響三下。兩下長音，一下短音，你不可能知道。」

「我太笨了。我應該更仔細盤問海魔們。」

「不會有差別。」昆斯勒的語氣近乎安撫。「他們接到嚴格指示，要對你撒謊。他們會告訴你錯誤暗號，結果不會改變。」

「球體現在怎麼辦？」

「我接到命令要拋棄它。它已經達成目的，之後只會成為潛艇的累贅。我們會翻倒它，讓它下沉。」

「你仔細安排過這些事了，不是嗎？」

「不是我，福爾摩斯先生。」昆斯勒說。「我只是祖國謙卑的僕人，照上級的要求盡力辦事。一切得歸功於我的一位乘客，我相信你已經認識他了。」他望向自己身後。「其實，他已經來了。容我介紹……」

昆斯勒擺出迎賓手勢並站到一旁，讓他後頭的某人進入控制室。

「……馮・赫林男爵閣下。」

第二十六章　責任大於保命

Duty Over Self-Preservation

德國派往英國的首席大使，與拉盧洛伊格在地球上的主要發言人，面露微笑並鞠躬，彷彿福爾摩斯和我是他很久不見的老友。

我嘆了口氣。福爾摩斯說出了我的感受：「我希望自己能說這令人吃驚。我有強烈預感，覺得馮．赫林和這一切有關。海魔是你的次要計畫，以免我們在倫敦的蛇類朋友沒達成任務。」

「並非如此。」馮．赫林說。「『我們的蛇類朋友』才是次要計畫。你和他們有還沒了結的事，讓他們對付你似乎很公平。當然了，如果瓦根斯一夥人成功殺掉你，事情就方便多了，只不過令人不太滿意。於是我設下了更精巧的羅網，以便逮到你。」

「比起單單讓瓦根斯處置我，規劃海魔行動無疑更需要深思熟慮。」

「當然了，紐福特如此靠近你家，它的民間傳說正是設下陷阱的理想基礎，你必定會對此進行調查。它多少提供了為夏洛克．福爾摩斯量身打造的誘因，我也樂於利用這點。」

「好吧，你抓到我們了，這點無可否認。」福爾摩斯說。「華生和我身陷你的手掌心。不過，我懇請你釋放關在這艘潛艇上某處的三名女子，她們已經是多餘人士了。隨便你處置我們兩個老頭，但那三人理應和家人團聚，她們還有人生得過，前方也還有未來。」

「我同意。」我說。「福爾摩斯和我不重要，但女孩們在這件事情裡沒有重要性了，送她們回家。」

「真高尚。」馮．赫林說，並來回掃視福爾摩斯和我。「這麼犧牲自己，令人感動，卻也徒勞無功。釋放她們？不可能。我還需要這些女人，她們還有用處。」

「什麼用處，你這個惡棍？」我憤怒地問道。「你要從她們身上得到什麼？」

「從她們身上？什麼都沒有。只要她們繼續待在這艘U艇，就能確保你們配合。」

「要多久？不用說，你當然打算殺了我們。何必拖延？送女孩們回家，我敢以自身榮譽擔保，福爾摩斯和我不會搗亂。我們會聽話地走上跳板，或是做任何你要我們做的事。」

「走跳板？」馮．赫林笑道。「真是誇張的想法。我們不是古代海盜，醫生。或許你以為我們還會把你們綁在船底拖行！不，沒有這麼粗俗野蠻的計畫，相信我的話。」

「相信你？呸！相信你就跟相信蠍子不會螫我一樣。」我對他揮舞拳頭，動作毫無威嚇效果，但至少讓我感到寬心。

「好了，這種行為很不得體。我覺得那三位年輕小姐會裝腔作勢，但沒料到你這種長者也會這樣做。」馮．赫林轉向昆斯勒，看來是厭倦了我的誇張舉動。「艦長，讓你的手下送我們兩位新囚犯去加入其他人。我得給你個建議，他們看起來或許年老，但詭計多端，特別是被逼到絕路時。不要放鬆戒心。」

昆斯勒立刻敬禮。「我會親自監督，閣下。」

「好傢伙。」

昆斯勒改用德語命令拿步槍的水手和他同行，並要我們向前走。我們穿過許多艙門，每道門都很狹窄，還有低矮門楣和高聳門檻。我們經過的其中一處隔間裡，有幾十個用布簾遮起來的臥鋪，上頭傳來有些柔和、響亮的嗓音。我們得在沒洗乾淨的衣服底下屈身，衣服吊在艙位之間懸掛的細繩上。下一座隔間內有好幾座小艙房，他們要求我們進入其中一間。我望向福爾摩斯，看看他是否想做出某種劇烈的急促行為。我們四目相交時，他微微搖了搖頭，當下似乎無法做出最後一搏，或至少還不能動手。就目前而言，我們得遵守馮．赫林的規定。

房裡擺了四張狹窄的臥鋪，除此之外空無一物。年輕女子待在三張床上，她們用蒼白的雙眼對我們無神地眨眼，頭髮看起來稀疏凌亂。其中兩人狀況似乎尚可，但第三人的臉頰凹陷，眼白充血，呼吸時還會發出喘息聲。我只能猜測，她就是染上肺癆的黛博拉．史密斯。

「聽我說，昆斯勒艦長。」我說。「你一定知道我是醫療執業人員。這個女孩有慢性肺結核，一定是帶原者，你還讓她待在擠滿人的船艦上，大家全擠在一起。潛水艇是個密閉空間，傳染機會離譜地高，你有半數船員可能都已經感染，自己卻不知情，你不明白這種危險性嗎？」

昆斯勒聳聳肩。「那麼，你的工作就是照料病患，確保傳染情況不會發生。」

「但這太荒唐了，我無法確保這種事。」

「你得照做，大使閣下要求過了。」

「大使閣下似乎不明白他面對的事。」

「我不該質疑他的命令。」昆斯勒說話時，語氣中有些許懊悔。我這才明白，他同意我對史密斯小姐病況的評估，也寧可不要讓她待在SM *U-19*上。他和我一樣擔心爆發肺結核疫情，不過，他的責任感壓過了生存慾望。「那個女孩登艦時，我確實提過這點，但男爵駁回了我的反對。他似乎將她視為資產，而非危險。」

「這不令人意外。」福爾摩斯說。「那位小姐會佔據華生的注意力，應該說，他會非常忙碌。馮．赫林曉得，我的朋友會遵循希波克拉底誓詞的教條，與最基本的人性良善，從而盡一切力量幫助她。這會使她成為比另外兩人更有效的籌碼。」

「那個人是魔鬼。」我說。

昆斯勒短暫的沉默似乎說明，他並不完全否定這點，不過和之前一樣，他維持著平靜神色，如同知曉自身地位的人。「男爵是備受崇敬的貴族，也是受到皇帝重視的大使，我不該違抗他的決定，只要聽命行事就好。」

說完，他就隨手關上門。

我立刻走到小黛博拉身邊進行檢查。她在發燒，我在她面前左右揮舞食指時，她的雙眼也難以跟上，目光總是慢了一秒移動。我對她的淋巴腺進行觸診，檢查腺體是否腫脹，淋巴腺沒有腫起來。我再檢查她的脖子，看看有沒有腺病膿瘍的現象，也沒有發現症狀。我問她是否感到頭痛、胃痛或關節僵硬，她用微弱低微的嗓音說，沒有這些症狀。她極度纖瘦，我照料她時，她忽然咳嗽起來，整整咳了一分鐘。她咳完時，用來覆住嘴的手上，沾上了點狀含血唾液。

簡單來說，她顯示出肺結核所有的典型症狀。感染至少還沒擴散到肺部以外的部位，但那無法讓人安心多少。

其中一名女孩突然開口，她是個長有赤褐色頭髮的漂亮女孩。「你們兩位是誰？」她問。「你們和他們不是一夥的，對嗎？」她口中的「他們」，指的是德國人。

「恰好相反。」福爾摩斯說。「我們前來解救妳們，也希望能達成目標。我的名字是夏洛克．福爾摩斯。」

「那個偵探？住在義本的偵探嗎？」

「正是本人。這是我優秀的同事華生醫生。」

「他寫了關於你的故事。」

「他確實寫過。」福爾摩斯和氣地說。「如果我沒搞錯的話，妳就是布蘭琪．葛雷迪。妳有妳母親的眼睛和鼻子，與妳父親的膚色。用刪去法來看，就代表妳……」他轉向第三名女孩。「就是莎拉．康明斯太太。」

「是我沒錯。」女子說，她看起來只比其他人大了幾歲。「噢，福爾摩斯先生，我們會怎麼樣？我待在這五天了，至少，我覺得是五天，當你看不到陽光時，很難判斷時間。我們的待遇不差，有食物可吃，他們也滿足了我們的其他需求，但我們連一次都不能離開這個房間。我很想念我丈夫和我的小兒子，為了再度見到他們，我願意犧牲一切。」

「如果我有辦法的話，妳就會和他們重逢，親愛的夫人。不過，恐怕妳得先接受事實：這可能不會太快發生。」

康明斯太太的雙眼泛出淚光，並抽噎了一聲。

「我朋友笨拙用語的意思是，」我插嘴道，「儘管我們無法立即幫助妳們，但我們正在構思讓大家逃離這裡的方法。我們希望妳們能抱持耐心，如此而已，一切都會沒事。」

此時忽然響起了一股機械轟隆聲，我們周遭的潛水艇船身也開始震動。外頭傳來流水聲，我也立刻產生了下沉感。在一連串嘎吱巨響與尖鳴後，潛水艇往船首傾斜，角度的改變使福爾摩斯和我伸手穩住自己。

「他們讓壓載艙裝滿水。」我的朋友觀察道。「我們下潛了。」

引擎的攪動聲隨之傳來，那是種從船尾傳遍整艘潛水艇的顫動，使一切都振動起來。

「推進器啟動了。」福爾摩斯說。「我們出發了。」

「我們在移動？」我說。

「顯然如此。」

「但要去哪？」

「我希望自己知道。或許是某處德國海港，布萊梅港（Bremerhaven）？漢堡？我想，你和我該讓自己放鬆點，華生。我們有很長的航程要走。」

他沒說錯，只是我們不曉得這趟航程有多長。

第二十七章　我們的最後致意？

Our Last Bow?

在海上第一晚剩餘的時間，福爾摩斯和我坐在女子艙房中狹窄的地板上，兩人面對面，他的背靠著外牆，我的背靠住門，雙腿互相交錯。他請我用多出來的臥鋪，但我拒絕了，如果我能享受相對舒適的位置，他卻無福消受，似乎不太恰當。兩名男子和三名異性共享寢室，感覺起來更不適宜，但我們沒有選擇。

我完全沒睡，福爾摩斯也是。我看著他的臉，我看得出來他正絞盡腦汁思考。他在考量我們的困境，並評估逃出生天的方式，我是這樣認為的。

大約清晨六點時，有名水手送早餐過來：餐點包括一根麵包捲、幾條煙燻香腸和咖啡。福爾摩斯要求與昆斯勒艦長談談，對方不久後就過來了。

「華生和我不能待在這裡。」福爾摩斯說，他指的是艙房。「這些女子需要隱私。」

昆斯勒同意，一小時內，他就將我們轉到隔壁艙房，裡面只有兩張臥鋪。

「這裡屬於我的中校與少校。」昆斯勒說。「他們不太願意離開，和船員們混在一起，但我對他們指出，我自己的處境也相同。我的艙房現在屬於馮．赫林男爵，我也得搬到船員寢室中的空房，我們所有人都得做出犧牲。」

「我們很感激，艦長。」我說。「請問船上有什麼藥？你們一定有些藥。」

「只有基本必需品。」

「有鴉片劑嗎？」

「有。」

「你可以給我一劑嗎啡，讓我為史密斯小姐施打嗎？她的身體需要休息，囚禁帶來的壓力對她的健康狀況不好。」

「我想應該能安排。」

「新鮮空氣也對她有益。潛水艇中的空氣很悶，也不太衛生，這對她的肺不好。」

「你是說，我們應該升上海面，讓她待在甲板上一陣子？」昆斯勒似乎考量了一下，才提出反對。「恐怕不可能。」

「誰掌管這艘船？」福爾摩斯說。

「當然是我了。還有誰呢？」

「那你隨時都能讓你的潛水艇浮上海面。」

「沒錯。」

「你已經證明了自己正直的氣節，你看不出華生的要求合理且有醫學憑據嗎？」

「我得跟上行程表。我們可以在恰當的時機上浮，不過，絕對不可能讓囚犯在甲板上自由行動。」

「那不是你的決定。」

「我覺得是，福爾摩斯先生。」

「不，你誤會了。我指的是，馮·赫林男爵已經為你做出決定了，不是嗎？只要他在這裡，你就不是這艘船真正的主人。我想，如果你有選擇的話，就會答應我們的請求，但大使閣下要求你不要對我們心軟。」

「他允許我讓你們搬到這間艙房。」

「但除此之外，他的意思非常明確：我們隨時都得受到嚴格管制。」

「你要我違抗他？」昆斯勒頑固地說。「不可能。」

他轉身離開。在外頭站崗的水手對我們嚴肅地皺眉，並拍拍掛在肩上的步槍槍托，讓我們知道他不會鬆懈。接著他用力關上門。

「你為什麼要激怒他，福爾摩斯？」我說。「昆斯勒可以成為有用的盟友。我覺得他不喜歡馮·赫林，只是他無法開口這麼說。他甚至可能會不相信馮·赫林，察覺到大使體內你我都清楚那東西存在的狡猾邪靈。我們或許能因此扭轉局勢。」

「沒錯，老朋友。我只是想刺激昆斯勒，以觀察他對馮·赫林有多忠心。忠誠度確實很高，但底下有股叛逆的情緒，我們遲早可以用上那點。」

「由於你惹毛他了，現在要激起他的同情，會有點困難。」

「別太篤定。再說，要得到成果，就得先種下因子。」

之後有名水手帶了嗎啡和針筒過來，他看著我為史密斯小姐注射藥劑。女孩很快就睡著，呼吸也變得輕鬆些。我把耳朵貼上她的胸口，傾聽能顯露病情的劈啪聲，那代表她上層肺瓣中的肺部結節。除非她得到充足休息，並吸入良好空氣，否則這些病變處不會痊癒。我打算就此事催促昆斯勒艦長，有必要的話，也得向馮·赫林告知此事，不然的話，史密斯小姐的病情會嚴重惡化，使她虛弱到無法飲食，逐漸死去。

＊＊＊

接下來的四天，我的生活便在與福爾摩斯一同關在雙臥鋪艙房，和照顧隔壁病人之間交替。現在看來，SM *U-19*顯然不會停靠在任何德國北海的港口，根據福爾摩斯的計算，從持續強力運轉的引擎估計，如果潛水艇以最高速十節前進，我們只要在幾天內就能跨越五百浬，並抵達布萊梅港。要到漢堡還需要一天半，包括沿著易北河（Elbe）航行的路程，由於我們沒有停靠在這兩處，我們的目的地似乎不是德國。自然還有羅斯托克（Rostock）和呂北克（Lübeck）等波羅的海港口，那何必一路環繞日德蘭半島（Jutland）去那些地點，並繞上有兩倍長度的遠路，最後還去相同的國家呢？

「不，」我的朋友主張道，「我們要前往截然不同的地方。但要去哪呢？目的地是哪？」

第五天，引擎持續不斷的轟鳴聲忽然減弱，當時我已經習慣了這種聲響，花了幾分鐘才注意到它變小了。接著出現了一陣緊湊的冒泡巨響，船首便開始上升。

「空氣灌進壓載艙了。」福爾摩斯觀察道。「我們終於浮上海面了。」

「現在呢？」我問道。「你覺得我們抵達目的地了嗎？」

有兩個水手來找我們，用槍將我們押到控制室，再從那爬上梯子，進入指揮塔。外頭的世界聞起來令人難以置信地甜美，潛水艇中不通風的空氣變得相當不新鮮，已經帶來了壓迫感，瀰漫著機油與沒洗澡的人體散發出的濃烈臭味。我愉快地吸入全新的空氣，同時瞇眼看著明亮的陽光，因為我的雙眼已經習慣昏暗的電燈微光了。

有六名水手早已駐守在甲板上，和護送我們的水手一樣，他們也攜有武裝。臉色嚴肅的昆斯勒艦長也在那等待我們。

對我而言，他們看起來很像行刑隊。

「福爾摩斯……」我輕聲說道。

「西班牙。」他回答。

「你說什麼？」

「或許是葡萄牙。海岸線在我們東邊，你可以在地平線上看到它，從我們的行動速度看來，比較可能是西班牙，而不是葡萄牙，但絕對是伊比利半島。你能感覺到空氣中的暖意嗎？這是南緯地區的暖意。我們在水底穿過了比斯開灣（Bay of Biscay），這是睿智之舉，因為這一帶的海況非常惡劣。既然到了和緩氣候，我們就能在海面上航行，速度也能更快了。不是嗎，艦長？」

聽見福爾摩斯推測的昆斯勒點了點頭。

「但是，」我說，「我們應該是要被處決了。他們會射死我們，再把我們的屍體丟下船，我們目前的位置哪裡重要了？」

「射死？我不這麼認為。」福爾摩斯說。「馮・赫林男爵在哪？如果這是我們人生最終的時刻，或我們最終的致意，他難道不想在場目睹嗎？」

「他不久後一定會過來。」

「嗯，無論如何，我們都應該善加利用這次機會。伸展伸展雙腿吧，享受有限的自由。」

我們在潛水艇上來回踱步好幾次，雙腳在甲板的鋼板上發出鏗鏘聲，武裝守衛則虎視眈眈地盯著我們。從這段距離看來，狹窄的海岸線比鉛筆筆劃寬不了多少，令人感到痛苦又充滿誘惑。如此靠近，卻又過於遙遠。

有人從指揮塔中走出來。我以為是馮・赫林男爵，卻訝異地看到康明斯太太、葛雷迪，與史密斯小姐。史密斯小姐踉蹌地踏上甲板時，我趕過去攙扶她，她靠著我好支撐自己，眼神朦朧且困惑地窺探周遭。

「放輕鬆，史密斯小姐。」我說。「盡量多吸收新鮮空氣和陽光。」我沒有告訴她，自己擔心我們即將面對死亡，我希望她在世上最後的時光能盡量舒適點。

我們在戶外待了整整半小時。隨著時間過去，我對無法逃避的死亡所抱持的憂心逐漸散去，除非昆斯勒艦長出人意表地殘酷，刻意延長我們的痛苦，否則我們並不是要面對處決，對方是向我們展現罕見的同情。

我們該回到艙底時，我和昆斯勒四月相交，對他感激地點了下頭。

「看吧？」他說。「我不是怪物，醫生。我費了點工夫說服大使閣下，我讓他了解，讓我們的乘客維持健康對他才有利。我擔任潛水艇員快十年了，踏出艦艇囚房外的時間儘管短暫，卻是無價珍寶。」

「我由衷感激你。」

「我不曉得男爵為何對你和福爾摩斯先生抱持這麼高的敵意，我也不該過問。我清楚你們是德國的敵人，你們得為謀殺維特・馮・波爾克負責，他是我國最優秀的人之一。」

「那並非事實。」

昆斯勒依然繼續說。「但比起政治，大使閣下和你們之間似乎有私怨。我注意到了這點，認為私怨和政治不該混為一談，兩者之間應該有明確的界線。我言盡於此。」

我們往下走回SM *U-19*的船艙，之後潛水艇便再度出發。昆斯勒的話語依舊在我心中迴盪。我覺得他是個充滿榮譽心的人，他甘冒風險，為我們向馮．赫林懇求待在甲板上的機會。他顯然不曉得，自己面對的不只是國內名人，還是個骯髒的外來意識，馮．赫林做出任何決定前，都會尋求對方的建議。儘管如此，為我們求情依然充滿危險。我很仰慕他的勇氣。

＊＊＊

我決心要在昆斯勒身上碰運氣，詢問是否能拿到筆和紙。

「要做什麼？」他理智地問道。

「我是作家。」

「我清楚這點。我讀過你的作品，譯者是寇特．馮．瑪斯格雷夫（Curt Von Musgrave）。」

「我聽說他翻得不錯。」

「儘管我們兩國之間有所差異，你的作品在我的祖國依然很受歡迎。你想在我的船上繼續寫作嗎？我完全不反對，這不會造成問題，但我自然得和大使閣下討論。」

「當然了。」

過了一陣子，一名水手帶了筆、墨水和空白日誌給我，日誌封面有《日記》（*Tagebuch*）的哥德字體浮雕。我得知這些是船長自己的用具。

我得承認，手邊有寫作工具的感覺很好，將自己的思緒寫在紙上，有種療癒效果，也難以擺脫這種習慣，而且，既然我們得在潛水艇上待上一段期間，除了治療史密斯小姐外，有其他事讓我分心，我想或許對自己有益。於是我開始撰寫航海日記，隨後的書頁中則涵蓋了內容摘錄。從許多層面看來，日記幫助我保存了自身理智，不受無聊、倦怠與畏懼所苦，它是條救生索。

第二十八章　我的航海日記摘錄

Excerpts from My Diary of the Voyage

九月二十四日，星期六

我們已經在海上待了一週半。福爾摩斯和我已經學會照固定行程生活，和水手一樣，也無異於囚犯。我們記下度過的時間，清楚艦艇的四小時班表周期，艙房外的衛兵換哨時，我們也會察覺。用餐時間則是另一種計時標記，也是從無聊中解脫的放鬆時間，雖然很難將艦上廚子的手藝產品稱為高級料理。德國人為何這麼喜歡醃肉？就連水煮德式酸菜都加了幾條培根。

史密斯小姐的病況明顯好轉，我也逐漸減少嗎啡用量。良好的睡眠刺激她的身體治癒自己，但她依然尚未痊癒。水手們知道這點，也避開她，彷彿她染上了瘟疫，或許這算是精準的譬喻。

至於福爾摩斯，則陷入怠惰之中，當他的腦袋無事可做時，經常會發生這種狀況。他大多時間都躺在臥舖上，有時沉默孤僻到彷彿陷入昏迷。我只能憑空猜測他漫不經心且半睜的雙眼底下，究竟在盤算什麼。

除非天候不佳，否則我們五名俘虜每天都能上甲板一次。他們依然不夠信任我們，因此武裝守衛也會待在上頭。但我們的綁架者究竟認為會發生什麼事？我們會跳進水裡，游泳逃命嗎？要游到哪？距離最近的陸地位於幾英哩外，路過的船隻太遠了，不可能向它們求救。就算在露天環境下，我們也是囚犯，寬闊的藍色大海是我們的囚籠。

九月二十六日，星期一

馮．赫林男爵待在自己的艙房，自由發號施令，控制福爾摩斯和我。有時我們會透過隔牆聽到他和昆斯勒艦長交談，不過我們聽不見對話內容。我們也會聽到他四處走動，有時是低聲自言自語，但僅此而已。

我問過福爾摩斯，自己的宿敵一直待在附近，讓他有什麼感覺，他的回答是：「我已經在拉盧洛伊格的陰影下度過十五年，你也一樣。現在感覺差異不大，只不過是同一個對象的實體化身。」

「如果我有機會，會樂於掐死那個惡棍。」

「萬一這種事發生，如果昆斯勒沒接到殺害隔壁其中一位小姐的命令，我會感到相當震驚。接著，等我們因傲慢行徑遭到懲處後，拉盧洛伊格只會像八目鰻一樣依附到別人身上，一切就會回復到之前的狀況。祂可能會鑽進昆斯勒的意識中，艦長是最合理的下一個合適宿主。」

「昆斯勒缺乏拉盧洛伊格能利用的先天墮落性質。」

「你相信他的心地純潔到能抵抗隱匿心靈的引誘嗎？嗯，或許吧，但就算是最優秀的人，都可能屈服於權力與地位躍升的誘惑。除非測試過，不然永遠無法確信人心中的正直氣度。華生，我建議你別迷失在反抗和報復的幻想之中，為了必要時刻，省省自己的體力。」

「但你在設想扭轉局勢的方法了，不是嗎，福爾摩斯？拜託讓我安心點。」

「我正在處理，老朋友。」

九月二十八日，星期三

午夜後不久，在大夜哨之間，我在我們艙房內的小摺疊桌上寫下這篇日記。福爾摩斯正在熟睡，我睡不著，今晚我內心充滿各種疑慮與壞預感，也亟欲透過寫下這些思緒，好將它們從心中排除。我怕我們再也見不到英格蘭了，我怕福爾摩斯和我無法達成解救三名女子的承諾。我最害怕的是：夏洛克・福爾摩斯已經放棄了。除了鬱鬱寡歡和打瞌睡外，他什麼也不做，看起來比鬱悶還糟。他似乎戰敗了，我對他又哄又罵，但毫無成效。

這就是拉盧洛伊格的計劃嗎？讓我的朋友變得麻木不仁，從而擊敗他？假若如此，祂或許終於找出了致勝策略，一切也毫無希望了。

九月二十九日，星期四

今天福爾摩斯再度恢復活力，不過只有一下子。

稍早，吃過早餐後，**SM** *U-19*的速度變得極度緩慢，並展開一連串微妙的動作，包括轉向和側向偏移，之後則靜止不動。隨後船隻上下傳來各種聲響：叫聲、碰撞聲、鏗鏘聲、甲板上的腳步聲和人們來回衝過我們艙房的奔跑聲，以及潛水艇的儲水槽中液體噴濺晃動的聲響。

水手送午餐給我們時，噪音依然沒有停止。數天來首次擺脫麻木狀態的福爾摩斯，問水手我們在哪。「我們顯然進港了。」他說。「地點在北非沿岸某處，我猜得對嗎？」

「拉巴特（Rabat）。」對方回答。這位水手是個名叫沃夫岡（Wolfgang）的年輕人，他是一年級的海軍學員，也是艦上階級最低的成員。他只有十七歲左右，似乎很討人喜歡，舉止得宜並受過良好教育，英語程度也很不錯。我得知他爺爺是位退休上將，沃夫岡也希望追隨他傑出長輩的腳步。

「啊，摩洛哥。」福爾摩斯說。「由於我們通過了直布羅陀海峽，我猜我們並不是要前往地中海，而會繼續南下到非洲的大西洋沿岸。」

「我不曉得，先生。我想是吧。」

「我們會停靠多久？」

「幾個小時。」

「等船員們把補給品裝上船，他們會上岸休息一陣子，不是嗎？」

「我不會，但大多人會上岸放假。根據勤務輪值表，我和少數幾個人得留在潛艇上。我在下一個港口才會下船。」

「你想念待在漢諾威的女朋友嗎，沃夫岡？」福爾摩斯說。

「我的……？」男孩看來嚇呆了。「你是怎麼……」

「她的名字是洛特（Lotte）嗎？」

現在他變得目瞪口呆。

福爾摩斯和善地搖搖頭。「你最近寫了封信給她，應該是請某位水手幫你去城裡寄信的。墨水乾掉前，你的手曾靠在紙頁上，可以在你的手掌外緣看見幾個字，文字左右相反模糊，但依然可供辨識。上頭有兩部分的拼字，一個是『e–i–b–c–h』，那必定代表『*liebchen*』[43]，通常只會對情人使用這種親暱字眼。另一個則是『Hanov』，那只可能代表漢諾威（Hanover），這是很簡單的推論。」

「但你怎麼曉得她的名字？」

「關於這點，我承認自己作弊了。前天，我偷聽到你兩位同袍在艙房外低聲提到這個名字。他們的語氣頑皮但深富感情，像是長輩對深陷初戀的年輕人會做出的反應。我敢打賭，他們口中的洛特，

43　譯注：德語意思為「親愛的」。

就是你的『*liebchen*』，可能性非常高。」

沃夫岡離開艙房時，神色彷彿剛見識了精采魔術，儘管聽到把戲內容的解釋，熱情卻依然不減。

「你交了朋友。」我說。

「這孩子容易受到影響，即使我只略施小技，也能在他身上產生效果。」

「看到你展現身手，真是太好了，我已經開始感到擔心。」

「我知道。『他似乎戰敗了。』你昨晚這樣描寫我。」

「怎麼……？你看了我的日記嗎？」比起生氣，我感到的則是丟臉，但我用怒氣來掩飾羞辱感。

「我不需要看它，只是看你寫字。對觀察仔細的人而言，筆桿頂端的動作，會揭露筆尖寫下的文字。」

「你好大的膽子！」

「這個嘛，」我有些戒備地說，「你確實看起來戰敗了。」

「外表會騙人。」

「看在我們所有人分上，我希望如此。」

九月三十日，星期五

我們在昨天半夜離開拉巴特，潛水艇已裝滿柴油、乾淨的水與食物。上岸放過假的水手開心地回來，哄堂大笑並醉醺醺地唱歌，不用會說流利的德語，也知道歌詞內容十分下流。

「大約五小時。」福爾摩斯說。「這就是他們的假期長度。」

「怎麼了？」

「五小時，華生，當時只有少數船員控制這艘潛艇。」

「老天爺。」我壓低音量，以免隔壁的馮．赫林聽見。「你說的是我心裡想的事嗎？」

「我們無法對抗SM *U-19*上的三十幾個人，但對上只有六個人左右的少數船員……？問題是營造出正確條件。我們需要藉口，和某種欺敵方式。」

「我洗耳恭聽。」

「但我得思考。」

福爾摩斯不願再多說，但知道經歷了一大段無所事事的怠惰期後，他正認真考量逃脫方式，讓我為之一振。他終究沒有放棄，我想知道，是否因為得知我以為他認輸，他才一鼓作氣。自己最好的朋友對他感到絕望，他的驕傲似乎無法忍受這種事帶來的恥辱。

我還是有用嘛！

十月四日，星期二

史密斯小姐的精神變好了。她的臉頰回復了血色，咳嗽發生的時間變短，間隔變長，唾液中也幾乎沒有血絲。她的胃口很好，我相信危機或許已經結束了。

並不只是因為我的照顧才使她康復，康明斯太太與葛雷迪小姐也幫了忙。她們不斷為史密斯小姐提供支持與鼓勵，和我一樣照顧著她，可能還出了更多力。

這三名女子的適應力都很強。這是我對女性長期以來抱持的想法：她們比男性更強大，我指的不是發達的肌肉，而是耐力與心理韌性。女性在正常生活中，能比男性承受更多苦難與不適，這使她們擁有忍受困境的能力，也能克服困難，男性只能羨慕這點。每次我踏進她們的艙房時，都能感受到潛伏在嚴苛狀況下的同袍情誼與熱情。三人之間產生了姊妹情誼，也從中得到撫慰。

最終我們逃向自由時，這點應該能幫上我們大忙。福爾摩斯猜測說，他想出的計畫大綱，也需要女子們全力合作與配合。

「她們是我們的祕密武器，華生。」他這樣說過。「當別人將她們視為『虛弱又無助的女人』時，我們成功的機率就增加了。你和我也得表現的溫順些，我們表現消極越久，綁架者就越得意。正確時機很快就會到來。」

第二十九章　航海日記中的更多摘錄

Further Excerpts from My Diary of the Voyage

十月十二日，星期三

我們繞過了西非南部，正在跨越幾內亞灣。天氣十分悶熱，烈日曝曬著一切。SM *U-19*穿越浪潮時，艙內變得炎熱潮濕，比先前更加令人難以忍受。正午時，裡頭就像是熱帶溫室，鋼牆上滴落凝結的水珠，水手們倦怠且笨手笨腳地走動。我躺在臥鋪上流汗，讓我的思緒隨意晃蕩，沒有力氣做其他事。

根據沃夫岡的說法，我們明天會跨越赤道。沃夫岡成了固定為我們送餐點來的船員，我想，他是自願扛起這個職務的，其他船員也樂於讓他接手。他們似乎很喜歡他，把他當成船員的同時，也把他當作吉祥物，刻意寵他。福爾摩斯似乎也對他發出同樣的寵溺。

十月十八日，星期四

我們抵達第二個補給站，安哥拉的本吉拉（Benguela）。

福爾摩斯說，正確的逃跑時機還沒到。安哥拉是葡萄牙的地盤，五名英國逃犯不容易在此找到庇護所。

我們還得等多久？

再說，潛水艇還要航行多遠？這趟旅程的終點是何處？

我開始懷疑終點是否存在，或許旅程永遠不會結束。

十月十九日，星期三

沃夫岡不太喜歡他昨天的上岸假。他描述說，本吉拉繁忙且滿是塵埃，到處都是對他糾纏不休的討厭當地人，不是向他乞討，就是試圖賣小飾品和賣相醜陋的街頭小吃給他。而且，有扒手偷他的東西，奪走了他的錢，更糟的是，對方偷走了一條繡有交織字母的絲質手帕，那是他心愛的洛特送的禮物。沃夫岡是個涉世未深的年輕人，長大過程中似乎備受保護。這趟航程或許能使他成長，但我擔心這反而會使他崩潰。

不過，他依然禮貌且尊重地對待福爾摩斯和我，和其他水手不同的是，他放下了對我們的戒心，態度相當可親。他告訴我們，等他升上軍官，就會向洛特求婚。她是個美女，來自良好的漢諾威世家，雙方的父母都會同意這樁婚事，我也希望他幸福。

十一月四日，星期五

在好望角附近遭遇可怕的風暴。由於這是艘U艇，我們潛至海域深處躲避風暴。在宛如漆黑子宮的海底，我們遠離了風浪侵襲。我們無視海上的狀況，平靜地往前航行。

沃夫岡說，我們應該要在開普敦靠港，但由於惡劣天候，我們會改向前往德班（Durban）。沃夫岡成為我們和潛水艇其他人員之間的資訊管道。他讓我們得知我們身處的地點，也提到船上水手的八卦：喝太多酒的水手長；誇耀自己上過所謂「每個港口裡的女孩」的舵手；以及半夜在臥舖上不住啼哭的輪機長，沒人知道背後的緣由。透過沃夫岡，我不再感到孤獨和與世隔絕，或許福爾摩斯也有同感。

今天我向沃夫岡詢問他對我們最終的目的地有多少了解時，他回答：「我一無所知，先生。船長沒說，馮．赫林男爵也沒講。我想是大使閣下制定航向，船長只是聽命行事。我們的任務和科學有關，這似乎十分明確。」

「科學？」福爾摩斯說。

「還有哪種可能？以目前的裝備看來，SM *U-19*不是戰艦。和其他U艇不同的是，她的甲板上並未裝設機槍，我們的魚雷掛架也空無一物，因此我們必定是在進行科學研究。你們在這裡的原因，是由於你們的專業，畢竟你們不可能自動加入我們，才會受到脅迫。無論你們喜歡與否，日耳曼帝國與皇帝可以善用你們的天分，這是很簡單的推論。」

對自己使用類似福爾摩斯的方式，對當下情形進行評估這點，沃夫岡顯然十分自滿。聽到福爾摩斯說：「你可能很接近答案了，年輕人。恭喜你，這是不錯的推理。」令他感到更加滿意。

沃夫岡離開後，我對福爾摩斯說：「你聽起來是真心稱讚他，他說對了嗎？」

「他猜對的部分，是馮．赫林必定認為每個人都以為這是場科學探勘。即使男爵沒有詳細解釋，船員們也會這麼覺得。我自己認為，拉盧洛伊格或許確實想從我們身上得到某種東西：無論是專業知識，或是別的東西。」

「一再試圖殺死我們後，現在祂需要我們活著？」

「需要，或覺得這是權宜之計。」

「萬一祂打算再度拿我們獻祭呢？就像祂還是莫里亞蒂教授時嘗試過的。」

「為了什麼目的？」福爾摩斯說。「拉盧洛伊格現在是神了，神明會接受祭品，不會自行獻祭。」

「那麼，祂是想無限期囚禁我們，把我們當作戰利品。」

「你可能想出頭緒了，華生。或許當外神終於擊敗舊日支配者時，拉盧洛伊格會將我們擺在祂的臣下前，當作戰利品炫耀。」

我訝異地揚起一道眉毛。「你覺得外神的勝利無可避免嗎？」

「在拉盧洛伊格的統馭下，恐怕沒錯。舊日支配者的戰況不佳，你知道，我一直在盡力追蹤這項衝突。你在第歐根尼俱樂部問過我戰事狀況，當時我沒有機會回答，現在我可以告訴你，上次我觀察時，舊日支配者居於劣勢。知道使用方式的人，可以將《死靈之書》當作占卜工具，就像江湖術士的水晶球。使用者可以和書溝通，並在夢境般的狀態下，『看見』高層宇宙領域發生的事。」

我想到，當我們從倫敦回到福爾摩斯的農場時（那似乎是很久以前發生的事，而不是僅僅幾週前），我曾聽到他在書房中自言自語，這一定就是他描述的溝通過程。

「聽起來是危險的行為。」我說。

「和《死靈之書》進行的任何互動都充滿危險。」福爾摩斯輕快地說出這句話，不過他眼中透露出一股嚴肅。「但我使用過它，它則讓我明白，舊日支配者幾乎全部戰敗了，外神們已擊潰並推翻祂們。伊塔庫亞[44]，伊格[45]，哈斯塔[46]等其他舊日支配者——祂們全都遭到擊敗、鎮壓與奴役。拉盧洛伊

---

44 譯注：Ithaqua，奧古斯特・德雷斯（August Derleth）在短篇小說《風行者》（*The Thing That Walked on the Wind*）中創作的舊日支配者。

45 譯注：Yig，外號為「蛇之父」的舊日支配者，首度出現於洛夫克拉夫特與吉莉亞・畢夏普（Zealia Bishop）共筆的《伊格的詛咒》（*The Curse of Yig*）中。

46 譯注：Hastur，由美國作家安布羅斯・比爾斯（Ambrose Bierce）創作的神祇，後來被羅伯特・錢伯斯（Robert Chambers）寫入《黃衣國王》（*The King in Yellow*），身為錢伯斯書迷的洛夫克拉夫特，則將祂導入克蘇魯神話中。

格統治天界的野心，不久後就會成功。只剩下一個舊日支配者，還沒有人挑戰過祂，自然也沒有戰敗的問題，拉盧洛伊格把祂留到最後處理。」

「哪一個？」我說，但內心已經半知道答案了，因為福爾摩斯在書房中說過這個名字好幾次。

「是哪個舊日支配者？」

「克蘇魯，偉大的克蘇魯。只剩下祂了。」

十一月七日，星期一

我們離德班只剩下一天的航程。福爾摩斯暗示，明天我們或許可以計劃逃跑。他向我透露了計畫。由於諸多理由，我並不喜歡這個計畫，它讓我感到不快，但我明白箇中道理，也相信它或許會成功。

我去女子艙房進行固定治療時，悄悄對康明斯太太、葛雷迪小姐與史密斯小姐提起此事，她們也都同意參與。

明天，我們的苦難就會結束了。

第三十章　航海日記中的其他摘錄

Yet Further Excerpts from My Diary of the Voyage

十一月八日，星期二

我沉重地寫下這篇日記。我崩潰了，我從來沒感到如此垂頭喪氣且沮喪過。我們差點成功了，就差那麼一點，卻在最後一步失敗。

你真該死，夏洛克．福爾摩斯！

不，我不該怪他，我和他一樣有錯。

我會冷靜又客觀地寫下事情發生的經過。

停靠在德班後，SM *U-19*的船員進行了繁瑣費時的裝載貨物與加油工作。和以往一樣，大多數人能短暫上岸放假。這給了我們一段時間（最多五小時），這時候潛水艇上人手不足，還停靠在港口邊。

此時黛博拉．史密斯的症狀忽然嚴重復發。她以前所未見的猛烈方式咳嗽，聲音大到能穿透我們艙房和女子艙房之間的隔牆。此時，沃夫岡剛好為我們送午餐來。

「老天呀！」我說。「聽起來很糟糕。」

「我以為那位小姐好轉了，醫生。」沃夫岡說。「她出了什麼事？」

史密斯小姐的絕望咳嗽聲響，現在還加上了她兩名同伴的驚慌叫聲。

「我不知道。」我說。「我最好立刻去看她。」

沃夫岡沒有關門，但外頭有個水手在站崗。他用步槍擋住了我的路。

「你聾了嗎？」我對他說。「你聽不見嗎？那女孩在受苦，她需要我。」

守衛或許沒有完全聽懂我說的話，但我的緊張神色與史密斯小姐發出的聲響，產生了強大說服力，他鬆懈下來，讓我出門。我衝向女子艙房，發現裡頭的黛博拉．史密斯倒在地板上，因咳嗽而癱軟。我把她拉起身時，她的嘴邊沾滿了濕潤的紅色污漬。

「天啊。」我說道。「感染似乎已經蔓延到肺動脈，並引發動脈瘤了。」從門口窺探的守衛，看到了史密斯小姐臉上的血。他看起來驚嚇又緊張，稍微放鬆了拿著步槍的手。

那就是福爾摩斯所需的機會。他衝出我們的艙房，把步槍從男子的雙手中奪走。他把槍反轉過來，用槍托往對方的頭用力砸下。水手發出一聲尖叫，便倒了下去，陷入昏厥。福爾摩斯轉過身，把槍對準沃夫岡。他扳動槍機，將一發子彈裝入膛室。

「別衝動，年輕人。」他說。「把雙手舉高。」

在此同時，史密斯小姐恢復鎮定並站起身，把自己的嘴巴擦乾淨。她的偽裝堪稱模範，她的同伴們也是。她很了解嚴重的咳嗽症狀，也能完美重現發病狀況。「血」其實是三名女子用最近餐點中的食物做出的逼真偽造品：主要是甜菜根、馬鈴薯泥和某種白醬。她們把這些材料儲存起來，並根據福爾摩斯提供的配方，將它們混在一起。

「做得好，親愛的。」我說，史密斯小姐則對我微微屈膝行禮，並點了一下頭，像是謝幕時的女演員。

我把女子們帶出艙房，這時福爾摩斯已經帶著沃夫岡走到我們前頭了。我們四人在控制室追上他們。沃夫岡看起來羞愧又窘迫，其他值勤的水手們則面露驚駭神色。

「你們得讓我們離開，」福爾摩斯告訴他們。「否則這小子就會死。」為了強調這點，他用步槍槍管戳了一下倒楣學員的背部。

「你不會射我的，福爾摩斯先生。」沃夫岡嘶吼道。「我懂你，你不會這樣做。」

「那你就不曉得我有多重視自己和朋友的性命，和我有多不在乎你的命。」福爾摩斯回斥道。

「我以為**我**是你朋友。」沃夫岡苦澀又冰冷的語氣，反映出深邃的背叛之情。

「你太天真了。」福爾摩斯對其他水手說：「好了，你們想怎麼做？你們要讓我們通過，還是要讓小沃夫岡送命？」

他並沒有真的給他們選擇，兩人都不想讓良心背負學員的血債。他們彼此對看一眼，意見一致的兩人隨即示意不會阻止我們。他們緊閉雙唇，但難以掩飾心中怒氣。

幾分鐘後，我們登上了潛艇甲板。德班的港口就在我們周遭，那是座龐大的潟湖，湖中滿布小島，湖畔也蓋滿了建築。明亮的太陽向繁忙的碼頭撒下熔爐般的強光，空氣中迴盪著碼頭工人的叫喊、滑輪的鏗鏘聲和吊鉤的沙沙聲。

有道跳板將SM *U-19*連接到潛艇停靠的碼頭。我們走下跳板，這是我們數週來首度踏上陸地。

「你現在會放了我，對吧？」沃夫岡悲哀陰鬱地說。「我不重要了。」

「恐怕還很重要。」福爾摩斯回答，「你得繼續待下來，直到我改變主意為止。」

「我瞧不起你。」

「沒辦法，我們該走了。」

我們鑽進一條走道，擠過拖著行李和貨物的搬運工、緩步閒逛的水手與骨瘦如柴的當地孩童，除了邊大笑邊亂跑外，孩子們似乎無事可做。福爾摩斯沒有再用步槍指著沃夫岡，但步槍依然吊在他手中，隨時準備在年輕人想逃跑時使用。我們很快就把港口拋到腦後，設法穿越繁忙扭曲的街道迷宮。

「我們要去哪，福爾摩斯？」我問道。在熱帶高溫中，我已經滿身大汗了。這讓我想起自己剛到阿富汗的日子，當時我的身體還沒適應當地氣候。

「當然是英國高級專員公署（British High Commission），那是最理想的避難所。除了名義上外，它等同於大使館，等我們到了那裡，馮．赫林就無法碰我們一根汗毛，不然就會害他的祖國嚴重蒙羞。」

「你知道地點在哪嗎？」

「不知道，但我確定當地人可以告訴我們地址。」

我們剛走上一條滿是店鋪的大道，那裡等同於德班的牛津街（Oxford Street）。人行道上擠滿路人，瀏覽櫥窗中的商品。

「比方說，像他？」我指向從另一個方向走來，身穿卡其色衣服的結實波耳人（Boer）。我主動向他打招呼，說：「好心的先生，我們迷路了。你可以告訴我們，英國高級專員的住所在哪嗎？」

「英國人，是嗎？」板著臉的人說道。他的臉露出冷笑神情。「你不記得的話，我們才剛和你們國家打了幾場仗，我幹嘛幫你？」

「禮貌。」我說。

「跟你們的基奏拿伯爵（Lord Kitchener）下令焚燒波耳人農莊時一樣禮貌嗎？和我們兩萬人在英國集中營裡死掉時一樣禮貌嗎？」男子往我腳邊吐痰。「去你的禮貌。自己找路吧，該死的傢伙，我沒痛打你們一頓，你們就該感激了。」

「拜託，先生。」沃夫岡脫口而出。「這些人挾持我。我是德國水手，我的制服可以證明這點。」

「德國人，是嗎？」

「他們威脅要射死我，你得保護我。」

我們的計畫陷入遭到揭穿的危機。我沒料到波耳人會對我們抱持這麼強烈的敵意，或是沃夫岡居然斗膽向對方求饒。沃夫岡認為福爾摩斯對步槍的事吹牛，他知道我的朋友不會對他開槍。

「是真的嗎？」波耳人說，忽然轉向福爾摩斯，並指向武器。

「一點都不。抱歉打擾你了，我們該走了，祝你日安。」

我們隨即離開，福爾摩斯溫和但緊緊地抓住沃夫岡的手肘，把他往前推。

「選得很糟，華生。」他對我低語。「你應該讓我處理的。我本來希望能找個比較高雅、敵意也比較低的人。」

「我怎麼曉得他會這麼不喜歡我們的國家？」

「像他這樣，有農夫的粗糙雙手與黝黑膚色的人？他當然會討厭英國人。如果他不是無情攻擊我國士兵的游擊隊之一，我才會覺得訝異。」

「好吧，還好沒事發生。」我輕快地說，一面往後看。波耳人看著我們走遠，並搔著他的頭。我在他臉上看見困惑的神色，對方也逐漸覺得有事不對勁。

「等等！」他喊道。

福爾摩斯加快腳步，我們其他人也仿效他。

「回來！」

波耳人開始向我們緩緩走來。對英國人抱持的敵意，使他用最惡劣的角度看待我們，沃夫岡的哀求只是加強了那股偏見。

「抱歉，小姐們，但我們得走快一點。」福爾摩斯對女子們說。

我們跑了起來。至少有五人這麼做，但沃夫岡止步不前，福爾摩斯得拉著他走。

「小子。」我警告他。「快來，別反抗。」

沃夫岡更堅持不動。

福爾摩斯放開了年輕人。「我們拋下他吧，他已經沒有用了。」

波耳人現在放聲大叫。路人紛紛轉過頭來，他的南非同胞開始騷動起來。

「阻止他們！」波耳人叫道。「他們是英國人，還在打壞主意！」

我們一夥人繼續往前跑，但少了沃夫岡。或許除了福爾摩斯外，我們之中沒有人的體能處於巔峰狀態。我的年紀拖累了自己，在U艇船艙內缺乏運動的好幾週，也使我的體力變弱。三名女子雖然還年輕，卻同樣因遭到囚禁而變得孱弱，而儘管史密斯小姐最糟的病況已經改善，整體狀態並不好，她馬上喘不過氣，腳步也變慢了。康明斯太太和葛雷迪小姐抓住她的雙臂，把她往前拉，但她幾乎無法再踏出任何一步。最後，她無可避免地絆倒在地。

我把她拉起身（她十分瘦弱，也輕得不像話），並催促她向前走，不過，她顯然無法再邁出任何一步了。她的臉色一片慘白，胸口也不斷起伏，看起來快要昏倒了。

「去吧。」我對其他人說。「我會和史密斯小姐待在一起。快去高級專員公署，如果有辦法的話，就找救兵來。」

叫嚷聲已變成震天怒吼，幾十個人邊叫囂邊追了上來。有群人打算阻止我們，包括一個五金行的老闆，他拿了把耙子當武器，還有個拿著巨大鐵鎚的蹄鐵匠。暴民很快就會包圍我們。

「把這拿好。」福爾摩斯把步槍遞給我。他抱起史密斯小姐，我們繼續奔跑。

我們在一處小巷轉彎，怒吼的群眾緊追在後，帶頭的是波耳人與沃夫岡。從後者凶狠的笑容看來，他很高興能佔據優勢，我想，他認為如果自己成功逮捕我們這些逃犯，對他的事業前景會有幫助。他會因為阻止了我們逃跑的企圖受到讚揚，而不是因成為人質而遭受輕視。老實說，我無法責怪他想報復我們的意圖，福爾摩斯刻意取得他的信任，並用殘忍的方式利用了這點，而我順著這個計畫走，也算是共犯。

在和我們剛經過的街道平行的下一條街上，福爾摩斯在緊要關頭避開撞上一名黑人，過程中差點使他懷中的女子落下。

「快。」他對嚇呆的男子說，從對方套在外衣上的圍裙看來，他是某種出外辦事的僕人。「英國高級專員公署在哪？」

黑人瞥見我們身後的白人暴民，看起來在心中盤算著。幫助我們，就會對追兵不利，對方民族和他的種族也依然會憎惡彼此。

他指向街道遠處。「在最遠端。」他說。「往右轉，高級專員公署就位在街角旁的大型建築。」

我們隨即出發，福爾摩斯向黑人揮了一下手表示致謝。

我們在街道盡頭轉彎，我看到聯合旗（Union Flag）在一處圍起來的建築群大門上飄蕩，後頭則是雄偉的兩層樓殖民式房屋。看到我國的國旗總會讓我感到開心，但我想不起那張旗幟何時曾讓我感到比當時更欣快。我們跨越最後幾碼，抵達門邊，要求在門內站崗的士兵讓我們進去。

「我們是英國公民，」福爾摩斯說。「是國王陛下的忠心臣民。我們需要避難所。」

三名年輕女子（其中一人顯然生病了）激起了士兵們的同情，追趕我們的大批當地人，也使他們確信我們身陷危險。他們無法忽視我們的懇求，於是打開了大門。我讓康明斯太太與葛雷迪小姐進去，福爾摩斯則將史密斯小姐小心翼翼地放在地上。她蹣跚地跟在兩名女子身後，她們牽起她的手，指引她走向建築物的前門。

我打算跟上她們，但隨即察覺福爾摩斯沒有打算過去。

「來吧，老傢伙。」我說。「我們成功了，我們安全了。」

福爾摩斯緩緩搖頭，我覺得他還流露出一絲悲傷。

「對你來說結束了。」他說。「對我而言還沒。」

「你到底在說什麼？」

「我得把這件事辦完。我不能讓拉盧洛伊格在無人看管的狀況下，繼續進行計畫。再會了，我的朋友。」

他轉身面對追來的人群，並把雙手舉到頭頂，以示投降。

「福爾摩斯。」我說。「福爾摩斯！看在老天分上，這太瘋狂了。」

「我們會再見面的，華生。等我回到英格蘭，第一件事就是聯絡你。」

我短暫考量過開槍射他。我只會讓他得到擦傷，在他腿上留下一小道傷痕，不是會造成生命危險的傷口，但足以使他動彈不得。接著我就能把他拖進高級專員公署，他也無力阻止。

「不。」我低聲說道，接著叛逆地大聲重述。「不！」我對士兵們說：「確保那三個女孩得到照顧。其中一人的肺癆症狀正在康復，等她們的體能好轉，就得被送回英格蘭。我的名字是約翰．華生醫生，而那個瘋子是夏洛克．福爾摩斯先生。我們其中之一會支付所有開銷，你們明白嗎？」

大惑不解的士兵點點頭。

我丟下步槍，快步追上福爾摩斯，同時也舉起雙手。

「我不會輕易原諒你的，福爾摩斯。」當人群包圍我們時，我說道。

「我也無法原諒你不陪那些女人進入高級專員公署。」

「你從來沒打算讓我們抵達那裡。」

「我們所有人？不，女人們該去，或許還有你。我當然不行。」

「抓住他們。」沃夫岡向暴民下令，好幾隻手粗暴地抓住我們。

沃夫岡似乎具有天生的權威氣度，這必定是承襲自他的上將爺爺。只需要發生這種事，就能使他的特質浮現。

「這兩個人是德國的囚犯。」他用同樣的跋扈語氣繼續說道。「他們也因謀殺一位德國公民而遭到懸賞。」無論他信不信和馮．波爾克之死有關的謊言，也依然願意用這點來達成目的。

我們周遭的人用南非語憤怒地低語著。我回頭看那兩名英國士兵，他們無助地盯著面前的狀況。他們禁止干涉任何發生在高級專員公署外的事，只在公署內有司法權。

沃夫岡清楚當地人站在他這邊。**我敵人的敵人就是朋友**。他請眾人將我們送回港口。

我們還沒走遠，昆斯勒艦長就和潛水艇上的兩名軍官現身了。

「有名船員通知我說你逃跑了，福爾摩斯先生。」昆斯勒說。「我有種感覺，你和你的同伴們可能就是這場騷動的源頭。我從來沒想過你會大膽到做出這種事，我顯然錯了。」

沃夫岡迅速把我們逃跑的細節告訴他，只稍微美化了他在重新逮到我們的過程中扮演的角色。

「你是說，我們失去了那些女子？」昆斯勒問他。「你確定嗎？」

「她們已經遠離你的手掌心了，艦長。」福爾摩斯說，「就連馮．赫林男爵都不敢為了奪回她們，闖進英國領土。但你還有我和華生，該滿足了，我們會跟你們走。」

昆斯勒明白自己應該知難而退。他恭喜了眉開眼笑的沃夫岡，接著對群眾介紹了自己的階級，並說自己會接手處理。他很感激大家的協助，南非人也應該知道，無論是現在或未來，德國永遠是他們的盟友。

我不確定他的聽眾是否相信這種誓言，但他至少向他們保證，這兩名由他逮捕的英國人，會因他們犯下的罪行面對司法。這對他們而言就夠了。

因此福爾摩斯和我再度回到這艘可惡U艇上的可惡艙房，現在潛艇正駛出德班港。門外有兩名武裝哨兵，而非一名，我們不可能再找到衛兵的空隙了，接下來都得待在這裡。

這都是因為福爾摩斯拒絕讓拉盧洛伊格不受阻礙地追求祂的目標，我則是拒絕讓福爾摩斯獨自行動，我們都是良心準則下的犧牲者。

至少女子們已經遠離危險了，我對此感到安慰。我們今天做了件好事，不過得付出什麼代價呢？

十一月十日，星期四

為了處罰我們的魯莽行為，他們不給我們食物。到了第二天，我們依然沒東西可吃，每個人也只有一杯水可喝。

苦行僧般的福爾摩斯似乎對這種剝奪處之泰然。至於我……

十一月十一日，星期五

我越來越難以忍受飢餓，我有股衝動，想敲門懇求食物。阻止我這麼做的唯一原因，是由於我不想讓綁架者知道我在受苦。我拒絕讓他們滿意。

十一月十二日，星期六

我似乎無法思考食物以外的事。我在這一頁和前頁的邊緣，都畫滿了蛋糕、大塊牛肉、火腿、布丁、派和其他佳餚，一想到它們，就使我流下口水。

福爾摩斯帶著隱忍承受飢餓，但我想就連他也開始崩潰了。我在夜裡聽到他呻吟，三不五時會看到他抓著自己的腹部。我自己的胃也相當痛苦，渴望能裝滿食物，飢餓像是在我腦中嚎叫的聲音。我一直感到頭暈，也虛弱到幾乎無法握住這枝筆，難怪現在的字跡成了宛如蜘蛛細腿般的塗鴉，連我自己都幾乎難以辨識。

這是場惡夢。我們是人類，德國人卻把我們當狗。

十一月十三日，星期日

我們的苦難結束了，他們送了食物來給我們。只有一碗清淡的湯和一小片麵包，但感覺起來像是盛宴，我們像兩個乞丐般大吃特吃。他們告訴我們，從現在開始，我們只會得到有限的食物，我認為這是為了讓我們保持虛弱，也是提醒我們別想再逃跑，但食物聊勝於無。

十一月十四日，星期一

馮．赫林男爵今天下午來找我們。我正開始想，直到我們抵達目的地前，都不會再見到他了。看到他出現在我們的艙房中，我說不上開心，但至少他緩解了我們對幾件事的好奇心。最重要的是，我們現在清楚*SM U-19*的目的地了。我得承認，知道這件事後，自己寧可處在幸福的無知之中。

他站在那，雙手靠在背後，姿態依然像個高傲的貴族。他堅持要關上門，讓他和我們獨處，並告訴守衛，自己不需要害怕我們。

「兩位。」他說。「我相信你們知道自己的錯了，你們下了個大賭注。」

「我認為結果不錯。」福爾摩斯說。「原本你有五個俘虜，現在只剩下兩個。我們的行為讓你蒙受損失，我們成功了。」

馮．赫林擺了擺手，彷彿在打蚊子。「女人們不重要，她們只是轉移注意力用的道具。在我們上半段的旅程中，你們極度專注在她們身上，無法想別的事。」

「上半段？」我說。「你是說，我們還得在這艘該死的船上待上好幾週？」

「六週左右。」大使說。「你們該自問的是，殺死你們本該是較為簡單的選擇，但我卻帶你們同行。」

「我想過這點。」福爾摩斯毫無自信地說。「我唯一得出的結論，是你需要我們做某件事。」

「我需要你們擔任證人。」

「見證什麼？」我問。

「當然是我最終的勝利，華生醫生。」

「真的嗎？」

「你質疑我嗎？」

我們必定正與拉盧洛伊格交談。根據我的判斷，隱匿心靈已經完全吸收了馮．赫林。在共謀了這麼久後，他們已經融合成單一個體，是神與人的完美混種。嗓音和儀態或許屬於大使，但引導一切的智慧則來自拉盧洛伊格。

「我的戰爭幾乎要結束了。」拉盧洛伊格繼續說道。「你們應該很清楚這點。在神界，我已經擊潰了舊日支配者。那些所謂的『偉大』生靈，在我們的攻擊下落敗，現在則在特別用於囚禁祂們的牢獄中凋零，而我被稱為至高神明。」他得意洋洋地說出這句話，並揚起平滑亮麗的頭，像隻被主人搔弄耳後的貓。「到處都能聽到恭維的聲浪，拉盧洛伊格的名號備受崇敬。我統治了幻夢境（Dreamlands）、最深處的太空深淵，與宇宙的每個角落……」

「事實上，是除了地球以外的每個地方。」福爾摩斯說。「在地球，幾乎沒人聽過拉盧洛伊格。」

「但這點即將改變。聽著，地球不同，地球是萬物圍繞的樞紐。它是諸神數千年來企圖爭奪的珍寶，等到其他地方都被征服，它遲早會屬於我。令人訝異的是，這顆卑微的小星球居然有這種重要性，但它的價值不在於內在。它的價值不是來自陸塊、海洋或冰冠，也不是動植物，而是在地表繁榮發展的人類，他們是良好的信徒，也是好用的奴隸。你們的種族擁有創造力和抱負、愛與恨、夢想與缺陷、對自由的渴望，和對受他人領導的矛盾渴望，讓地球得到有趣的風味。宇宙中確實沒有生物像人類一樣，沒有生物如此複雜又充滿反差，也只能在這裡找到人類。你們就是讓地球變得特別的因素。」

「你自己也曾是我們之一，拉盧洛伊格。」

「那是上輩子的事了。對創造我的黏土、生下我的子宮，和我羽化成蝶前的毛毛蟲，我並沒有情感。我已經超越那一切了。」

「儘管超越一切，但你依然想在勝利中揭開兩名人類的瘡疤。或許你還沒躍升到自己想像中的水準。」

「你之前這樣嘲諷過我，福爾摩斯先生。我只能說，在如你所言地揭開你的瘡疤後，勝利的滋味將更為甜美。既然你這麼難以抹殺，我覺得，或許應該隨時把你擺在我能看到的位置。在我行動中最重要的階段，那點特別重要，事情也將迎來高潮。我不能讓你出手干涉，那何不嚴加控制你，以確保事情成功呢？」

我依然對這個理由感到質疑。我覺得這和祂的目的背道而馳，更別提效果適得其反了。我想知道，花了這麼多年企圖殺害我們後，馮．赫林卻讓我們活著，是否有某種不可告人的動機？但即使如此，對我而言，動機依然模糊不清。

「殺死你和華生醫生或許合理些，」馮．赫林繼續說，「但羞辱你們……」他喜悅地嘆了口氣，彷彿自己啜飲了一口美酒。「那才是真正的勝利。你們得了解，自己多年來企圖阻止我，最後卻徒勞無功。你們浪費了時間，甚至浪費了生命。這樣，我才是確實擊敗了你們。」

「你似乎對此很有信心。」

「噢，是呀，當然了。之後我也不會殺你們，我想，我反而會讓你們活下來，像寵物一樣。你們的餘生都會畏縮啜泣地跟著我，你們的心智難以理解自身的龐大損失規模。你們遲早會敬愛我，會帶著愛意念出我的名字，因為那將是你們唯一的能力：愛著你們身兼凌虐者的主人。」

他臉上的笑容看起來十分可怕，它傳達出虐待狂般的愉悅，且器量如此狹小。它具有人與神最糟糕的特質，雙眼中也有感覺相同的眼神，那是長年惡霸訕笑般的駭人目光。我相信拉盧洛伊格會享受祂剛剛為我們規劃出的命運，也認為祂會拚命讓目的成真。

「那就沒什麼好的說了。」福爾摩斯斷言道。「你很清楚我們直到嚥氣前，都會試圖阻止你。」

「你們也知道自己會失敗。」

「或許吧，但我們得出手。撇開別的不談，我相信自己已經知道我們要去哪了。我之前就猜想過，疑慮現在已經變成肯定。」

拉盧洛伊格歪起頭。「目的地是哪裡？」

「照你的說法，我們還有六週的旅程。那會讓我們進入太平洋一段很長的距離，穿過印度，經過馬來群島，抵達太平洋距離任何陸塊最遠的位置，該區域就是所謂的『難抵極』（pole of inaccessibility）。」

「繼續說。」

「我相信我們都知道那裡有什麼東西，如果我沒說錯，那我就只能佩服你的野心，同時為你的魯莽感到痛惜。」

「是什麼東西？」我說。「我們會在『難抵極』找到什麼東西？」

「好了，好了，華生。」我的朋友責難道。「資訊就在你的大腦裡，你只需要把它找出來。」

我照做了，現在我心中瀰漫著最深沉的恐懼。拉盧洛伊格回到祂的艙房，繼續沉思、腐化，或冥想等祂數週以來在做的事。福爾摩斯和我還得坐上一個半月的牢，我不覺得自己能繼續寫這本日記了，這似乎毫無意義，它不會減緩壓力，或為我內心最深處的感覺提供出口，至少現在不行。那股壓力太過龐大，也難以表達這些感受。在紙上寫字有什麼意義？我們即將前往地獄，我認為那近乎事實，我們要前往地球上最類似冥府深淵的地點。我知道，去那裡的人不會再回到正常世界，就算他們回來了，也會徹底發瘋。我不敢相信拉盧洛伊格確實打算將該地設為目的地，不過，為何不這麼做呢？這很有道裡。祂只剩下最後一個大敵，為何不在祂家攻擊祂呢？

拉萊耶。

那就是我們的目的地。

拉萊耶。

這座惡夢般的半毀城市坐落在某座未知的岩島上，無名怪物則居住在地底墓穴中。

拉萊耶。

克蘇魯沉眠之地。

我們完了。

我們永世無法翻身。

第三十一章　拉萊耶

R'lyeh

在我寫下最後一篇日記那天的六週後，SM *U-19* 抵達了太平洋中央，該處海域異常平靜。我們停靠的最後一處海港，是威廉皇帝領地（Kaiser-Wilhelmsland）的辛普森港（Simpsonhafen），該處是德屬新幾內亞（German New Guinea）的一部分。對船員而言，這個保護國是他們國家的海外屬地之一，感覺起來肯定有點像家。從那之後，我們就深入東方，往龐大的太平洋深淵前進，文明離我們越來越遠。

有次我們碰上一群抹香鯨。我當然沒有看見牠們，但可以在潛水艇裡頭聽見牠們的聲音，叫聲穿透船殼，在整艘潛水艇中迴盪。牠們發出的呻吟與尖鳴令人難忘且感到憂鬱，對我而言似乎像是警告。鯨魚們要我們在太遲前回頭，繼續維持航向，對我們不會有好處。

我不禁想到，鯨魚這種海中巨獸相當睿智，我們也應該遵從牠們的建議。牠們無疑知道拉萊耶，遷徙時也會遠離那座島，如果U艇船員能理解牠們的意思，那就好了……

我不會假裝認為這些思維合理。當時我已經開始失去理智，日復一日地待在那間艙房裡，只靠最微薄的食物維生，已讓我感到孤立且失去感官能力，我化為一具空殼。我想結束這一切，我想像在艙房外牆上扯破一個洞，不知怎地只用雙手就辦到了這件事，讓海水湧進來淹死我。有時我用來喝湯的湯匙，看起來似乎和刀子一樣誘人地銳利。我能用它劃開動脈嗎？至少我可以用它噎死自己。

我不曉得福爾摩斯是否有類似的自殺念頭。我半不受控的心理狀態，使我無法太在意他。除了自身的苦難外，我沒辦法考量別人。

小沃夫岡經常送我們的餐點來，他的臉色現在只流露出惱怒與輕蔑，我們並未交談。昆斯勒艦長三不五時會來看我們，即使在德班騷動後，他的眼中依然保有一定程度的同情，但埋藏得比之前更深。假若他身處我們的立場，不會也做出同樣的事情嗎？我認為如此，但他似乎感到失望，彷彿我們是踐踏了他好心的客人。昆斯勒認為自己是仁慈的獄卒，他似乎沒發現，仁慈的獄卒依然是獄卒。

而拉萊耶每天都越來越靠近。

SM *U-19*放慢了速度，引擎聲降低為低沉嗡鳴。馮．赫林男爵邀請我們離開艙房，為了簡化敘事，自此我將只稱他為拉盧洛伊格。

「何不上甲板來，在我們接近目的地時四處看看呢？」祂說。「我覺得自己不該剝奪你們參與這項重大事件的機會。」

祂的意思是，祂不想剝奪自己見到我們最後屈辱時刻的機會。

我從未見過如玻璃般平滑的海面，它如同翠綠色糖漿般環繞我們，幾乎沒有動靜。有時會有浪潮鼓起，但那只不過是海面上的一點水泡，不會翻騰或破碎。U艇航越水面時，船首便傳出油膩的噴濺聲。

有股霧靄籠罩著一切，那不太像是普通霧氣，而是某種模糊的空氣，將地平線的視野範圍縮小成約莫一英哩左右。太陽也變得黯淡，光線染上了血紅色澤。

除了拉盧洛伊格和昆斯勒艦長外，還有群水手和我們一起待在甲板上。他們明顯感到憂慮，不過也盡可能掩飾這點。我觀察到一個以上的水手低聲禱告，昆斯勒自己看起來也很不安。他坐立不安，不斷移動雙腳重心，還用一隻手輕拍自己蓄鬍的下巴。顯然沒人見過這種海域，寧靜感十分古怪，就連馬尾藻海（Sargasso Sea）都沒有這麼陰鬱平靜。

有東西從左船幅外突破水面，發出嚇人的潑濺聲。沒人能確定那是什麼生物，但從我們的驚鴻一瞥看來，那是個體型龐大厚重的物體，外表充滿光澤。其中一人猜測那可能是海豹，另一人說是海豚，兩人都不太相信自己或對方的推論。

昆斯勒喊出一聲指令，指揮塔中某位水手立刻將命令傳達到底下的控制室。潛水艇再度放慢速度，直到航速變得比走路還慢。

接著，一座島嶼出現在霧霾之後。我想描述為它逐漸隆起，但它其實是悄悄逼近了我們。剛開始它像是海市蜃樓，島嶼微晃的漆黑形體不知怎地飄浮在海面上的半空中。它逐漸變得清晰立體，像是塊或許有懷特島（Isle of Wight）四分之一大小的陸塊，彷彿是某座深不可測的海底高山的尖頂。它由黑色岩石與諸多形態粗糙的綠色形體構成，這些形體看來像是人造物，但在近一英哩的距離外，幾乎看不出它們的本質。我猜它們是建物，但體積極為龐大，一定不是用於容納人類。

島上最明顯的東西是根石柱，從島嶼最高點升起，像是某種後世巴別塔（Tower of Babel）般往天空聳立。看著這座石柱，一定會認為豎立它的原因，是為了做出某種褻瀆的挑戰。它嘲諷了人類與建的所有尖塔、金字塔與金字形神塔，用它的高度與不需扶壁支撐的純粹簡單構造，貶低了我們所有的建築物。即使是當時紐約經常以驚人速度興建的「摩天大樓」，都比不上雄偉的石柱。

當我們滑行得更靠近時（SM *U-19*穿越那處特別濃厚的水域時的速度，只能稱之為滑行），石柱底下的建築物輪廓變得更明顯。每座建物都相當龐大，大多沒有窗口，並以翠綠色石塊建成，但除了尺寸和顏色外，大雜燴是最常見的景象，因為沒有任何建物完全相同。有些建物四處蔓延，有些搖搖欲墜，其他建物則外型低矮。它們的設計中似乎也看不到任何直角，有許多圓形邊緣、突起和凹陷的平面，以及銳角和鈍角，但到處都沒有規律性或對稱性。它們看起來像是巨人用古怪的異想天開想法建造而成，巨人們要不是不曉得幾何法則，就是傾向無視這些法則。

更靠近時，就能看到環繞島嶼的一圈油膩泡沫，以及覆蓋海岸線的黏滑水草，似乎從來沒有強浪將拉萊耶崎嶇的邊緣洗刷乾淨。我只能想像，這種平淡且死氣沉沉的沉靜氛圍，是終年都會發生的現象，彷彿島嶼坐落在永恆的無風帶中，不知怎地不受暴風雨和大浪影響。

我們改變航向，以便環繞島嶼周圍，昆斯勒也用雙筒望遠鏡掃視著，想找尋適合登陸的地點。他很快就瞥見一處彎月形的海灣，內側還有段泥灘，如果降低標準的話，可以稱它為海灘。它上頭矗立了一列高聳寬闊的石階，幾乎無異於懸崖。難以測量每道踏步立板的高度，但不可能矮於三英呎。石階並不是以方便人類攀登而建，某種更巨大的東西才會使用它們。

潛水艇停止行駛並下錨，船員從船艙內取出木製划艇的不同零件，靈敏地用螺絲和螺栓將之組合起來。半小時內，可供航海的登陸艇就組合完成，能夠容納八個人。

在此同時，拉盧洛伊格下令將福爾摩斯和我的手腕用繩子綁在背後。「如果你們又想逃跑，」他說，「這次你們就會更受限了。但我猜，至少你想和我們待在一起吧，福爾摩斯先生？這座島讓你感到驚奇，我可以從你的眼神中看出這點。」

船員將小艇放入水中，拉盧洛伊格跳上船，彷彿是個開心地要在湖上划船度假的人。幾個拿著步槍的水手，命令福爾摩斯和我照做。由於我們被綁住，需要別人協助才能上船。兩名武裝船員也搭上划艇，與其他三名同樣攜械的人一起上了船，三人之一正是我們之前的朋友沃夫岡，不過他並未攜帶步槍，反而帶了把手槍，更準確地說，是我的威百利手槍。我渴望地看了一眼那把左輪手槍，它是我超過三十年以上的盟友，沃夫岡注意到這點，並咧嘴一笑。

「我要求長官讓我使用這把槍，醫生。」他說。「也自願參加這次探勘。」

「沒人能比沃夫岡把你們看得更緊。」甲板上的昆斯勒說。「『一次被咬，下次膽小（Once bitten, twice shy）』，英國俗諺不是這麼說的嗎？」

「你不和我們一起來嗎，艦長？」福爾摩斯問道。

「我得當個好艦長，和船待在一起，會有人妥善照料你們。」

「哈！沒錯！」划艇中其中一名水手說。我認出我們在英格蘭偷偷登上SM *U-19*時，遭到福爾摩斯打昏的男人。在那之後，與我們在德班失敗的逃脫計畫後，已經過了很長一段時間。今天是節禮日（Boxing Day），由於在艙房中遭到隔離，使我幾乎沒注意到待降節（Advent）和聖誕節，我也沒有過節的心情。現在正是一九一〇年最後一週，這一年即將結束。

那名水手揉了揉沃夫岡的頭髮。「小沃夫岡會確保我們大家守規矩。」他說。「我們的小上將。」男孩似乎對這種關注感到受寵若驚且不悅。我看得出他在想，自己某天會指揮像這樣的人，他們也會對他敬禮，而不是對他擺架子。

其他人將兩個沉重的背包放到小艇上，我覺得裡頭裝了重要的補給品，像是食物和備用彈藥。我們似乎已準備好啟程了。

「艦長？」福爾摩斯對昆斯勒說。

「怎麼了，福爾摩斯先生？」

「如果你能整理一下我們的艙房，好讓我們回來後使用的話，我會很感激的。」

昆斯勒皺起眉，拉盧洛伊格則憐憫地搖搖頭。「我真不明白，都這個時候了，你居然還會想到物質享受。」他譴責道。「優先辦重要的事！」

「應該說財產優先。」福爾摩斯反駁道。「要求讓我們的臥鋪有好一點的床，並讓房間保持通風，太過分了嗎？」

「昆斯勒艦長不是開旅館的。」

「是嗎？那我怎麼簽了客人登記簿？」

拉盧洛伊格嘲諷般地哼了一聲。「沒人想理會你的輕浮，先生！」他對和我們一同待在划艇中的一名水手說道。他用德語要求對方把船推開，接著指揮另外兩人拿起船槳划船。

我們的小艇將船頭轉向島嶼，往那方向緩緩前進。船槳每滑一次，潛水艇這座鋼製避難所就變得更遠，陰森神祕的拉萊耶則逐漸逼近。登陸隊的成員心中都產生了憂慮，顯然只有拉盧洛伊格和福爾摩斯不受影響。城市與其中的巨型建物散發出惡意，島嶼的氣味也令人感到不適，因為我們很快就進入能嗅到泥巴與水草臭味的範圍，兩種臭味都有其獨特之處，但混在一起便令人作嘔。那股惡臭有種腐爛感，以及潮濕屍體般的味道。老實說，那就是死亡的臭味。

划艇在離階梯底部幾碼的位置擱淺，我們八人爬了出來，並迅速陷入深至腳踝的泥巴中。我們緩緩走上岸，開始攀登階梯，像努力攀爬正常尺寸的家中樓梯的幼兒般，爬上一道又一道的臺階。有層水草使攀登過程變得更為笨拙危險，因繩子而行動不便的福爾摩斯和我，則再度需要幫助。登上最頂端的臺階時，我們全身都沾滿了黏膩綠藻，也喘得上氣不接下氣。

建築物群在我們面前出現，面海的一端沒有門，也沒有矮到能供我們進入的窗口。它們擠在一起，呈現出要塞般的外表，像座抵禦想進入城裡之人的堡壘。

但拉盧洛伊格並未就此打住。他充滿自信地走在最頂端臺階的廣闊曲線上，臺階形成了某種走道，直到他停在兩座建築物之間的空隙。我們靠近島嶼時，我不記得看過這道空隙，但我也不敢說它原本就不存在。關於拉萊耶的一切，從建築物的大小到歪斜牆壁，都會引發迷失感。我猜，從特定角度應該看不見這道空隙，只有站在正前方才能看到它。但我免不了猜測，是城市偷偷打開了一道裂隙，好誘使我們進入。

總之，前方出現了一條街，蜿蜒在兩側的突起結構之間。在拉盧洛伊格的催促下，我們沿著這條街走進內陸，離開泥巴與水草散發出的可憎瘴氣。我們越是深入城市，身旁的沉默就變得越來越具威脅感。我們腳步聲的低迷喀噠回音，取代了海水打在岩石上的黏稠拍擊聲。

我偷聽到幾名水手憂心地用母語彼此低聲說話，他們的話語引來拉盧洛伊格漫長又巧妙的回應。看到我臉上的好奇神情後，祂便解釋說，水手們想知道這座城市的居民在哪。

「這裡似乎荒廢許久，」祂說，「卻維持著近乎嶄新的狀態。城裡應該有住人，不是嗎？但假若如此，他們在哪？」

「這是個好問題。」我回答，一面四處張望。「或許他們躲起來了。」我不喜歡認為可能有眼睛在觀察和評估我們，思索該怎麼處理這些入侵者。

「或許拉萊耶已經廢棄多年，居民也搬走了。」拉盧洛伊格猜想道。

「那為何它沒有崩解毀壞？」

「你見到島嶼周圍的海域有多平靜了，醫生，空氣也是同理。自然元素似乎不太影響這塊區域，我覺得風化與腐朽的正常過程，都已暫時停止，或許可以說，時間在這裡移動得比別處更加緩慢。你同意吧，福爾摩斯先生？」

福爾摩斯發出含糊的咕噥聲。

「好啦，好啦，先生。」拉盧洛伊格說。「我大老遠把你帶來這裡，不是為了讓你如此冷淡又板著臭臉。」

「等我能做出正確觀察時，就會做了。」福爾摩斯說。「在那之前，我會保留自己的意見。」

「等時機到來，就會有人需要你的意見，你也得提供了。」

「所以我才得待在這裡嗎？那就是你讓我活命的理由？我可能對你有用？」

「或許吧。」拉盧洛伊格說，語氣令人厭惡地神祕。「或許吧。」

＊＊＊

我們繼續往前走，過了一陣子後，水手們又開始低語。最後其中一人大聲開了口，他說，我們似乎在繞圈子，他相信我們在十分鐘左右前，就已經穿越剛剛進入的狹窄小廣場了。

我環顧周圍，也不禁感到同意。建築物看起來很眼熟，我先前注意到某座搖搖欲墜的建物，外表看起來像座歪斜的教堂尖塔。現在有另一座形狀與比例完全相同的建物聳立在我們頭頂，而它的對角處，則有座低矮複雜的結構物，多面外表看起來像是雕琢過的寶石，我也覺得之前看過它。

如果我們無意間走了回頭路，我也不會感到訝異。拉萊耶宛如迷宮，還具有諸多鮮明特色，而過多的特色會混淆訪客的感官，特別是方向感。最接近的比喻，是一個其中所有樹木都不同的叢林，但每棵樹看起來都差不多。

「福爾摩斯先生，」拉盧洛伊格說，「你覺得呢？我們迷路了嗎？」

「在沒有更多證據前，」福爾摩斯回答，「我不想提供意見。」

不久之後，我們抵達了和先前完全一樣的廣場，它確實就是同個地點，我們再度看到歪斜尖塔和相連的寶石狀建築。

率先觀察到我們在繞圈的水手罵了露骨的髒話，另一人則低聲發出慌亂的呻吟。我們似乎困在無止盡的迴圈之中，拉萊耶將我們如網中魚般誘入羅網。我們被迫繼續跨越城裡的街道，變得越來越困惑迷失，直到我們因疲勞與飢餓而倒地。

我有些吃力地壓抑這股幽閉恐懼。我轉向福爾摩斯，想求取慰藉，也希望能得到啟發。

「表面上看來，我們似乎沒有進展。」他說。「的確，這些建築彷彿打算混淆我們。它們有可能在我們沒注意的狀況下移動嗎？城市有可能在我們背後巧妙無聲地重組型態嗎？」

「荒唐。」我說，口氣中的輕蔑大過信任。

「比我們多年來一起見過的其他奇觀更荒唐嗎，老朋友？」福爾摩斯皮笑肉不笑地輕笑一聲，並補充說：「這個嘛，我自己也不相信。只有一種方式能斷定這是否只是巧妙幻覺，或者是設計來誤導粗心旅人，抑或是有超自然力量牽扯其中。各位，你們有人帶小刀嗎？」

拉盧洛伊格用德語傳達這個問題，其中一名水手從口袋裡拿出折疊刀。那個人就是福爾摩斯曾打昏的水手。

「在地上劃個特殊標記。」福爾摩斯說。

等馮・赫林傳達指示後，水手就在靠近廣場中心的圓形石板上刻下兩個字母，我猜那是他的姓名縮寫。

「我們繼續上路，看看情況如何發展吧。」福爾摩斯說。

果然，幾分鐘後再度踏進了廣場，水手在地面找尋圓形石板，找不到石板或刻下的縮寫。

大伙面露寬心笑容，甚至還發出笑聲。

「太棒了，福爾摩斯先生。」拉盧洛伊格說。「我就知道你會證明自己的價值，未來肯定有足夠的機會，讓你能運用你最自豪的智力。我建議你在還有這種天賦時，好好運用它。」

＊＊＊

我們並未進入廣場第四次，彷彿通過了測試，拉萊耶則允許我們暢通無阻地前進。我對此感到慶幸，但依然咒罵著構思出狡詐幻覺的惡毒建築。它們（或者是它們的後代）此時是否在高處往下望著我們，感到沾沾自喜，雙眼還閃爍著殘忍的喜悅？

我們當下所處的街道，是條比先前道路更寬闊的通道，但那些可怕特異的建築依然林立在兩旁，它開始往上傾斜，同時轉了大彎。它似乎在引導我們往島嶼上坡走，不過路線迂迴扭曲。此時我已經疲累不堪，兩腳痠痛，雙腿也感到疼痛，手腕上的繩子也開始造成擦傷，雙臂則因被迫維持同個姿勢太久而產生痙攣。整體而言，身心苦楚開始使我軟化，我覺得越來越難振作。

拉盧洛伊格似乎精力飽滿。「沒錯，」對自身本事感到滿意的祂說：「我知道如果我們不斷往內陸推進，遲早會抵達城市彼端。可以說，我們身處市郊，這條路似乎是通往島嶼內陸的主要幹道。」

「你不需要地圖，就能在這個陸塊上找出方向，可真是聰明。」福爾摩斯冷淡地斷言。

「能仰賴常識時，誰需要地圖？再說，」拉盧洛伊格展示般地揮了一下手，「遠處那根柱子一定就是個地標。」

「那根柱子就是我們最終的目的地。」

「當然了，還會是哪呢？」

將拉萊耶這塊區域形容為市郊自然有待商榷，但那裡確實較不擁擠，也更空曠。我們經過狀似野獸與惡魔的雕像時，水手們再度彼此緊張地低語，每個姿態歡欣的醜惡雕像，都比前一個來得更駭人怪異。許多建築的牆面上飾有淺浮雕，描繪出可憎儀式和無可名狀的墮落行徑。每個帶了武器的人，都把武器拉近身子，從能致死的冰冷金屬取得慰藉。我無心地告訴水手們，槍枝在這種地方的效用有限，如果城市中有居民，它們可能會是不懼怕子彈的生物，不然就是會以極大數量發動攻擊，在數目減少前，就使我們彈盡援絕。至少就我的過往經驗而言，這點確實沒錯。

我們繼續前進，往上坡走。前方的柱子變得更為高聳，也更氣勢凌人，像是座巨大燈塔，蜿蜒街道則無情地將我們推向它。我心中浮上一股暈眩，我原本將它歸咎於疲勞和長期缺乏運動與恰當的飲食，直到我發現大多數水手臉上也露出了相似神情。雕像與怪異的幾何形狀共同堆積起病態的影響，人心彷彿無法忍受那些往內彎的街角，和角度看似同時往內外延伸的平面，更別提陰森的雕像了。接觸這種東西一段期間後，會影響內心的正確判斷，精神上的失衡便會化為生理現象。有幾個德國人屈身吐出胃裡的東西，我差點也照做了。

我們上岸後，可能已經過了兩小時，或許更久，但最後我們抵達了第二列臺階，比第一列還窄，但同樣巨大：這一連串長方形石塊遠離了城市外圍，往島嶼頂端向上延伸。我們像攀爬之前的階梯一樣，爬上這些臺階，福爾摩斯和我需要輔助，直到我們來到那座傲慢的頂天石柱底部。

它的基座上有道門，真是道厲害的門！它的大小能夠容納一座穀倉（還是座體積龐大的穀倉），並由某種具有鑄鐵凹陷質地、和青銅微妙光澤的金屬雕成。

門上刻了一幅克蘇魯的肖像，這個烏賊、龍與人類的混合體眉頭深鎖，滿懷惡意地往下瞪視我們。這幅描繪最偉大舊日支配者的肖像碩大駭人，使水手們停下腳步。我記得自己在阿富汗首度見到克蘇魯塑像的經驗，也清楚這種東西能在毫無防備的對象心中激起的原始恐懼。所有水手都在它前方感到退縮，至少有二人看似準備拔腿就跑。

拉盧洛伊格用德語對他們說出慰藉的話語。我不太確定祂說了什麼，但我聽到了「德國馬克」，猜想他是用某種金錢誘因來刺激眾人前進。馮．赫林男爵口袋中的錢使人們開始虛張聲勢，他們立刻譏諷起門上的圖案，並嘲笑自己的怯懦。沃夫岡笑得比別人還響亮，但身為最年輕的成員，他得費最大的勁才能證明自己。

類似不對稱「M」型的拱形結構環繞著這道門，上頭鑲滿了正方形的石製突起物，每個突起物上都刻了不同符號。我認得幾個符號：其中有個古老印記[47]和恩蓋印記[48]，但大部分符號我都不認得。

47 譯注：Elder Sign，用於抵禦舊日支配者、外神與其眷屬的符號與手勢，出現於《印斯茅斯暗影》與《夢尋祕境卡達斯》（*The Dream-Quest of Unknown Kadath*）。

48 譯注：Seal of N'gah，洛夫克拉夫特曾在寫給克拉克．阿什頓．史密斯（Clark Ashton Smith）的信中同時提到古老印記與恩蓋印記，但恩蓋印記從未出現在洛夫克拉夫特其他作品中。

它們組成了某種訊息嗎？這可能是種警告，像是但丁（Dante）的「入此門者，摒棄一切希望」[49]？或者只是裝飾？

福爾摩斯饒富興味地看著它們，拉盧洛伊格也興致勃勃地望向福爾摩斯。

「怎麼樣，福爾摩斯先生？」拉盧洛伊格說。「你怎麼看？」

「根據我讀過的拉萊耶相關文獻，特別是關於我們面前這根柱子的資料，我們來到了克蘇魯居所的入口：這座地下住所被稱為祂的巢穴與陵墓。不過我們要如何進入，又是另一個問題了。我們的這類資訊來源：阿布杜．阿爾哈茲瑞德（Abdul Alhazred）和弗瑞德里希．威爾赫姆．馮．榮茲（Friedrich Wilhelm von Junzt），兩者對此都閉口不談。我們不可能只靠敲門就讓克蘇魯現身，也不可能有某種僕從或管家來應門。這扇門本身非常堅固，且無比沉重，我們不可能推得開。假設我們有足夠人力，我也看不到鉸鍊，少了鉸鍊，就代表無法以傳統方式打開這道門。沒有任何明顯的門鎖，就代表有某種隱藏機關，我目前推論得如何？」

拉盧洛伊格點點頭。「你的推論和我的相同。」

「你怎麼可能不曉得要如何進去？」福爾摩斯揚起一道眉毛。「真令人訝異，我以為強大的隱匿心靈知曉一切。」

「在這些人身邊，你得稱我為馮．赫林男爵或大使閣下。」拉盧洛伊格嚴厲地說。「其他名稱會混淆視聽。」

「當然了，大使閣下。」福爾摩斯語帶諷刺地說。「這些人絕對不能感到困惑，尤其是裡頭英語能力夠好的人。」

結果，沒有任何水手聽到先前的對話，所有人都忙著對克蘇魯的肖像表達出比別人更下流的評論。

「我覺得，」福爾摩斯繼續說，並將注意力轉回門上。「拱形結構上的石製突起物並不只是裝飾品，有別的功能。我甚至敢說，它們可能是重要的開門關鍵。」

「是某種按鈕嗎？」

「沒錯。」福爾摩斯走到最靠近的突起物，並嘗試用肩膀推擠它，只出了一丁點力。「對，有空隙了，它會動。我們在側邊看到的細小條紋，是因為它滑進滑出所造成，邊緣摩擦到容納它的凹槽，其他突起物上也有這種痕跡。我認為，這些突起物有點類似打字機的按鍵，也像是保險櫃上的轉盤。如果以特定順序按下它們，就會觸發機關，門就會打開了。」

「我同意。」拉盧洛伊格說。「我已經想出同樣的結論了，但我想看看你的想法是否和我相同。」

「我姑且相信你。」

「信不信由你，福爾摩斯先生。你和以往一樣，高估了自己在大局中的重要性。我得找出正確的按壓順序，如果你想的話，也可以提供意見。對我而言，這些符號似乎是隨機組合，出處各異，也沒有多少共通性。可能的排列數目近乎無限，就算我們從現在開始嘗試到世界末日，也不會成功。」

「那可能就是重點。」我說。「我們不應該進去，沒人應該進去。」

「你說的是希望，不是期許呀，醫生。」拉盧洛伊格說。「我不會輕易放棄，我決心要進去，也會

49　譯注：出自《神曲》（*The Divine Comedy*）的《地獄篇》（*Inferno*）。

辦到。事實上，我想自己剛才推斷出好幾個符號的主題性了。」

「我什麼也看不出來。」福爾摩斯說。

「那只證明了我們之間誰的智力更強。」

拉盧洛伊格接著跟水手們說話，並徵求自願者。根據我的理解，他想找善於攀爬的人。有隻手舉了起來。這位名叫法夫（Pfaff）的男子來自巴伐利亞，年輕時攀登過阿爾卑斯山很多次。拉盧洛伊格要他爬上石製突起物，用它們支撐手腳，並按照拉盧洛伊格喊出的順序，按下其中幾個突起物。

法夫迅速爬上左邊的突起物石柱，靈活得像隻猴子。他似乎急於（也不該怪他）向自己以為是馮・赫林男爵的人展現自己的攀爬技術。讓大使感到佩服的話，可能會讓自己獲得表揚，甚至是升遷。

他在石柱頂端停下，往身後看，前額流露出困惑的皺紋。他說有東西不對勁，他往下看……同時也往上看。

我看到他搖晃了一下，但他隨即搖頭，眨了幾次眼，重新抓穩突起物，似乎已重拾冷靜。

拉盧洛伊格要法夫注意他右邊的突起物，位置在「M」頂端的下斜線不遠處。祂建議對方先壓那個突起物。

法夫從側面沿著門楣移動，兩手交替抓握，現在他靠在一處稜角邊，幾乎只用雙臂懸吊自己。他左腳腳趾勉強碰到底下的突起物，右腿則架空。他移動時看起來毫不費力，上半身的力氣肯定很大。

他放開右手，抓向拉盧洛伊格指示的突起物。當他這樣做時，我發現福爾摩斯抿起嘴唇，臉上露出緊張的情緒。他不只是擔憂法夫的安危，我察覺到，我的朋友不同意拉盧洛伊格選擇的符號，但不願開口。

法夫成功按下了突起物。

每個突起物立刻同時往內縮，在沒有東西支撐法夫的情況下，他摔了下來。

但他沒有往下墜，而是往**側面**掉落。

他揮舞雙手尖叫，並往右側門框飛了二十英呎。他掉落的方式和垂直摔落的人相同，不過他是以水平角度落下。

他撞上門框時，發出一聲令人作嘔的嘎吱聲。他的身體彷彿毫無骨頭般地彈開，先前無法宰制他下墜方向的引力控制住他，他則摔落地面。

如果第一股衝擊沒有殺死他的話，第二股肯定奪走了他的性命。法夫的頭部先墜地，頸椎斷裂的聲音和槍聲一樣響亮。

我依舊趕過去測量他的脈搏，但答案顯而易見，法夫死了。

接著門逐漸打開。

第三十二章　黑暗中的亂語者

Gibberers in the Dark

金屬門板緩緩往上滑時，門上克蘇魯浮雕山羊般的雙眼似乎充滿愉悅。上升的動作伴隨著一股低沉巨響，彷彿有看不見的齒輪在轉動，棘輪則發出嘎吱聲，鍊子也鏗鏘作響。腳底的地面顫動著。

儘管突然打開的門讓水手們嚇了一跳，法夫的死卻使他們更為震驚。讓人心慌亂的原因，不是意料之外的悲劇，而是其中的異常性質。他的墜落違反了物理法則。

扭曲的屍體前，現在出現了一個洞穴般的龐大開口，裡頭只看得到黑暗。門已完全上升至視野之外，將門往上拉的機關則忽然停止運作。轟隆聲的回音繼續迴盪了一陣子。

拉盧洛伊格的表情十分開心，情緒強烈到近乎狂喜。相反地，水手們大感畏懼，幾乎準備抗命了。眾人氣急敗壞，爭執當場爆發。我有限的德語能力，不足以讓我徹底了解過度快速的對話，但大綱相當明顯。有鑑於發生在法夫身上的事，以及事情發生的過程，水手們主張我們應該立刻回到U艇。

拉盧洛伊格抱持相反觀點，小沃夫岡居然也附和他的意見。這個從來不錯過獲取上級歡心機會的年輕人，與馮·赫林男爵站在同一陣線，甚至說他會將離開的人當作逃兵射殺。水手們並不喜歡這種威脅，加上居然是個乳臭未乾的毛頭小子說出這種話，他還是水手中最年輕的成員。

爭論越演越烈。拉盧洛伊格比其他人吼得更大聲，也更有威嚴，好主張自己是水手們的上級。祂引用了皇帝的名諱，並謹慎地提醒所有人，皇帝是祂的私人好友，且再次重申自己為保持冷靜並維持目標的對象，所開出的高額金錢獎勵。對皇帝的忠誠和對金錢的愛，讓水手們再度聽話。

爭執逐漸平息時，福爾摩斯悄悄對我說：「拉盧洛伊格在撒謊，不然就是虛張聲勢，根本沒有解決方法。」

「你是說，按任何符號都會打開門嗎？」

「對，也不對。關鍵似乎不是石製突起物，需要的是血祭。拉盧洛伊格可能意識到了這點，才刻意讓法夫去送命。」

「你知道這點嗎？」

「不確定。」

「如果你知道的話，肯定會說些什麼，拉盧洛伊格就難以找到自願者了。」

「祂會駁回我的抗議，這就是祂的做法，法夫或別人依然會去送死。」

「祂的殘忍和冷血程度總是讓我感到訝異。」

「對拉盧洛伊格而言，這些水手都可供犧牲。今天結束前，如果我們看到更多人遭到利用和棄如敝屣，我也不會覺得驚訝。」

「我們呢？我們也可供犧牲嗎？」

「這得看情況。」

「我們不應該至少警告水手們，他們究竟惹上了什麼麻煩嗎？他們已經見識到島嶼蘊含的威脅，前方也只可能有更多更糟的東西。如果我們讓他們了解接下來的情況，他們或許就不會那麼順從拉盧洛伊格，也會讓祂更難以……」

「醫生？」拉盧洛伊格打岔道。「你和福爾摩斯先生似乎有很多話要跟彼此說。你們想分享一下話題嗎？」

在我回答前，福爾摩斯就說：「華生和我只是在猜測開門的機關功能。我相信其中有平衡物系統，連到主機軸的鍊子上備有裝滿砂礫的桶子。」

拉盧洛伊格似乎對這個回答感到滿意。另一方面，我則感到困惑：我的同伴為何不願嘗試降低拉盧洛伊格對水手們的影響力呢？那肯定會對我們有利。福爾摩斯彷彿和隱匿心靈一樣，急於穿越大門並找出彼端潛藏的事物。

儘管我心有疑惑，卻下定決心要跟隨他的領導，我在諸多事件中都這樣做，我相信他知道自己在做什麼。

減弱的陽光不足以射進門口之中，但水手帶了手電筒來。在拉盧洛伊格的指令下，他們開啟了手電筒，將光束往內照，一座牆面光滑的龐大廳室輪廓就此出現。它佔據了整個石柱基座，不過手電筒的燈光無法觸及高聳的天花板。

我們走進門口，往廳室內唯一的特殊位置，也就是地板正中央的圓形凹陷處走去。這是個空洞，其中有道螺旋石砌階梯往下延伸。和拉萊耶別處一樣，階梯的比例比人類大上許多，每道楔狀臺階都和教堂祭壇一樣大。

「往下走嗎？」福爾摩斯對拉盧洛伊格說。

「當然了！」

於是我們展開漫長曲折的下坡路程。其他人能用四肢自由攀爬，讓自己小心地在臺階之間移動，福爾摩斯和我則得用一連串滑行般的跳躍方式往下走，這對我的膝蓋和腳踝帶來了莫大壓力。我請求拉盧洛伊格鬆開我們的手腕，但他只報以冷笑，我們的不適似乎為他帶來了無聊的樂趣。

我們立刻遠離了自然光線可觸及的範圍。手電筒投射出的光束，是我們在黑暗中唯一的照明來源，該處的黑暗深邃到幾乎壓抑了靈魂的程度。船員們先前鼓起的勇氣已經迅速消散，再度感到煩躁，開始低語咒罵。拉盧洛伊格提供的金錢誘因又失去了吸引力。

拉盧洛伊格再次取得他們的默許，這次則說交易有條件。除非水手們全都撐到最後，才會得到獎勵，只要有一人退出，就不會撥款。於是現在所有人都決心要完成探險，沒人想撤退，以免破壞其他人的賺錢機會。拉盧洛伊格成功利用他們的競爭心態與對排擠的恐懼。

我則感受到與他們心態相仿的憂慮。我們正往拉萊耶地底的墓穴前進，據說沉睡的克蘇魯就深埋在此。我們要前往罕有人至的地點，心理正常的人不應該到那裡去，這不只是愚行，而是徹頭徹尾的瘋狂。根據所有文獻，當克蘇魯甦醒時，災難便隨之而來。我不認為我們能夠離開洞穴，就算我們在極不可能的狀況下成功離開，這次經驗也會為我們帶來嚴重創傷，此後再也無法感到心靈平靜。

但儘管如此，我無法否認自己依然感到一絲好奇。某種陰沉的宿命論思維籠罩在我的心頭，或許福爾摩斯也有相同感受。從我在塔阿城（Ta'aa）首度聽聞克蘇魯名字的三十年後，我很可能要親眼見到這位神明了。這次並非雕像，而是活生生的本尊，我會站穩陣腳，還是像個卑微的懦夫般嚇倒在地，因恐懼而顫抖？一切有種既定的宿命感，這項逾矩的行徑，似乎是此刻無可避免的恰當結局，三十年來，福爾摩斯和我勇敢面對超越想像的恐怖事物。克蘇魯持續潛伏在我們的生活背景之中，成為超然惡毒的宇宙神靈的代名詞，我們努力減少這些神靈帶來的影響，不過祂的名字幾乎是其整個群體的象徵。面對祂，就是我們最終的試驗，也是我們職業生涯的巔峰。假若我有得選擇，肯定不會這樣做，但既然我毫無選擇，便不得不接受這件事。其實，我對此感到病態地興奮。

我不曉得我們沿著那些階梯往下走了多遠，肯定有半英哩了。階梯底部的空氣混濁濕冷，彷彿蜘蛛網般堵塞肺部，溫度近似寒冷的冬日，這讓我想起倫敦，那裡可能已經下雪了，白雪包裹住聖誕節歡樂氛圍尚未消散的城市，家人聚在火爐邊，孩童把玩著新玩具，教堂鐘聲在屋頂大聲迴響……

我搖搖頭，打消這股遐想。關於家鄉的思緒，在當前處境中對我沒有幫助，只會打壓我的士氣，因為我沒有多少希望重見家園了。

水手們用手電筒照向遠處。我們身處一座圓柱形廳室之中，它是座前廳，和位於我們頭頂和樓梯頂端的空間相同，但體積較小。在它周圍有許多通往別處的敞開門口，門口之間的間隔距離並不規律。令人不安的是，這些門口的位置似乎並不固定，手電筒光束可能會照到其中一道門，過了一陣子，另一道光束對準同樣的位置時，門口卻不在原處。水手們認為這種現象只是光幻視，和城裡的廣場一樣，我也希望如此。

「好啦，福爾摩斯先生。」拉盧洛伊格說。「現在呢？談到路線，我們似乎有大量的選擇。」

「的確，我也想知道自己是否該繼續提供幫助，或許我應該讓你自己解決這項小謎題。」

「別這樣，先生。我可不想端出某種極端誘因，像是指示沃夫岡向華生醫生發射一顆子彈，我想這位年輕人會樂意照做。」

「我會做。」沃夫岡用可怕的渴切語氣說道。

「我就知道會這樣。」福爾摩斯嘆道。

「禮貌只有一丁點用處。」拉盧洛伊格說。

「醜陋的暴行隨後接手。」

「我比較喜歡將它視為權宜之計。如何？你覺得呢？」

「福爾摩斯……」我開口說道。

「不，華生，我不會讓你犧牲自己。對我而言，你的性命比別的事都重要。」

福爾摩斯鮮少表達對我的好感，我認為這代表我們的處境無比艱困，他才會這麼做。

「馮．赫林，我認為有兩種可能性。一個是每道門都通往不同路線，另一個是它們全都通往同一個地點。」

「換句話說，我們走哪都沒有差別。條條大路通羅馬，是吧？」

福爾摩斯點點頭。「看似數量眾多的野獸，其實只有一隻：九頭蛇的諸多頭部都連接到同一個身體。克蘇魯不鼓勵訪客進入這些墓穴，也會不斷阻止他們。讓情況看起來比現實更加複雜，是達成目標的辦法之一。」

拉盧洛伊格帶著假裝出來的果斷，向水手們說自己知道我們該選哪道門。祂要他們將手電筒全都指向同一扇門，我看得出來祂是隨意做出了選擇。我們穿過門口，走進一條隧道，裡頭的空間寬闊到足以供大象舒適地通過。

儘管空間寬敞，那條隧道依然令人感到壓迫且封閉。我們位於拉萊耶地底深處，遠比海平面低，我也察覺到我們頭頂上岩石的龐大重量，以及從四面八方包圍島嶼的海洋。隧道似乎永無止盡，我開始擔心我們可能會不斷走下去，永遠無法抵達任何地方，同樣地，如果我們回頭，也可能永遠走不回起點。我們在隧道裡已經走得夠遠了，再也看不到入口，萬一門口不只移動，還完全消失了呢？萬一這條通道已經像條蟒蛇般吞下我們，將我們封在它的腸子裡，就此埋葬呢？

這些疑慮開始干擾我後不久，情況變得更為明確了：隧道裡並不只有我們。

剛開始只有一些沙沙腳步聲，那可能是我們自己腳步聲的回音。接著出現古怪的尖銳竊笑聲，那也可能是回音或耳朵的錯覺，由隧道的傳音效果所造成。

不過，聲音變得越來越清晰，顯然和我們製造出來的聲響沒有關聯。水手們四處晃蕩手電筒，將手電筒指向可疑的聲音來源處。光束只照亮了岩石……但有時會瞥見**某種東西**飛出視野之外，速度飛快且稍縱即逝，使人們可能認為那只是黑影，或是鎢絲燈泡的白熱光線造成的錯覺。

竊笑聲持續響起，變得越來越大聲，也越來越明顯，現在還穿插著幾段喋喋不休的清脆話語。如果那是語言，便缺少了明確的文法系統，只是一堆雜亂無章的母音和子音，也只能將它描述為胡言亂語，儘管如此，它的語氣明顯充斥著輕蔑與嘲諷之意。我認為聲音至少來自二十幾個喉嚨，還能在其中察覺某種原始的呼喊與回應模式。其中一個亂語者會說出一句話，其他對象則會模仿那句話好幾次，接著另一個亂語者會發出些答覆，其他物體則會重複對方的話語，不斷重複下去。

第一聲震耳欲聾的槍響讓人嚇了一跳，但這也是意料之中的事。水手們快要恐慌起來，我自己也差不多，有些人忍不住開火的衝動。我確信，此舉只不過是為了嚇唬對方，而不是造成傷害，因為根本打不到任何東西。

亂語者回以黑猩猩般的嚎叫，感覺緊張且憤怒。四周傳來雜亂的騷動聲，但我們什麼也看不見，等到聲音消散時，我們少了一個同伴。他是個黝黑的人，有隻得了白內障的眼睛，有東西在黑暗中把他從我們之間擄走。前一刻他還在我們身旁，下一刻他就不見蹤影，無形力量綁架了他。

其他水手喊著他的名字：「史奈德（Schneider）！史奈德！」但史奈德可能不在聽力所及的範圍內，或已經死了。無論真相為何，我們都沒有再見到他。

他甚至來不及尖叫，就被抓走了，那可能是最令人毛骨悚然的部分。而稱不上巧合的是，史奈德就是對亂語者開了一槍的人。

我們都聯想到這件事，但福爾摩斯推論出這可能對我們造成的影響。

「馮·赫林，叫你的手下別開槍了，這些東西似乎會對威脅做出反應。它們試圖煽動我們，以做出報復。無論發生什麼事，無論對方如何挑釁，我們都得忽視它們。」

說得容易，執行起來就難了，難如登天。我們繼續沿著隧道行走時，亂語者繼續嘲弄並騷擾我們。有時候我們彷彿像是批烈士，在前往火葬場的路上遭到暴民騷擾。水手們咬緊牙關，食指也待在板機上，我覺得他們之一隨時會崩潰，開始發射子彈，其他人肯定也會照做。我們所有人都必死無疑。

噪雜亂語聲來到最高點，其中一名水手發出一聲大叫。有東西丟出某種堅硬物體，擊中他的背部。他說，感覺有點像足球。

手電筒光束在附近環繞，直到其中一道光束照亮了地上某個約莫呈球狀的形體。那是史奈德的頭。它側倒著，嘴巴大張，沒瞎的眼睛不敢置信地往上盯著我們。脖子的截斷處血肉模糊，顯示出對方用爪子野蠻地進行斬首，甚至可能用上了牙齒。

下一秒，有隻手從黑暗中往頭顱伸去。那隻手光滑蒼白，形狀介於人手與獸掌之間，厚實粗短的手指尖端，長有銳利無比的彎爪。那隻手挑逗般地撫弄頭顱，彷彿要讓人們察覺到史奈德的可怕命運。挑釁方式已到達全新層面，亂語者再度急於試圖引發更多暴力行為。

「冷靜點。」福爾摩斯建議道。「冷靜點。看在上帝分上，各位，如果你們珍惜自己的生命，就保持冷靜。」

馮・赫林不需要翻譯。水手們或許不了解福爾摩斯的話語，但他的語氣將意思表達得很明確。其中一道光束沿著亂語者的手臂往上攀升，停在對方臉上。

我們所有人都感到畏縮。從各種角度來看，那張臉都醜陋不堪。從厚重的前額、扁平的鼻子到突出的下顎可看出其五官大致類似猿猴，但上頭沒有一絲毛髮，也如同月亮般蒼白。臉上長有眼窩，但裡頭沒有眼球，只是空蕩的皺褶凹洞，是真眼殘留的痕跡。牠肯定是某種地底生物，從來沒見過陽光，因而全盲。牠甚至不曉得手電筒照亮了自己的臉。

流著口水的肥唇翻了開來，露出木樁般的牙齒，唾液從中滴落。亂語者發出了柔和的短促聲響，幾乎可以將之詮釋為惡作劇般的聲音。

此時，我才感受到完整的恐懼。亂語者確實是種致命的威脅，但對牠們來說，我們只是玩物。牠們向我們發出挑戰，要我們參與一場遊戲：是攻擊與傷害的遊戲，牠們認為這是娛樂，但我們很可能會丟了性命。牠們想玩弄我們，就和貓對待獵物般惡毒，但某種怪異的榮譽法則禁止牠們這麼做，除非自己先遭到攻擊。

亂語者再度輕推史奈德的頭，讓頭顱翻得後腦朝天。沃夫岡不由自主地發出一聲哀鳴，另一名水手則義憤填膺地緊咬牙關。不過，所有人都繼續聽從福爾摩斯的警告。

過了整整一分鐘，亂語者才發現我們駁回了牠的邀請。我們之中沒有人想為了娛樂這生物和牠的同伴，而成為另一個史奈德。亂語者嘆了口氣，聽起來幼稚地低沉且懇切，接著轉身沿著隧道向下滑，駝起寬闊的背部。牠邊走邊呼喊其他生物，語氣顯然十分失望，其他生物回以同種聲響。隨著牠們回到原本的來處，我們聽到牠們喋喋不休的叫聲變得越來越遠。

「和我們遇過的其他怪物一樣愚笨，」福爾摩斯說，「但同樣危險。如果我們剛剛見到的是昔日上頭那座城市裡的居民，我也不會感到訝異，姑且稱牠們為拉萊耶人好了。過去某段時間裡，牠們往下搬遷到黑暗之中，經過漫長的時間，在地下的演化使牠們喪失智力，並失去膚色和視力。這些盲目的白化生物，是曾一度繁榮興盛的類人種族殘存者，現在已退化到原始狀態。這是個警世範例：就連先進的文明，都有可能崩潰衰敗。」

「你的分析很有趣，」拉盧洛伊格說，「但這件事不會再妨礙我們了。我們得繼續前進。」

於是在少了兩名成員後，我們繼續上路。

＊＊＊

不久之後，隧道的盡頭出現了。我們踏上一道寬闊的岩架，該處俯視著一個龐大的開闊空間：那是個大得令人無法思考的洞穴。我們無法用手電筒窺見洞穴底部和天花板，也看不見遠端，完全辦不到。不過，光靠我們兩側勉強可見的牆壁曲度，能夠大概判斷出此地粗略的大小，從我們嗓音回聲的微弱程度，也能察覺這點，因為那座雄偉空間吞沒了所有聲音，就像落入巨型海獸口中的麵包屑。我想，這個洞穴能輕易容納一座大型城鎮，或許還能容納小型城市。相較之下，塔阿裡的城市顯得微不足道。

水手們請求休息，拉盧洛伊格勉為其難地答應。他們打開背包，傳遞水罐，和分享冷掉的香腸。

他們邀福爾摩斯和我一同用餐，於是為我們鬆綁雙手，讓我們能夠吃東西，但這感覺起來不只出於善心。我們和水手們一起經歷了同樣的難關，就像作戰後的士兵一樣，無論軍階或背景，我們已經能平起平坐了，由於遭受共同敵人長期的攻擊，使我們歸於平等，也消弭了差異。只有沃夫岡依然不信任我們這兩個英國人，當他的水手同袍們給我們食物時，他極力反對，不過並未成功。這小子很會記仇。

休息時間結束時，福爾摩斯把拉盧洛伊格拉到一旁私下談話，我在旁偷聽。

「我覺得我們不用再走多遠了。」福爾摩斯說。「我們已經接近任務目標了。如果可以的話，當我們享受暴風雨前的寧靜時，我想問幾個問題。」

拉盧洛伊格做了讓步的手勢。勝利在握時，祂表現得寬宏大量。

「你打算在兩條前線進行決戰，不是嗎？在天界和這裡的凡界。」

「你可以說這是雙管齊下。」拉盧洛伊格同意地點頭說。

「那當然是合理的策略。克蘇魯是太過危險的敵人，不該輕忽。你的外神軍團現在正在集結，準備對祂大舉發動心靈攻勢。同時，在凡界的你會一同展開實體攻擊，一場火攻。」

「你怎麼會這樣說？」

「我剛剛在一名船員的背包中瞄到幾根炸藥，不過，無論有多少炸彈，都不足以摧毀克蘇魯的軀體。《死靈之書》告訴我們，無論受到多嚴重的傷，祂都能立刻重組血肉，因此炸藥只能做為欺敵之計。」

「非常好，福爾摩斯先生。沒錯，要消滅克蘇魯的肉體，需要比人類目前的武器還要更強的東西，就連用榴彈砲直接命中祂也不夠。但我不必這樣做，我只需要帶給祂足夠的痛苦和憂慮，祂的精神防禦就會減弱。透過同種方式，外神們的攻擊會使祂更容易受到在這裡的我們圍攻，因為祂會分心，注意力也不會集中。」

「真是老奸巨猾。」

「哎，謝謝你。重點是時機，我準備好對我的軍隊下令了，祂們正好整以暇地等待。等我們找出克蘇魯的確切位置，我就只需發出精神指令。之後的狀況，應該會照計畫順利進行。當然了，你完全無法阻止。」

「連把你丟下岩架也沒用嗎？」

「你想讓我們搏鬥嗎？就像華生醫生在故事中描繪的那樣？福爾摩斯與莫里亞蒂在懸崖上進行生死格鬥？」拉盧洛伊格帶著優越感輕笑道。「真實人生從來不像小說那麼直接。有拿著毛瑟步槍的可靠德國人正緊盯著你，只要你想動歪腦筋，他們就會介入。」

「我是在開玩笑。」

「不，你不是在開玩笑，至少不完全是。但如我所說，為了防止你做傻事，我已經做好準備了。等鬥智開始時，福爾摩斯先生，你會發現我並非毫無防備。」

福爾摩斯望向岩架邊緣，外頭就是無垠深淵。或許有一瞬間，他認真考量過實踐自己的威脅，也不在乎後果了。如果他能與拉盧洛伊格使用的身體同歸於盡，可能值得付出這個代價。就算無法完全阻止祂，但消滅馮・赫林至少會阻撓隱匿心靈的計畫。同樣地，如果拉盧洛伊格對自己留有一手的說法屬實，福爾摩斯可能會白白送命。

我繃緊身體，準備好衝到福爾摩斯身邊。如果我能趁沃夫岡不注意時抓住他，奪回我的左輪手槍，在拿步槍的水手們對我的朋友開槍前，我就能先射殺他們。我可能會因此中彈，但情況十分危急，因此這種結果相當合理，我也可以接受。

那一瞬間已然消逝，福爾摩斯與拉盧洛伊格彼此彬彬有禮地點頭。他們之間不會發生肢體衝突，至少現在不會。

第三十三章　長眠處

Resting Place

我們沿著一條蜿蜒通道走下岩架，來來回回地走著之字形路線。一側是險峻的崖壁，另一側則是虛無深淵。道路有十英呎寬，但感覺依然岌岌可危，只要踏錯一步或稍微絆倒，就可能因摔落送命。我緊貼岩壁，雪上加霜的是，我再度遭到綑綁，福爾摩斯也是，我的手腕又產生了擦痛，手臂也開始抽搐。

我們抵達洞穴地面時，發現上頭遍布巨石，地面也崎嶇不平，有一連串岩脊上頭滿是隕石坑般的凹洞，和我想像中的月球表面相同。我完全不曉得我們究竟在地底多深的位置，但肯定比任何礦工或洞穴學者走得更深。我們一定十分接近地殼底層邊緣，沸騰的岩漿海就在我們腳底不遠處。我這樣說的原因，不只由於洞穴地面非常溫熱，空氣也潮濕得令人難以呼吸，空氣中還有股硫磺味，讓鼻孔感到灼痛。

拉盧洛伊格毫不猶豫地大步跨越洞穴，在各種障礙物之間繞出一條路。福爾摩斯緊追在後，我們其他人則跟在後頭，像是散亂地跟著爸媽的小鴨子。

我們三不五時會經過高聳石柱，中段和皇家亞伯特音樂廳（Royal Albert Hall）的圓形大廳一樣粗厚。這些閃爍的沉澱物，像融化油脂般呈現球根狀與肌肉狀的紋路，它們要不是石筍，就是鐘乳石，或兩者的結合體。我難以估計過了多長的時間，才使這些物體隨著一顆顆水滴而成形。這座洞窟與時間同樣古老。

我們跨越地底平原的路程漫長且嚴苛，一路上上下下，我們的腳踩在遍布礫石的土壤上。手電筒的電池一個接著一個耗盡，但有先見之明的某人帶了備用電池來，應該是拉盧洛伊格。

我們似乎走了很長一段時間，也可能會永遠走下去，此時拉盧洛伊格忽然舉起一隻手，要我們停下來。前方某處有道光芒，來自一堆足球大小的水晶，它們位於柱基上，將搖曳綠光投射到一個大型岩石結構體上，該結構看起來像是神殿，也像是墓穴。石板般的基座上有許多迴廊，巨柱之間可看到一塊多邊形臺座，斜擺在臺座上的，是個巨大的仰臥形體。

水晶中怪異的魔幻光芒，照亮了許多隆起的圓形物體，以同心圓模式圍繞在結構體外。很難判斷這些丘狀物的本質與目的，由於略呈卵形，使它們看起來像是個龐大畸形的蛋。

但我的目光不斷回到建築中的形體上。儘管那只是個泛著綠色光澤的輪廓（看似某種肉體），我也清楚那只可能是牠，克蘇魯。身上有平坦的前額，一大捲口部觸鬚，還有蝙蝠翅膀的扇形邊緣。在必定是祂胸膛的位置上，我甚至能看到微弱起伏的動作。克蘇魯緩緩又穩定地呼吸，克蘇魯正在熟睡。

當下，恐懼籠罩住我，我從來沒感受過這種畏懼，它涵蓋一切，並從我體內驅離其他感覺，就算我待在撒旦面前，也不會感到如此害怕。從許多層面看來，我確實面對了撒旦，因為沒有比克蘇魯更具體的邪惡象徵了。就連《聖經》中的魔鬼，都得承認這位舊日支配者是程度相當的敵手，甚至可能強過自己。

一股低沉的槍響使我從恐懼引發的麻木中驚醒。我及時轉過身，看到其中一名水手摔倒在地。他的步槍從頹軟的雙手中掉下，後腦杓成了血肉模糊的濕黏凹洞。

這個人顯然是將毛瑟步槍轉過來，將槍管塞入口中，打碎自己的大腦。他無法承受瀰漫在我心中的同種恐懼，透過內心直覺，他得知在神殿古墓中酣睡的形體身分，以及祂代表的意義。他產生了劇烈的自動反應，從某種方式看來，我很仰慕他的舉動，也羨慕他所獲得的虛無。

我們只剩下五人：我、福爾摩斯、拉盧洛伊格、沃夫岡和用折疊刀在城市裡的石板上刻下姓名縮寫的水手。我得知他名叫多普（Dörper），但我從來不曉得剛剛自殺的人叫什麼名字。

拉盧洛伊格似乎不受水手的自殺影響，靠近克蘇魯所引發的恐懼也無法動搖祂。我們普通人類變得臉色蒼白，雙眼呆滯，就連福爾摩斯都顯得不安。但馮・赫林男爵的臉龐卻只流露出活潑的決心。拉盧洛伊格來此執行計畫，任何事都無法干擾祂。

在祂的催促下，我們走向建築和其周圍的古怪蛋形丘狀物。我不禁想到，我們必定位於洞穴中心，也從來沒覺得離文明或日常世界這麼遙遠過。如果福爾摩斯和我今天死在這裡（可能性很高），我們的熟人怎麼可能會知道？沒人會得知真相，沒人會找到我們的屍體，英格蘭沒有人會知道我們發生了什麼事。我們幾乎是從世上憑空消失，這是個悲涼的想法。

抵達丘狀物圈最外圍後，我們迅速發現它們是有機物。儘管它們毫無動靜，裡頭卻傳來微微顫抖和脈動，顯示出呼吸狀態。所有丘形物的大小都相同，大約接近俯臥的成人，並以同種方式擺放，尖端對準了克蘇魯的長眠處，鈍端則遠離祂。

受自身好奇心操控的福爾摩斯，跪在其中一座丘狀物旁檢查。

「這是某種囊袋。」他說，指尖輕輕撫過不透明的黏膜外皮。「是包覆生物的胎膜或繭。」他的觸摸使裡頭的東西顫動了一下。「我認為這些生物處於呆滯狀態，用保護膜包裹身體後，牠們就自行陷入暈厥。你同意嗎，華生？華生？」

「昏厥，對。」我口齒不清地說。當時我腦海裡的思緒太多，無法對生物學研究抱持興趣。

「好了，好傢伙。」福爾摩斯催促道。「打起精神，我需要華生全心待在我身旁。依我看來，」他繼續說，並回到調查上，「我們眼前的是一窩克蘇魯追隨者。」

「牠們和隧道裡的猿猴怪物是同種生物嗎？」

「牠們的體型不太相似，我也不曉得有哺乳類會用繭包住自己。我還能透過薄膜觀察到皮革般的皮膚，這點顯示這些生物應該是爬蟲類或兩棲類，也許是昆蟲。牠們或許原本就住在洞穴中，或是從別地遷來。我傾向覺得是後者。」

「怎麼說？」

「觀察牠們在臺座旁的位置。你不覺得，牠們的態度與位置，像是祈禱中的信徒嗎？」

「我想是吧。」

「那麼，牠們有沒有可能是伴隨克蘇魯來此呢？目的非常明確。」

「擔任僕從。」

「或是我說的追隨者。這些追隨者盡忠職守，還強迫自己進入冬眠狀態。當牠們的主上與主人沉睡時，牠們也會睡著，等到祂甦醒時，牠們也會醒過來，準備好服侍祂。」

「或是餵食祂。」拉盧洛伊格說。「你沒想到嗎，福爾摩斯先生？當神明醒來時，就像人類般飢腸轆轆。在漫長的休眠期後，克蘇魯需要方便的食物來源。」

「所以牠們不是僕人，」福爾摩斯說，「而是餐點。」

「牠們自願為祂犧牲自己，但如果祂遭受攻擊，牠們也會捍衛祂。我們得謹慎行事，盡量不要過分驚動牠們，牠們是看門狗與食物。」

「真厲害。」沃夫岡說，一面加入英語對話。儘管他和我們一樣，對探險歷程中遭遇到的恐怖光景與真相感到驚駭，他卻把持住自己的理智，我只能將之歸功於年輕人的適應力。「我從來不曉得有這些東西存在，男爵，你的壯舉確實是德國人的表率。」

「你也是個好德國人，孩子。」拉盧洛伊格說。「前途肯定一片光明。但我們現在有工作得做。多普？」

剩下的另一名水手俐落地立正站好。

拉盧洛伊格用德語交代多普，要他把炸藥擺放在建築周邊，好讓它壓在沉睡的房客身上，目標是對結構體與其中物體盡可能造成最大傷害。多普手中拿著炸藥，穿梭在冬眠生物圈之間。當他靠近克蘇魯的長眠處時，腳步出現了明顯的顫抖。當他在建築周邊移動時，目光刻意避開龐大的沉睡形體，將一捆捆炸藥擺在策略性位置。他把燃燒率不同的引信裝在炸藥堆上，將它們連在一起，讓它們聚合成為單一點火引信。他用折疊刀將引信索削成正確尺寸，在我看來，子引信的長度與起火時間都經過精準計算，因此炸藥會同時爆炸。

安裝過程花了半小時，結束時，多普已經成了奄奄一息的空殼。他工作時比我們更靠近克蘇魯，在近距離下，舊日支配者的惡性影響似乎更有破壞力，就像鍋爐中的高溫。我不曉得他是如何維持心智健全直到完成工作的，這是個奇蹟。他回到我們身邊時，身後灑落了一長串點火引線，神情變得枯槁且瘋狂。他一再低語一個字眼：*unbekannt*（未知），嘴角滴下唾液，眼窩中的雙眼不斷旋轉。他一屁股坐下，身體前後搖擺，繼續用孩童唱歌的方式自言自語著「*unbekannt*」，直到他忽然靜止並陷入沉默，接著他立刻往側面倒下，像袋煤炭般倒在地上。

從他一動也不動的倒地方式看來，他已經死了。忽然迅速陷入瘋狂的多普，不只喪失理智，也送了命。他的大腦彷彿嚴重錯亂，忘了要如何控制身體。

拉盧洛伊格一臉冷淡。「他做了該做的事，也辦得很好。」

「四個人了。」如果我能對他揮拳的話，肯定會這麼做。「死了四個人，才讓我們來到這裡。」

「四位德國英雄。」沃夫岡說。

「閉嘴，小鬼！」我吼道。「我受夠你了。你比拉盧洛伊格好不了多少。」

「我認為這是稱讚，醫生。」年輕人愉快地說。

「傲慢的小……」

「控制好自己，醫生。」拉盧洛伊格說。「壓低音量，也別發脾氣。你想吵醒睡著的生物嗎？我不認為那是明智之舉。」

我止住即將說出口的侮辱，也放鬆駝起的肩膀。

「萬分感謝。」拉盧洛伊格說。「現在，一切都就緒了。我只需要聯絡我在別處的盟友……」他停了下來，品味著期待之情。「末日就能開始了。」

第三十四章　克蘇魯的殞落

The Fall of Cthulhu

拉盧洛伊格的目光短暫失焦。祂正與星際空間中的外神們溝通。

我向福爾摩斯拋出懇切的眼神。在這個緊要關頭，我們真的無法力挽狂瀾嗎？

福爾摩斯向沃夫岡點頭，他則用威百利手槍對準我們。這個年輕人已無可救藥地受制於德國長輩，他或許對當下發生的事大惑不解，也不曉得馮・赫林男爵的真實身分，但他察覺到這一切的重要性，也渴望在其中扮演一個角色。

我覺得我的朋友想提議，我們其中一人應該衝向沃夫岡，嘗試奪走他的武器。我好好思索了這點，但就算我能在沃夫岡開槍射我前抓住他，又有什麼用？被綁住的我，幾乎無法將他摔倒在地，更別提從他手中奪走我的威百利手槍了。不過，我或許至少能用自己較高大的身軀壓制這名年輕人，避免他向任何人開槍。如果我得因此吃上子彈，就接受吧，這有可能讓福爾摩斯得到空隙，儘管他的手也遭到綑綁，或許還是能夠對抗拉盧洛伊格。即使能力受限，福爾摩斯依然詭計多端。

我繃緊身體，準備進行計畫。我準備好甘冒一切風險，就為了換取擊敗拉盧洛伊格的一小絲希望，這點反映出情況的危急。不過，任何優勢都比什麼都沒有好。

接著我看見福爾摩斯搖頭，他推論出我腦袋裡的想法，並警告我別動手。我現在明白了，他原本點頭並不是要我攻擊沃夫岡，恰好相反，他是要試著阻止我做出這類突發行為。我想，他一定還留了一手，我祈禱他確實有辦法。

「好了。」拉盧洛伊格說，並轉回來面對我們。「完成了。看到了嗎？克蘇魯已經開始蠢動。祂睡得並不安穩，我的士兵為祂帶來多麼糟糕的夢呀！每個神靈輪流發出強大的心靈攻擊，一點一點削弱祂的力量。」

多邊形高臺上的形體扭動起來。祂發出低沉的呻吟，回音在洞穴中震盪。拉盧洛伊格站在點火引信旁，手上拿著火柴盒，臉上閃爍著喜悅之情。

「我要祢醒來，克蘇魯。」祂說。「我要祢明白，自己中了多高明的計謀，並知道自己有多無助。」

我們周圍那些囊袋中的生物開始不安地躁動。我從最近的囊袋旁後退，在我和它之間保持合理距離，也讓我遠離裝滿炸藥的長眠處。但我的注意力停留在克蘇魯上，幾乎忽略了一切。這位神明揮舞雙臂，彷彿正在抵擋無形的敵人。祂依然在沉睡，但祂發出的聲響越來越清楚而不含糊，祂正逐漸甦醒。

忽然間，祂從高臺上一躍而起，雙腳雷鳴般地用力踏上底下的基座。在水晶發出的綠色柔光下，祂的眼睛如同兩顆翡翠般閃閃發亮，垂直裂隙狀的瞳孔逐漸睜大。祂發出憤怒又痛苦的吼聲，向四周投以駭人目光，找尋祂在附近察覺到的敵人。

祂的巨型身軀和作噁感極度相襯，鼻下長出了長度與厚度各異的觸手，而祂的鼻子本身就是條長滿羅紋的下垂長鼻，還有喇叭狀的長型鼻孔。所有觸手噁心地蜷曲扭動，宛如擠在一起蠕動的數十隻章魚。祂的頭部頂端扁平，肉脊與皺褶之間有條中央裂隙，讓頭顱看起來近似大腦。祂太陽穴上的凹陷處長出兩根短管，從它們擴張收縮的動作看來，我猜它們是呼吸管。

祂的身體笨重又結實，但也有種下垂感，像是榮光不再的拳擊手體態，現在變得衰退癱軟。祂蝙蝠般的雙翼在身體兩側下垂，膜翼滿布破口與刮痕，或許象徵了過往的衝突。祂粗糙的皮膚上也有許多疤痕，看起來讓祂更令人膽戰心驚。祂似乎經歷過不少戰爭，祂活了下來，敵人們卻盡數殞落。

最糟糕的是那對雙眼。我看過的克蘇魯雕像與圖片，都無法完整重現那對充滿惡意的眼球。它們散發出史上前所未見的憎惡感，和克蘇魯相比，沒人能夠對世界與其中一切良善事物懷抱更強烈的恨意。

「我在這！」拉盧洛伊格用拉萊耶語喊道。

克蘇魯扭轉龐大的頭部，往下看祂。

「對，儘管型態是人類，卻有更強大的能耐！祢認識我，克蘇魯。即使在睡夢中，祢也聽過我。我率領的大軍一一摧毀了祢的族人，包括祢的同父異母弟弟哈斯塔。說我的名字，說出來！」

「**拉盧洛伊格！**」

喇叭狀觸手之間的鳥嘴狀孔洞發出巨響，比起話語，這道聲音更像是地震。克蘇魯浮現可怕的皺眉神情，祂伸展雙翼，用尖端長有彎爪的手指，控訴般地指向對方。

「**拉盧洛伊格！**」嗓音再度響起，這股轟隆巨響幾乎讓我的內臟為之震盪。

作為回應，拉盧洛伊格放聲大笑，笑聲如土狼般斷斷續續且無比尖銳。祂從火柴盒中拿出一根火柴，將之點燃，火柴頭部起火後，祂撿起引信。

「**拉盧洛伊格！**」克蘇魯惡毒地說了第三次，接著開始從長眠處邁出步伐。

但祂並未走遠，彷彿遭受強風吹襲般搖晃起來。祂伸起一隻手抓緊頭部，痛苦地皺著雙眼。

「沒錯。」拉盧洛伊格說。「待在那裡，外神們正在加強攻勢。很痛，不是嗎？祢一定感到相當虛弱。看看祢，連站都站不穩。」

克蘇魯踉蹌地猛然跌回高臺，用一隻手肘撐住自己。看到知名的舊日支配者突然變得這麼虛弱，令人感到警戒，也幾乎讓人感到不安。我完全不同情祂，但祂的處境確實帶有某種悲哀，祂就像隻中計並遭到獵犬們撲倒的熊。

包裹祂追隨者們的囊袋上出現裂縫，就像開始孵化的蛋。我心不在焉地察覺這點，但我無法將目光從遭到攻擊的克蘇魯身上移開。

拉盧洛伊格將引信尖端移到火柴上的火焰旁——那一絲渺小光芒，預告了莫大的後果。引信起了火，他則將之拋下。嘶嘶作響的閃爍火光，像流星般沿著浸漬過硝酸鉀的棉線往前竄去。它立刻抵達點火引信分叉成好幾條線的位置，接著它分裂成六條細微火花，速度不一地燒向炸藥堆。

我只能用雙手摀住耳朵，等待引爆。

大量橘光炸了開來，在陰暗的洞穴中顯得燦爛耀眼。震盪波強烈到使我差點摔倒。柱廊隨之崩塌，長眠處的屋頂也垮了下去。克蘇魯困在掉落的石砌結構下，好幾噸碎石將祂包覆掩埋時，祂痛苦地大吼。

爆炸的隆隆回音消退，塵埃也終於落定時，我們眼中只剩下一片廢墟。地面上散落著好幾堆石塊，有座孤單的石柱依然聳立，不過也只剩下半截高度，看不到任何克蘇魯的跡象。

「我辦到了。」拉盧洛伊格宣布道。儘管耳內傳來嗡鳴，我依然聽到了祂的話語。「克蘇魯奄奄一息，無力反抗。當祂的身體企圖自我修復時，外神們會繼續在毫無阻礙的狀況下攻擊祂的心智。就算祂能讓自己的身體復原，智力也會遭到破壞，意志則完全崩潰。沒有回頭路可走了，克蘇魯殞落了！」

祂向空中揮拳。

我轉向福爾摩斯。

我的朋友跪在地上，離多普的屍體不遠。剛開始我以為他在禱告，他低垂著頭，低聲自言自語。

拉盧洛伊格也有同感。「怎麼了，福爾摩斯先生？你在呼喚上帝解救你脫離危機嗎？真不像你。」

福爾摩斯開始前後搖晃。

「真是的！」拉盧洛伊格哼了一聲。「這種行為真不恰當。你不能至少看看場合做事嗎？你總是自傲於對一切都能抱持理性態度。」

我耳中的嗡嗚逐漸消散。「這是祢的。」我聽到福爾摩斯這麼說。

「啊？」拉盧洛伊格說。

「我把它歸還給祢。」福爾摩斯的語氣，就像領導聖餐儀式的神父。「祢的禮物輔助過我，但祢該拿回去了。收下祢出借的禮物，祢的需求比我還急迫。」

他從頭到腳都顫抖起來，我無法判斷究竟是什麼疾病發作。他雙眼翻白，嘴巴大張，喉中逐漸發出一股哀痛的叫喊，隨著痙攣越來越強，叫聲也越趨尖銳淒厲。

我只能猜測這是某種症狀，最近的營養不良與體力透支，使他罹患了某種腦炎。或者這只是某種偽裝，福爾摩斯喜歡戲劇化的效果，我只能猜測背後的理由。或許是為了引開拉盧洛伊格的注意，讓他在這個情況下逆轉終局，揮舞能扭轉困境的神來之筆。

這次，答案兩者皆是，甚至還有別的狀況。

第三十五章　蟾蜍怪

Toadies

碎石堆中有些動靜，一隻手立刻從中鑽出，往上抓握。接著，克蘇魯奮力起身，衝破了礫石囚牢。祂直挺站立，甩開數英擔[50]重的石塊，彷彿它們只是碎片，岩屑鏗鏘作響地落在祂周圍。

我只能形容當下的祂重振雄風。祂的雙眼閃爍著意圖，如果大致由觸手構成的嘴能咧嘴大笑，那麼這就是祂的行為。

此時夏洛克·福爾摩斯昏倒在地，在某種層面上，我明白這兩種現象有所關連。其中一件事不知怎地導致了另一件事發生，這之間似乎發生了某種**交換**。

正當克蘇魯專心向我們走來時，我跑到我的朋友身旁。福爾摩斯還有意識，但他的臉孔發白，眼瞼也虛弱地顫動。由於我的雙手遭到反綁，使我無法照顧他，我鮮少覺得如此無力。

拉盧洛伊格堅守陣地，叛逆地抬頭瞪視克蘇魯龐大的魁梧身軀。如果敵人出乎意料的復原使祂感到震驚，祂也並未洩漏跡象。

克蘇魯指向祂，然後指向自己。

「祢想在這和我決鬥，是嗎？」拉盧洛伊格說。「像街頭打手一樣徒手搏擊？但以我現在的型態，祢一擊就能打扁我。這樣祢會贏得什麼？」

「照祂的要求面對祂。」福爾摩斯嘶啞地說。

拉盧洛伊格向他看了一眼。「我為何要這樣做？」

「因為你辦得到。你知道你做得到，在身體裡灌入完整神力，你就能面對克蘇魯的挑戰。用一對一的方式擊敗祂，不是更讓人滿意嗎？對你的偉大氣度而言，那不就是終極證明嗎？」

福爾摩斯試圖說服莫里亞蒂教授在拉盧洛伊格心中殘存的部分，那部分依然會受到人類小毛病影響，像是虛榮心。

儘管曾自誇躍升神明，但拉盧洛伊格似乎沒有完全捨棄凡性起源，因為他點頭同意了。

「對。對！」祂抬頭回望克蘇魯。「祢一直是個粗鄙的神，應該用粗鄙的方式打敗祢，而不是透過巧計。祢已經完了，但能在現實空間中對祢揮出最後一擊，那該有多恰當，又多有壓倒性呀！用我的雙手，親自感受祢的骨頭與內臟破碎，讓生命力從祢身上消失。」

說完，馮・赫林男爵就開始變形。當我回想這件事時，就不由自主的顫抖，也對那個光景感到難以置信：當拉盧洛伊格將自身所有精華注入體內時，身體逐漸變大，變得醜惡臃腫。四肢如同盤根錯節的樹幹般鼓起，軀幹扭曲膨脹，將包覆身軀的衣服撕成碎片。頭部幾乎成為某種完全無法辨識的物體，是個球狀構造，上頭長有扁平的球狀構造，馮・赫林溫文儒雅的英俊外表連一點痕跡都不剩。血肉化為油灰，重塑自身構造，以容納和傳達出其中蘊含的強大力量。透過奪取伏行混沌奈亞拉索特普善於變化的不定型狀態，拉盧洛伊格展開了神明生涯，現在祂展現出相似的可塑性，肉體宿主則化為大小、體型和力量與克蘇魯相仿的形體。

兩個神明擺出架勢面對面，眼睛緊盯對方。克蘇魯完全展開雙翼（景象十分駭人，因為雙翼總長有五十英呎），對拉盧洛伊格大吼。拉盧洛伊格化成的龐大惡獸回以吼叫，外型看起來再也不像人類。祂們是怪物，也是神祇，是受到基本衝動驅使的原始巨獸：只想打鬥、征服與摧毀。

此時我注意到，福爾摩斯的雙手已經脫離束縛。繩索依然繞在他的手腕上，但只有遭到切斷的鬆垮

50　譯注：hundredweight，一英擔約為五十點八公斤。

尖端還吊在上頭。我看到他掌中緊緊握住一把折疊刀，那是多普的刀子，刀刃依然外伸。福爾摩斯讓自己移動到死亡的水手旁，讓他能從水手身上拿走刀子。我不確定他是何時用刀子割開繩索的，可能發生在他昏厥前，他隨後藏起雙手，讓拉盧洛伊格不知道他已解放了自己，也不認為會發生什麼問題。

福爾摩斯太過虛弱，無法做出任何事，但他將意有所指的目光投向刀子。他不需要告訴我該做什麼，我背對他，笨拙地坐下，摸索著刀子。透過將刀子從兩隻手腕之間往上抬，我便能開始切割繩索。多普曾仔細磨利他的刀子，願上帝讓他的靈魂安息，而在短得令人訝異的時間內，我的束縛就鬆開了。我放下刀子，將繩索從手上甩開。

此時，克蘇魯和拉盧洛伊格停止擺出陣勢，撲向對方。祂們緊緊扣住彼此，就像格鬥場上的摔角手，撞擊讓腳下的洞穴地面為之搖晃。

我站起身，也拉起福爾摩斯，我們沒必要繼續待在那個地方，事情已經脫離我們的控制了。暴虐的嗜血慾宰制了克蘇魯與拉盧洛伊格，如果不躲開的話，祂們可能會踩扁我們。

而且，我們周圍的囊袋幾乎全部打了開來，裡頭的生物更努力掙扎，想逃脫自行打造的囚牢。我看到有隻手從最靠近我們的囊袋中鑽出，牠的手指尖端和青蛙一樣有平坦的肉墊。相連的囊袋中凸出一顆頭，奮力想突破保護膜，頭顱把膜壁撐得極薄，使膜壁呈現半透明狀態，我也能看出圓滾滾的雙眼和肥厚的嘴唇，看起來也像青蛙。

福爾摩斯幾乎無法直立。我把他的手臂掛在我脖子上，再用我的手臂環住他的腰，把一側肩膀靠在他的腋下。

「走呀，福爾摩斯！」我催促他。「我可以分擔一些你的重量，但我無法揹你。快走，該死！」

克蘇魯和拉盧洛伊格甩開彼此，接著再度短兵交接。隨著軀體撞上軀體，胸膛相觸，另一股轟隆巨響使洞穴為之震盪。

這似乎刺激了福爾摩斯，他也開始行走。

吃驚的沃夫岡抬頭盯著搏鬥中的神明。

「你也是，小子！」我對他喊道。「如果你還想活命，就別站在那發呆。」

「不，他不行。」福爾摩斯低語道。

「他可以。」我回答。「我們不能拋下他。無論我們有什麼歧見，無論我們對彼此做了什麼事，他都不該在這裡送命。」福爾摩斯又虛弱地抗議了幾次，我則忽視他。這種行為似乎不像我的朋友，居然拒絕幫助某個除了遭到誤導以外、沒有犯其他錯的人。我將之歸咎於他糟糕的整體健康狀態，他無法仔細思考。我對沃夫岡說：「我們得走了，小子。趁現在！」

我的叫聲打斷了年輕人滿懷敬畏的入神狀態，就在同一刻，他幾碼外的一只囊袋也完全爆開，包在裡頭的生物從蜷曲姿態蹣跚地站了起來，蛻掉黏在身上一條條皮膚般黏膩的薄膜。我現在發現，比起青蛙，牠看起來更像蟾蜍。牠有鬆弛鼓脹的喉嚨，腹部蒼白柔軟，身體其他部分粗糙且長滿疣。牠如同人類般站立，但上半身背部駝了起來，整體而言，牠和我看過的其他怪物一樣噁心，而當牠口中伸出宛如膨脹氣球的紫色肥舌時，就更令我作嘔。那可能是反射動作，但那個生物看起來像是在貪婪地舔舐嘴唇。

沃夫岡看了一眼醜惡的奴隸生物（我不禁把牠稱為「蟾蜍怪」〔toady〕），其訝異立刻轉為作嘔，蟾蜍怪則發出呱呱叫聲，用後腿蹲下，躍向年輕人。

沃夫岡壓低身子，猛地趴在地上，蟾蜍怪從他身上躍過，不過那個生物立刻轉身，再次撲向他。四肢著地的沃夫岡慌亂地逃跑，但蟾蜍怪跳到他背上，將他整個人壓倒在地。我想不出那個生物要怎麼傷害他，直到牠張開大嘴，我發現口內長了圈牙齒，每根牙都如同釘子般纖細尖銳。牠打算將這些牙齒插進男孩頸部。

慌亂之際，沃夫岡拋下了我的左輪手槍，因此他沒有任何可供自衛的武器，不過，多普的步槍就在我觸手可及的範圍內。我繼續攙扶福爾摩斯，然後彎下腰抓起毛瑟步槍，我把槍托靠在胸膛上，用單手開槍。後座力使我的肋骨感到一陣痛楚，但子彈成功擊中目標，蟾蜍怪的頭部炸得血肉模糊。怪物倒在沃夫岡身上，他作嘔地呻吟，甩開沉重的屍體站起身。

更多蟾蜍怪孵化出來。在此同時，克蘇魯和拉盧洛伊格之間的打鬥變得越趨劇烈凶狠。兩個神明狠狠地彼此毆擊，祂們的腳步聲就能引發響亮的轟然震動。克蘇魯用長有利爪的獸掌一掃，擊中拉盧洛伊格，在對方幾乎沒有五官的臉上留下一道道平行抓痕。拉盧洛伊格把克蘇魯往後推，讓祂撞上原本是自己長眠處的碎石堆。

克蘇魯抓住最後一根依然挺立的石柱，將它從地上拔出，把柱子當鐵頭木棒般揮舞，用它揮向拉盧洛伊格。石柱在隱匿心靈的肩膀上撞碎，力道強勁到使石屑往四面八方落下。幸好沒擊中我們人類，但有幾隻蟾蜍怪無法全身而退，其中一隻怪物被尺寸和牠頭部相同的石塊打中大腦而死，另一隻則是背部遭到擊中，便癱倒下去。從牠在地上蠕動的方式看來，牠的脊椎已經斷了。

拉盧洛伊格自己則因遭襲而幾乎倒地，但祂再度取得平衡，衝向克蘇魯，一面憤怒地大吼。祂衝撞的力道把克蘇魯打倒在地，開始毆打對手的頭，每次衝擊都使頭顱產生果凍般的波動，最後裂了開來。克蘇魯發出痛苦的咕噥聲，把拉盧洛伊格從身上甩開。當祂還擊時，頭上的裂口便黏合起來，祂同時緊握雙拳，一再捶打拉盧洛伊格的胸口。

當我目睹這一切時，正慌張地逃命，福爾摩斯在我身旁一跛一跛地走，依然沉重地倚靠著我。沃夫岡也和我們同行，在差點因蟾蜍怪而送命後，他已急於離開現場。逃跑前，他至少還理智地撿起我的左輪手槍。

有些蟾蜍怪笨拙地追趕我們，不過，大部分怪物比較在意牠們的主人與敵手之間的戰鬥。牠們想都不想就加入混戰，跼到拉盧洛伊格身邊，爬上祂的腿大口啃咬。祂把蟾蜍怪拍掉，用力踩踏牠們，把牠們如昆蟲般踩爛在腳底，但牠們堅守目標，毫不思考地為自己的神明犧牲性命。

我們快步向前。我經常轉身，用步槍隨意射擊身後的蟾蜍怪，進行後方防禦。由於我得攙扶福爾摩斯，讓自己受到阻礙，因此我只能希望子彈打中目標，卻無法確保這點。但儘管我準頭不佳，依然擊中了好幾個目標。

可惜的是，剩下的蟾蜍怪並沒有因為看到同伴死亡而受到嚇阻。牠們蹦蹦跳跳地在我們身後追逐，要不是因為牠們使我們處於劣勢，這種盲目的固執態度看起來一定相當可笑。

在此同時，神明間的戰鬥繼續進行，整座洞穴也隨著激烈戰事而搖晃。有一次，由於傳自別處的強烈撞擊力，有塊大石從天花板鬆脫，掉到地上。它恰好掉在我們面前，發出震耳欲聾的轟隆聲。地上也出現裂縫，我納悶這裡是否即將崩塌。

最後蟾蜍怪追上我們，只剩下少數幾隻，不過毛瑟步槍的彈匣也空了。我放下福爾摩斯衝向牠們，抓著步槍槍管，像棍棒般揮出槍身。這時沃夫岡才想起自己有我的威百利手槍，射死了三隻生物。至於剩下的兩隻，我則凶狠地甩動步槍將他們打倒。我痛打牠們，直到對方暈頭轉向地倒下，接著我用毛瑟步槍的槍托捶打牠們的頭部，打到頭骨破碎，腦漿也流淌出來。我陷入充滿厭惡的狂熱情緒，我不在乎身上沾到的血液與大腦灰質碎片，只想確保那些蟾蜍怪永遠不會起身。

我拉起福爾摩斯繼續前進，沃夫岡則拿著手電筒帶路。神明作戰的聲響持續傳來，但音量降低到像是遠方的砲擊，因為神祇已經離開了我們的視野。我不曉得克蘇魯和拉盧洛伊格之間誰佔了上風，對我也不重要，我只想離開那座洞穴，有可能的話，也想逃離那座島。考量到我們還得走的距離，加上洞穴似乎隨時就要崩塌，這項目標似乎不可能成真。但我堅守這個想法，畢竟另一項選擇是停下腳步，放棄並等待無可避免的結局。

我們不知怎地抵達懸崖底部，更驚人的是，我們居然離之字形走道不遠。我們上氣不接下氣地爬上走道，福爾摩斯恢復了點先前失去的精力，不再對我造成過大的負擔，但從各方面看來，這依然是條艱辛的上坡路。我不太記得旅程中那個部分，對後來穿越藏有猿猴般亂語者的隧道過程，也沒有多少印象。幸好，那些黑暗中的潛伏者這次沒有干擾我們，底下戰鬥造成的騷動，肯定使牠們感到不安，不想繼續和我們玩「頑皮」的遊戲了。

最後我們來到螺旋階梯，我也開始相信，我們或許真的能回到地面，一股喜悅讓我幾乎耗盡的精力重新浮現。

「快到了，福爾摩斯。」我對我的朋友說。「不遠了，老傢伙。我們十之八九會成功。」

「還沒，醫生。」沃夫岡說，左輪手槍板機的喀嚓聲讓我咒罵起自己的過度自信。「還得了結最後一件事。」

第三十六章　天空中的魅影

Phantoms in the Sky

「沃夫岡……」我開口說道。

年輕的德國水手憐憫地看著威百利手槍槍管盡頭的我。「我想你們走的夠遠了。我不能讓你們活著離開這裡，這一切發生後更不可能。」

「真是的，沃夫岡，別傻了。我知道我們之間有過節，但不值得這樣做，為了報復而射殺我們，對你一點好處都沒有。我很抱歉，我們之前利用過你，請接受我的真心道歉，把槍放下。」

「不只是沃夫岡。」福爾摩斯說。「我試過警告你，但你不聽。」

「什麼？」

我朋友努力吐出話語。「拉盧洛伊格說祂做了準備，以防我做傻事。如果馮．赫林死了，誰是最適合的選擇？某個懷抱野心與怨恨的人。先前，當你稱馮．赫林為拉盧洛伊格時，沃夫岡依然面不改色，那個名字對他來說並不陌生，因為他已經知道那個名字了，他不完全是沃夫岡，看看他的眼睛。」

男孩睜大瘋狂的雙眼，但其中還有某種東西：那是種外來元素，是某種我相當熟悉的光芒。

「拉盧洛伊格。」我說，稍微嘆了口氣。「拉盧洛伊格在你體內。」

「只有一丁點的祂，」沃夫岡說。「但已經足夠了。現在祂也在向我說話，自從德班事件後，祂就一直對我說話，祂說我得殺了你們。這是正當行為，你們得為自己造成的麻煩受到懲罰。」

「別聽祂的，」我說。「拉盧洛伊格只不過會給你謊言和空頭支票。祂會利用你，直到你身心一點都不剩，接著祂想也不想就會把你棄如敝屣。這是我的經驗，我清楚祂的能耐。」

「但我認識祂，也相信祂。」

「想想馮．赫林男爵，想想他在洞穴裡變成的東西。無論拉盧洛伊格打贏或輸給克蘇魯，你覺得他還可能倖存嗎？」

「我有大好未來，」沃夫岡自以為是地說。「拉盧洛伊格會確保這點。祂發誓會讓我得到想要的一切，代價微不足道，只需要你和福爾摩斯先生的靈魂。」

「我求求你，這是你背叛祂的最後機會，殺掉我們，你就會永遠受制於祂。拒絕遵從祂，你就還有希望。」

「不對，英國人，你們的死才會帶給我希望。這把槍還有三發子彈，我不需要擔心福爾摩斯先生會反抗，那第一發子彈，就是給你的。」

「沃夫岡，聽我說……」

一道槍聲響起，我縮了起來。沃夫岡從近距離開火，他不可能打偏，我死了。

男孩有些困惑地往下看自己。左輪手槍從他手中掉下，在他胸口上，有道血漬從胸骨正中央逐漸往外擴大，變成罌粟大小的汙點。

他把目光轉回我身上，表情十分可憐，彷彿我背叛了他第二次。

接著他的雙腿一軟，整個人摔倒在地。

我轉身一看。在我身後的臺階底部，昆斯勒艦長放下了手上的步槍，還有兩名武裝船員跟著他。

「醫生？」他說。「你還好嗎？」

「還……還算可以。」

「福爾摩斯先生呢？」

「他的情況比較糟。怎麼會……？你們……？」

「我們在這幹嘛？我為何殺了沃夫岡？」昆斯勒神情嚴肅。「我自己也不確定理由。這樣說吧，我不確定自己在這件事中選對了邊。」

地面震動起來，塵粒也從高處落下。

「我確定的是，」昆斯勒說，「這座島似乎在經歷某種地震現象，繼續待在這裡可不明智。我猜你們是探險隊唯一的生還者。」

「我們三人。」我低頭看看沃夫岡並改口：「只有我們倆。」

「那我們應該立刻出發。」

「我完全同意。」

昆斯勒指示手下從我身上接下夏洛克．福爾摩斯，兩個人將他架在中間。我在可憐的沃夫岡遺體旁單膝跪下，為男孩的靈魂說了簡短禱詞，接著從他癱軟的手中取走我的左輪手槍。接著我站起身，走到昆斯勒等人身旁，一同登上階梯。

＊＊＊

陽光讓我感到眩目，這是我以為無法重見的光景。我們一夥人穿越拉萊耶外圍地區，由於地震變得更加嚴重，使我們加快了腳步。雕像在基座上搖晃，牆上出現裂隙，淺浮雕上也浮現閃電形狀的線條，建築的一部份不時會脫落，掉到地上。

等到我們穿越城市主要區域時，整座島已像經歷發燒痛苦的病人般抽搐。在地底深處，克蘇魯與拉盧洛伊格的鬥爭必定已變得更為激烈，祂們完全不在意彼此以外的事物，也沒有察覺到自身行為造成的廣大後果。

划艇停在泥濘中，比我們先前停靠它的位置更靠近海岸。我們爬進艇內，兩名水手將船身推進深水區並爬上船，接著拿起船槳，開始讓我們遠離島嶼。水面並不平靜，也揚起了小型浪潮，我們周圍有許多難以描述的海洋動物在水面蠢動，彷彿在回應地底騷動。有許多長了過多牙齒與鰭的生物，花俏又醜陋的生物，以及只屬於惡夢的生物。

我們緩緩往潛水艇移動時，昆斯勒解釋說，他從潛水艇派了個人去取回小艇。這個人游了過去，划船回來，這算是件英勇之舉，因為這片水域擠滿了未知野獸。之後昆斯勒和另外兩名水手搭乘小艇，再度前往島嶼。他知道自己該去哪找我們，我們離開後，他用望遠鏡掃視過島嶼，看到我們一行人抵達石柱底部。

穿越拉萊耶的艱苦路程隨後展開。讓我們探險隊大感困惑的城市街道布局，對昆斯勒而言也相當難解，差別在於當這位老水手無法仰賴方向感時，便使用羅盤和航位推測法，這些導航技巧和好運氣，讓他和同伴們安全通過城市。

艦長依然不願說明他究竟為何來找我們。我覺得他是想彌補過錯，但為何會改變心意呢？

我們一抵達SM *U-19*的下風處，昆斯勒就跳上大型潛艇的甲板，下令啟動引擎。我看著水手將福爾摩斯扶上甲板，接著扶他爬下指揮塔梯子。

U艇用力往右舷轉，開始駛離島嶼時，我和昆斯勒待在指揮塔。在我們持續觀察下，拉萊耶的建築物搖晃得比之前更嚴重，好幾座建物崩裂開來，或是撞上鄰近的建物。象徵墓穴入口的石柱倒了下來，整座島嶼顫動不已。

接著，我們在頭頂的天空瞥見模糊的形體，兩個巨大身影正在生死交戰。它們如靈體般朦朧且模糊不清，像是現實中的陰影。其中一個明顯是克蘇魯，另一個則是拉盧洛伊格。

「你也看到了嗎？」昆斯勒有些不敢置信地說。「這不是某種光線錯覺？」

「千真萬確。」我說。「是事實沒錯。」

「它們是什麼東西？」

「你可以稱它們為神，不過是最骯髒惡毒的神明。」

「我從來沒……」

昆斯勒說不下去了，他找不出恰當的措辭。

*SM U-19*加速時，魅影戰鬥迎來了高潮。克蘇魯佔了上風，祂毫不留情地抓住拉盧洛伊格，像咬住老鼠的㹴犬般將祂前後甩動。拉盧洛伊格立刻在祂手中裂成兩半。

島嶼經歷的最大動盪隨之出現，整座島劇烈地往上升，接著開始瓦解。它從邊緣一塊接一塊、一段接一段地往內下沉，岩島逐漸沉入海底，將拉萊耶的遺跡一同捲入。它垂死掙扎的聲響，是股漫長洪亮的巨吼，音量大到使人類雙耳難以理解。

克蘇魯勝利地舉高雙臂，而拉盧洛伊格殘存的形體，則如同受到強風吹拂的塵埃般消散。舊日支配者捶打自己的胸膛，並對天空嚎叫。在此同時，大量湧入的海水，淹沒了島嶼剩餘的部分：遍布四處的零散岩灘。

克蘇魯的形象就此在視野中消失。不過，災變的效果持續出現，一股大浪從島嶼原本的位置向外湧出。SM *U-19*的速度不可能比大浪還快，下潛的速度也不夠快，無法躲開它，我們只能乘著浪頭往前航行。

浪潮湧向我們時，昆斯勒和我緊抓指揮塔的牆面。我望向他，而為了回應我沒開口的問題，他安慰我說，U艇能夠承受即將到來的狀況。他的語氣相當肯定，但他泛白的指關節和緊繃的下顎，則透露出不同的答案。

巨浪擊中我們，彷彿有巨手將我們撈起，它用令人反胃的速度沖刷我們，潛水艇則往船首傾斜。震動十分可怕，在駭人的數秒內，我以為U艇會從船尾往船首傾倒。我只能聽到嘶嘶作響的水聲，和承受壓力的金屬結構發出的尖鳴。

隨後，湍流消散了。SM *U-19*校正了船身位置，波浪捲向我們遠方，逐漸變得平滑並失去力道。之後我們繼續經歷劇烈搖晃，但最糟的情況已經結束，危險已然停歇。

昆斯勒和我往後看了最後一眼，但除了一片冒泡翻騰的海洋外，看不到島嶼，也看不見克蘇魯，更看不到拉萊耶。一切都已消失在水面之下。

我希望永遠如此。

第三十七章　時間與夏洛克・福爾摩斯

Time and Sherlock Holmes

接下來幾天，我從福爾摩斯和昆斯勒艦長口中追問出真相。後者較為願意開口，儘管剛開始猶豫不決，他很快就揭露讓自己決定去島上找我們的原因。

「你的日記。」他說。他和我待在他的艙房，這裡先前屬於馮．赫林。「我讀過它了，福爾摩斯先生就差沒直接請我讀。你記得當你們搭划艇離開時，他不是要我整理你們的艙房，還談到簽客人登記簿嗎？」

「我以為他只是在開玩笑。」

「我也是，但這讓我起了好奇心。那句話太過突兀，非常不像他，因此我猜他在暗示某件事。我去你們的艙房，在你的枕頭下找到日記，就這樣打開來看。剛開始，我對裡頭的某些誇張說法感到質疑，特別是和馮．赫林男爵有關的描述，我覺得那些段落像是狂人的瘋話。」

「我能諒解你，不過是什麼改變了你的想法？」

「儘管誇張且難以置信，但我讀到的內容似乎符合某種邏輯。大使閣下身上總有某種感覺，讓我摸不著頭緒。英語是這麼說的，對嗎？」

「沒錯。」

「我不喜歡他身上的某種感覺，而你則描寫他受到某個唸不出名字的怪神力量所操縱。」

「拉盧洛伊格。」

「沒錯。我不是個異想天開的人，醫生，我只相信看得見和摸得到的東西，但我清楚馮．赫林擁有黑暗面。他的舉止不像是有道德感的正常人，萬一那種邪惡氛圍不是源自他心中，而是來自別處呢？我一點都不質疑你相信拉盧洛伊格確實存在，你描寫祂的方式精準客觀，讓我自問這是否帶有某種真相。因此我進入這間當時仍屬於馮・赫林男爵的艙房，想看看我能不能找到某種能佐證你日記說詞的證據。」

「你找到了嗎？」

「剛開始沒有。」昆斯勒回答。「艙房極度整潔，沒有任何奇怪的地方。我打算深入調查，於是翻找了不同抽屜、櫥櫃和小儲物間，如你所見，這裡有不少收納空間。他仔細收好所有個人物品，看起來沒有任何異狀，直到我發現某個激起我興趣的東西。」

「也就是……」

「一本書，醫生。」

「一本書？」

「你藏起來的書，讓我找到了另一本藏起來的書。」

我想他口中的第二本書，肯定是福爾摩斯在追查凡世外的異常事件時，會使用的那類深奧典籍。拉盧洛伊格自己也有《死靈之書》嗎？很有可能。

然而，昆斯勒從他面前的書桌抽屜中拿出的，卻是本外表尋常無比的小書。它的外表破爛不堪，布製裝訂上有不少磨損，書脊也滿是皺紋。

封面上寫了這幾個字：

《小行星動力學》

（*THE DYNAMICS OF AN ASTEROID*）

詹姆斯・莫里亞蒂教授著

看到這裡，我便發出某種介於笑聲和驚嘆聲的聲音。

「老天呀。」我說道。「這是莫里亞蒂唯一出版過的作品，除非你把他那二項式定理的論文也算在內。」

「當我看到作者的名字時，」昆斯勒說，「我就立刻想起，你在日記中提過某位莫里亞蒂教授。你描寫他變成神靈拉盧洛伊格，並佔據了馮・赫林男爵的身體。我覺得奇怪，馮・赫林居然有這位莫里亞蒂教授所寫的書。看看裡頭。」

我翻開封面。書本前幾頁，從空白頁到書名頁和標記頁都毫無瑕疵，只不過邊緣有些捲起。不過，正文出現時，幾乎所有地方底下都畫了線，還有刪去記號，加上大片書緣注記。頁面上每寸空間都寫滿潦草筆記，其中混雜了英文和德文，三不五時還能看到少許拉萊耶盧恩文。上頭有複雜的數學與物理公式，也有素描，有些似乎是抽象圖案，有些則描繪出惡夢般的生物。生物素描描繪了蛇人、蜥蜴人、妖鬼（ghast）、夜魔和拜亞基，以及其他我認不出來的野獸，和不同的舊日支配者與外神。

根據我的判斷，拉盧洛伊格曾仔細詳閱《小行星動力學》，為內文加上評論，並延伸莫里亞蒂教授講述的想法。彷彿多年以來，自從莫里亞蒂出版了他罕有人理解、且經常遭到中傷的代表作後，便無法忘卻它慘淡的評價，以及廣大讀者對它抱持的冷淡態度。這道舊傷依然沒有痊癒，即使成為神明般強大的隱匿心靈後，莫里亞蒂依舊執著於補強這本書。他不自禁地在書中加入自己成為拉盧洛伊格後所學到的知識，而他深奧的科學論文，因此化為描述混亂宇宙學的長篇大論。對外行人而言，這本書現在或許比前身更加晦澀，但對作者而言，卻更有價值。

「我只能想像，」昆斯勒說，「馮・赫林男爵在生命中花了數天、數週，甚或數月浪費精神，在這本書中寫滿胡言亂語。我將自己勉強在他的補充內容中判斷出來的部分，視為嚴重發狂的證據。我開始明白，或許你的文字傳達了真相，而馮・赫林的本質也並非外表所示。我看著他把你和福爾摩斯先生拖到那座島，情況很明顯，我讓你們兩人受制於一個瘋子。更糟的是，我聽了瘋子的命令，還愉快地照他的話做。我已經對馮・赫林抱持了疑慮，現在疑慮得到證實了。」

「所以你決定跟著我們到島上，」我說，「即使這代表你和手下們得冒生命危險。」

「無論代價有多大，都得修正錯誤。」

「我很高興你來了，也謝謝你。」我的嗓音因誠摯而變得沙啞。

「你應該感謝福爾摩斯先生。」昆斯勒說。「他啟發了我。」

「你也及時趕到了，但你怎麼曉得拉盧洛伊格控制了沃夫岡和馮・赫林？」

「我偷聽到你和沃夫岡的談話，那個名字又出現了：拉盧洛伊格。沃夫岡打算射殺毫無武裝的你，這相當不尋常，看來他也感染了馮・赫林的瘋狂。我只有幾秒可行動，在他射你前先對他開槍，似乎是唯一的選擇。」

他停了下來。一想到那個男孩以及他的死法，昆斯勒的臉孔就蒙上了一道陰霾。

「那並不容易。」最後他開口道。

「但是正確之舉。」我向他保證。

「總之，我的良心會對此感到不安非常久，或許永遠都會。島嶼遭到摧毀時，我在上空看到的東西也一樣，那也會留在我心中很長一段期間。」

「你要怎麼處理這個東西？」我指向寫滿筆記的《小行星動力學》。

「我不想留著它。」昆斯勒說。「請帶走它吧，這是我的請求，隨你想怎麼處理它都行。我建議你燒了它。」

我沒有燒掉它，但依然用一勞永逸的方式解決這本書：下次SM *U-19*升上海面時，我把它丟到船外。書本漂浮了一分多鐘，在海浪上載浮載沉。書頁吸飽海水後，緩緩沉入太平洋深處，消失得無影無蹤。

福爾摩斯對拉盧洛伊格的看法沒錯。儘管莫里亞蒂從人類身分昇華，心中卻依然有一大部分的原有自我，到最後，這也導致了他的失敗。

我只希望，去除他所做惡事的相關回憶，能和把那本書丟進海裡一樣簡單。

* * *

至於福爾摩斯，一開始他太過虛弱，無法開口。他動也不動地躺在臥鋪上，接近昏迷狀態。他時不時會坐起身，啜飲一口水或吃點食物，但大多時間都處於清醒和沉睡之間的迷濛狀態。

他看起來忽然變老了，過去幾年來無懼於時間的青春與精力，已遺棄了他。他的頭髮變得更灰，老鷹般的五官比之前更憔悴，皺紋也更多。再也沒人會錯估他五十多歲的年紀，他的外表與年齡相符，甚至看起來更老。

時間似乎終於追上了夏洛克．福爾摩斯。它暫停了一陣子，現在則猛烈回歸。

最後他的體力終於恢復到能說話，我也讓他坦承我曾懷疑過的事。

「是克蘇魯，對嗎？」我說。「你和克蘇魯做了交易，他把自己一小部分的力量賜給你，作為交換，你得到了活力，讓你能充分發揮天分，更起勁地進行對抗拉盧洛伊格的行動。」

「即使在睡夢中，克蘇魯也知道。」福爾摩斯說。「祂知道拉盧洛伊格遲早會找上自己。我當時也清楚這點，因此我和祂透過《死靈之書》溝通，向祂提供我的服務。祂的睡眠尚未結束，我需要祂，祂也需要我。我們達成協議，我成為祂的使者。」

「是因為祂，你才能夠抵抗海魔的贊恩音樂帶來的催眠效果嗎？」

「沒錯。」

「和你宣稱的『智力』一點關係都沒有。而你和克蘇魯的合作關係，讓你不太阻礙我們前往拉萊耶地底墓穴的探險。」

「這樣一來，我才能在恰當的時機歸還祂的力量。」

「太愚蠢了！」我脫口而出。「整件事荒唐無比。你一定知道和任何舊日支配者打交道有多危險，更別提克蘇魯了。」

「我認為這是可接受的風險。」

「看看現在的你，你已經半死不活了。」

「這是深思熟慮過的醫療判斷嗎？」

「該死，沒錯。克蘇魯從你身上奪走的東西，可能比牠給予的還多。」

「我會康復的。」

「會嗎？我很懷疑。」

「你在氣我，華生。」

「當然，這是最魯莽粗心且愚蠢的舉動！」

「最後也救了我們，不是嗎？」福爾摩斯平靜地說。「拉盧洛伊格的威脅解除了，得到我償還的力量後，克蘇魯便能起身摧毀祂。你告訴過我，自己目睹了祂敗亡的過程，少了帶頭的拉盧洛伊格，外神們的戰爭就會失敗。缺乏祂的領導，祂們便會回到先前的無政府狀態與內鬥中，這是祂們的習慣，一切都結束了。」

「你是這樣說的沒錯。」

「我很確定。我們贏了，華生，我們終於贏了。」

我皺起眉頭。「但代價是什麼？」我說。

「別那樣看我，我還沒死。」

「但你並不健康，我不用是醫生就知道這件事。你似乎因過度使用體力，造成了無法修復的損害，因為你在超越自己肉體條件的情況下撐了太久。克蘇魯的力量對你造成的傷害，比古柯鹼還糟，你對它的依賴，從體內帶來了惡性影響。如果你不小心……」

「你會讓我活下去，老友。我相信你。」

「我會試試看。」我說。我嘲弄般地哼了一聲，補充道：「海風和蜂蜜。」

「海風和蜂蜜？」

「你告訴過我，那就是你罕見健康狀態的祕密。」

「你也上當了。」

「聽起來不太可信，但沒錯，我上當了。但為何要撒謊？為何不把你和克蘇魯的關係告訴我？」

「你會認同嗎？」

「不會。」

「這就是答案。你知道自己很嘮叨，華生，你永遠不會停止責罵我。我後悔對你保密，但整體而言，我覺得這種方法比較好。再來，如果還沒到最後一刻，夏洛克·福爾摩斯就把真相告訴華生醫生，那就不對了吧？你想讓我表現得和你小說中的角色不同嗎？」

他開始大笑，但笑聲化為令人沮喪的乾咳。不久後，他再度睡著。

＊＊＊

整段歸途，我都很少離開他身邊。昆斯勒艦長在皮特肯群島（Pitcairn Island）讓我們下船，我們在那搭上一艘雙桅帆船，這艘船經常載補給品給那座英國小屬地的居民。等我們航入蒂爾伯里碼頭（Tilbury Docks）時，福爾摩斯的情況已經好轉，但也只有些微改變。我們前往蘇塞克斯，接下來好幾個月，我都待在那，擔任福爾摩斯的常任醫師，他則是我的住院病人。

日子有好有壞。有時福爾摩斯似乎穩定好轉，病況卻再度復發。他並未受到特定病症影響，只是陷入某種萎靡狀態，彷彿他在克蘇魯的幫助下躲過的病痛，在他體內同時集結。問題可能出自他的肺臟，也可能是心臟或肝臟，或是關節炎，也可能是痛風。病狀幾乎每天改變，我只能依據症狀照料他，深信一切到最後都會好轉。我得為自己認識最久、也最親愛的朋友盡一份力。

一九一一年暑期下旬，才出現顯著又明確的好轉跡象。福爾摩斯離開了病榻，也能像之前一樣進行日常活動，不過他容易勞累，就算是簡短且不太匆忙的步行路程，都可能使他頭昏和喘不過氣。簡單來說，他是個脆弱老人，陷入了提早到來的衰老狀態。他照顧蜂窩時，我會從窗邊看著他，他的動作令人難過地搖晃且緩慢。有時他會記不得某個字，或忘了自己書讀到哪個部分。我想起他曾是個機智又穩健的人，這也讓我泫然欲泣。

福爾摩斯為了目標貢獻了這麼多心力，也做出極大犧牲，代價十分沉重。

值得嗎？

我還是不知道。

後記

Afterword

詹姆斯・洛夫葛羅夫著

隨著充滿感情的哀傷道別，華生醫生的手稿就此結束。我將這套三部曲公諸於世的任務也劃下了句點。

為了出版這些書而準備並修訂它們，是項充滿愛的工作。我不會否認這點，過程艱難但值得。這也讓人感到不安。自從我開始處理這項計畫後，就從來沒有一晚睡得安穩。我的夢境中充滿古怪畫面：我瞥見從未去過的地點，但卻不知怎地知道這些地方；還有從沒看過、卻讓我感到熟悉的東西。更糟的是，我還窺見龐大伏行的邪惡物體，以及黑暗的徵兆。我沒有對任何人提起這點，就連我妻子也不曉得，但感覺彷彿我從紙頁轉到螢幕上的文字，以某種方式感染了我的潛意識。我感到瘋狂，但感覺就是如此。

不只如此，我相信有時（頻率變得越來越頻繁）有人在看我。我感覺到聚焦在我身上的目光：那是冷酷且毫不留情的非人眼睛。

事實上，我現在就察覺到它們了。我正坐在自己辦公室的書桌前，電腦主機在我身旁嗡嗡作響，我的狗則在我腳邊的籃子裡蜷曲身子睡覺。時間很晚了，狗在睡夢中發出嗚咽聲，腳爪摳抓著籃子的柳條編織牆面。從英吉利海峽吹來的風，讓我們這棟通風老屋的窗框沙沙作響。我家人都在樓上的床鋪睡覺，我感到十分疲勞，應該和他們待在一起。但截稿期限快到了，出版商正在不耐煩地跺腳，我也不想讓任何人失望。

不過，我依然確定自己並非獨自一人，有人和我待在這個房間裡。我告訴自己，那只是我自己的想像。（你知道，我是個作家，我的想像力旺盛，可能還太過活躍了。）我告訴自己，接觸《克蘇魯事件簿》太久，對我造成影響了。我是個年屆五十的男人，夠成熟，也夠明智，不該像個剛看完人生第一部恐怖片的神經質青少年般大驚小怪。

不過，有件事很怪。我的電腦螢幕開始出現奇怪反應。它開開關關，上頭浮現雜訊般的鋸齒狀線條。

Ph'nglui mglw'nafh Cthulhu R'lyeh wgah'nagl fhtagn

我向上帝發誓，自己沒打那行字

Ph'nglui mglw'nafh Cthulhu R'lyeh wgah'nagl fhtagn

又來了，我完全沒碰該死的鍵盤，可能是某種軟體上的毛病？

Ph'nglui mglw'nafh Cthulhu R'lyeh wgah'nagl fhtagn

或許系統裡有病毒，大概是這樣，或是有人對我惡作劇。沒錯，這是某個駭客開的玩笑。

Ph'nglui mglw'nafh Cthulhu R'lyeh wgah'nagl fhtagn

那些該死的字眼。「在拉萊耶的宅邸內，死去的克蘇魯正於夢中等待。」那不只像是陳述事實，而是警告。這是威脅。

Ph'nglui mglw'nafh Cthulhu R'lyeh wgah'nagl fhtagn

好，可以了。鬧夠了。

Ph'nglui mglw'nafh Cthulhu R'lyeh wgah'nagl fhtagn

我得強調，自己才剛按了Control-Alt-Delete三次，狀況完全沒變。

Ph'nglui mglw'nafh Cthulhu R'lyeh wgah'nagl fhtagn

我試著再按下電源鍵。一樣，什麼都沒發生。無法關掉電腦。

Ph'nglui mglw'nafh Cthulhu R'lyeh wgah'nagl fhtagn

我拔掉電腦插頭。螢幕還是亮著，硬碟還在運作。我沒有開玩笑，究竟發生了什麼事？

Ph'nglui mglw'nafh Cthulhu R'lyeh wgah'nagl fhtagn

太好了。狗爬起來逃出房間，發出嗚咽叫聲，夾著尾巴逃跑。正是我需要的事。

Ph'nglui mglw'nafh Cthulhu R'lyeh wgah'nagl fhtagn

天啊，有眼睛。有眼睛盯著我，從螢幕裡往外看。是**祂的**眼睛。

Ph'nglui mglw'nafh Cthulhu R'lyeh wgah'nagl fhtagn

直盯著我。

Ph'nglui mglw'nafh Cthulhu R'lyeh wgah'nagl fhtagn

不！

Ph'nglui mglw'nafh Cthulhu R'lyeh wgah'nagl fhtagn

不不不不不不不不

Ph'nglui mglw'nafh Cthulhu R'lyeh wgah'nagl fhtagn

Ph'nglui mglw'nafh Cthulhu R'lyeh wgah'nagl fhtagn

Ph'nglui mglw'nafh Cthulhu R'lyeh wgah'nagl fhtagn

Ph'nglui mglw'nafh Cthulhu R'lyeh wgah'nagl fhtagn

Ph'nglui mglw'nafh Cthulhu R'lyeh wgah'nagl fhtagn

出版商注記
Publisher’s Note

眾所周知，當詹姆斯・洛夫葛羅夫轉抄和編排本書，也就是華生醫生三本《克蘇魯事件簿》書稿中的最終冊後不久，就在今年初精神崩潰。有人在凌晨發現他俯臥在義本海灘邊，盯著海面，身體朝東南方。根據目擊證人指出，當時他咕噥著說出一再出現於內文後記的話語：「*Ph’nglui mglw’nafh Cthulhu R’lyeh wgah’nagl fhtagn*」。

人們找來警方和醫護人員，剛開始他們以為詹姆斯癲癇發作，也或許是中風。但他們很快就發現，他的身體無恙，卻遭到某種精神問題纏身。為了改善狀況，他受到精神衛生法（Mental Health Act）的管制。

在那之後，詹姆斯持續接受治療，據說狀況已逐漸好轉。據信他的病因是工作過度帶來的壓力。泰坦圖書全體成員祝他順利康復。

出版三部曲最終冊的決定非同小可，也只有在公司內部長期討論，並與詹姆斯的家人進行漫長諮詢後，我們才決定出版本書。我們選擇重現在他硬碟上找到的字句，認為這與他的願望一致，但直到他重拾清晰的語言能力前，我們無法得知此事，但我們希望他盡快痊癒。

New Black 009

克蘇魯事件簿3

福爾摩斯與蘇塞克斯海怪

THE CTHULHU CASEBOOKS 3: SHERLOCK HOLMES AND THE SUSSEX SEA-DEVILS

作者　詹姆斯・洛夫葛羅夫（James Lovegrove）
譯者　李函

堡壘文化有限公司

總編輯　簡欣彥　　行銷企劃　許凱棣、曾羽彤
副總編輯　簡伯儒　　封面設計　Bianco Tsai
責任編輯　簡欣彥　　內頁構成　李秀菊

讀書共和國出版集團

社長　郭重興
發行人兼出版總監　曾大福
業務平臺總經理　李雪麗
業務平臺副總經理　李復民
實體通路組　林詩富、陳志峰、郭文弘
網路暨海外通路組　張鑫峰、林裴瑤、王文賓、范光杰
特販通路組　陳綺瑩、郭文龍
電子商務組　黃詩芸、李冠穎、林雅卿、高崇哲、沈宗俊
閱讀社群組　黃志堅、羅文浩、盧煒婷
版權部　黃知涵
印務部　江域平、黃禮賢、林文義、李孟儒

出版　堡壘文化有限公司
發行　遠足文化事業股份有限公司
地址　231新北市新店區民權路108-2號9樓
電話　02-22181417　傳真　02-22188057
Email　service@bookrep.com.tw
郵撥帳號　19504465 遠足文化事業股份有限公司
客服專線　0800-221-029
網址　http://www.bookrep.com.tw
法律顧問　華洋法律事務所　蘇文生律師
印製　呈靖彩藝有限公司
初版1刷　2022年7月
定價　新臺幣480元
ISBN　978-626-7092-50-7　978-626-7092-53-8(PDF)　978-626-7092-54-5(EPUB)

國家圖書館出版品預行編目（CIP）資料

克蘇魯事件簿. 3, 福爾摩斯與蘇塞克斯海怪／詹姆斯・洛夫葛羅夫（James Lovegrove）著；李函譯. -- 初版. -- 新北市：堡壘文化有限公司出版：遠足文化事業股份有限公司發行, 2022.07
　面；　公分. -- (New black ; 9)
譯自：The Cthulhu casebooks. 3, Sherlock Holmes and the Sussex sea-devils
ISBN 978-626-7092-50-7（平裝）

874.57　　111009262